駆ける❷

少年騎馬遊撃隊

稲田幸久

時代小説文庫

角川春樹事務所

目次

風、再び

一

風が震えた。

いや、震えたのは己の肉体のほうかもしれない。

違う。それも違うな。

空気だ。

周りの空気が、糸のように張ったのだ。

(いる)

藪が鳴る。カサ、カサと。

今、この乾いた音こそ静まり返った森で唯一だ。実際は、鳥や虫の鳴き声、川のせせらぎ、木々の揺らぎも聞こえているだろう。だが、意識がそちらに向けられることはない。藪の音だけに研ぎ澄まされている。

足音だ。

息を凝らし、ジッと待つ。

しばらくすると——。

（出てきた）

金色に輝く躰、三尺（約九十センチ）はあろうかという巨大な角。降り注ぐ陽射しの中で、黒く濡れた瞳をこちらに向けている。

雄大だった。

（大角だ）

吉川元春は小弓に矢をつがえた。ギリギリと、腕の筋肉が千切れそうなほどに弦を引く。

長年の好敵手である。

姿を目にして以来、追い続けてきた。

だからこそ、敬意を込めて大角と名付けた。

相まみえるのは五度目だ。

一度目は木々の間にその姿を見ただけ。すぐに虜になった。山にこもり、追いかけ始めた。

二度目は群れの先頭を飛ぶように駆けているところだ。山肌をあまりに軽やかに、あまりに素早く駆ける姿は神々しくさえ見えた。

三度目は矢を放った。

が、当たらなかった。限界まで引き寄せたのに、矢が放たれた瞬間、大角は角突き合わせるように躰を前に倒して後肢を跳ね上げた。

矢はその後肢があった空間を通過して、土に刺さった。

四度目は向かってきた。土煙を上げながらの突進だ。

迎え撃つつもりでいた。

が、できなかった。

あまりの速さに山刀を構える暇さえ持てなかったのだ。

傷を負った。右腕だ。その傷は今も残っている。鬼吉川と怖れられるこの吉川元春が受けた、数少ない傷だ。

そして、五度目は、今だ。最後となる今だ。

鹿が利用する獣道を猟師に聞き、待ち伏せた。

当たった。

確かに大角は現れた。

こんなにも近く。こんなにも有利な場所で出会えるなんて。

元春は大角より高い位置にいる。見下ろす形だ。下に向かって矢を射る方が狙いを定めやすい。地面の傾斜を考えなくて済むからだ。

弦の向こうの鏃を睨む。大角は立ち止まったまま身じろぎしない。元春だけを睨みつけている。

なにかを語りかけているように見えた。

それがなにか、すぐに分かった。

「来い！」

そう言っているのだ。

命を狙われる状況になっても、なお、挑みかかろうとしている。

（さすがだ）

全身に震えが走った。大角の気高さに感動する。

うれしい。

その思いが沸々と湧いて来る。

こいつと渡り合うことができて、心底うれしい。

一騎打ちだ。

男と男の命を賭けた戦だ。

（だが、戦場で出会ったからには、俺が勝つ）

元春は藪から身を乗り出した。

「さらばだ！」

矢から指を離そうとしたちょうどその時。大角の後ろの木陰から茶色い物体が飛び出してきた。

途端に大角が姿勢を変えた。四肢を合わせて左に飛び、今度は右に飛ぶ。素晴らしい跳躍だった。元春の背など軽く飛び越してしまいそうな高さだ。

着地した大角は、元春目掛けて突っ込んできた。

神の速さだ。

一瞬で元春の眼前まで迫ってくる。

元春も慌てない。

狙いを大角の眉間に定めて――。

放った。

（よし）

が、外れた。確かに眉間を射たはずなのに、大角はフッと頭を下げ、間一髪のところで躱したのだ。矢は肩をかすめて、空の彼方へ消えていった。

元春は弓を捨てた。

刀を取り出す暇はない。

野生の鹿と素手でやり合うなどあまりに無謀だ。角で突かれればおしまいだ。だが、こちらもただでは済まさないつもりでいる。角を腹に受けようと、首を捉え、へし折ってやる。

覚悟を決めて待ち構えた。

しかし、大角は突っ込んでこなかった。

（なに？）

元春は目を開いたまま立ち尽くした。

ぶつかるかもしれないという思いさえ抱かなかった。

大角は元春の手前で進路を変えたのだ。

左への旋回だ。勢いの止まらなかった後肢が元春に迫ってくる。

避けなかった。

当たらなかった。

獣の匂いが鼻をついた。

身をひるがえした大角は山肌を跳ねるように降って行った。その先になにかいる。

先程藪から飛び出してきた茶色い生き物だ。

雌鹿だった。

雌鹿は大角と元春を丸い瞳で見つめていたが、大角が一声鳴くと、全身をビクンと震わせ、駆け出した。

隣に大角が並ぶ。

二匹は緑深い森の奥へ、飛び跳ねながら去って行った。

元春は呆然と森を眺めた。大角が消えてからも、その残像を追うように動かない。

遠くで鹿が鳴く声を聞き、それでようやく我に返ると、元春はフッと笑みを漏らした。

（予期せぬ闖入者だったな）

大角は突如現れた雌鹿を守ろうとしたのだ。雌鹿を逃がすために突撃をやめた。あのまま突っ込んでいれば、大角も無事では済まなかっただろう。自分が負傷すれば、雌鹿が襲われるかもしれない。それをさせないために、敢えて逃げたのだ。

（それに……）

どうやら、こちらにも闖入者がいたようだ。

「誰だ」

鋭く尋ねた。

後ろの木立に気配が現れる。続いて出てきたのは百姓姿の男。男は枯葉が積もっているにもかかわらず足音を悟らせずに面前まで進んできた。

片膝をついた百姓は、のっぺりとした顔をしている。

見覚えがあった。

軍師の香川春継が使っている、忍びの頭、権之助だ。

「どうした」

元春は小弓をひろって、背中の矢筒にしまった。

「鳥取城が落ちました」

「敵は？」

「尼子軍」

「指揮は？」

「山中幸盛」

「来たな」

元春は猟師用の手袋を外して、額をぬぐった。藪に潜んでいただけなのに汗の玉が浮いている。大角と対峙したことだけが原因ではなかった。権之助の報せが躰中の血を滾らせたのだ。

（やはり出てきた！）

尾高城の牢から逃げられて二年。全く行方がつかめなかった山陰の麒麟児が再び世に現れたのが二月の初めだ。因幡の桐山城という小城を落として尼子再興の檄を発した幸盛は、尼子が決して死んではいなかったことを諸将、侍、民に宣言した。

それからわずか半年。今度は山陰で一、二を争う堅城鳥取城を落とした。華々しい功績だ。山陰に再び動乱が起こることを決定づける働きだ。

「北が荒れるな」

呟く。権之助は何も答えない。無口な男のようだ。

「権之助」

「は」

「春継に伝えろ。戦の準備だ」

「整っております」

「すぐに日野山城へ集まるよう諸将に伝えるのだ」

「集まっております」

「さすが春継だ。権之助、先に行け。俺は館に寄ってから向かう」

権之助が立ち上がった。山の奥へと駆けていく。落ち葉を踏む音が鳴ったが、それは獣が駆ける音にすぐに紛れた。

元春は忍びが去った方角には目もくれず、先ほど大角と雌鹿が跳ねていった森を向いた。

木立の間から大角が睨んでいるような気がする。

黒く濡れた瞳が燃えている。

元春は腕を垂らして直立し、脳裏に浮かぶ大角と対峙した。

「次は逃がさぬ」

零した。同時に全身が震え、毛という毛が逆立つ。

「首を取ってやる」

元春は背中から弓矢を取り出し、ギリリと絞った。

「は！」

放たれた矢は一直線に森の中を進んだ。キラリと鏃がひらめき、巨大な楠に刺さる。

樹が揺れ、梢から山鳩が飛び立った。

目を爛々と輝かせた元春は、大きく息を吸い込んで止めると、大角に背を向けた。

二

芳乃は面前に座った青年を見ている。

「終わりましたか？」

真新しい小袖と袴。背を伸ばして正座する青年が膝に手を置いた。

（だいぶさまになってきている）

芳乃は目を細めた。

近松小六という青年だ。近松村で拾われて吉川軍に入った小六は、文机の上の紙を手に取り、芳乃のほうに差し出した。粗野な動きは一つも見当たらない。動作に武士らしさが染みついている。

「あら」

芳乃は感嘆した。二年でここまで上達するものか。

いや、ここ数日で更に達者になったような気がする。

ひ弱さが顔を覗かせているのは性格からかもしれない。それでも隅々まで神経を通わせた筆致は、思わず惹き込まれてしまいそうな魅力がある。二年前までは一字を書くにも、肩に力を入れて、まるで苦行のように筆を押し潰していたのだ。あの頃が懐かしくさえ思える。

　芳乃は受け取った紙にいくらか直しをして、小六に返した。

「一人で稽古をしているのですか？」

　小六が芳乃を真っ直ぐ見返す。これも変わったところだ。二年前なら顔を赤らめて俯いていただろう。

「太平記を読めることがうれしいので」

　小六が目を紙に移した。

「面白いですか、太平記は？」

「はい」

「元春様が太平記で文字を教えろとおっしゃったのです。ご自身も書き写されたことがあるのですよ」

「そうなのですか？」

「元春様は滞陣が長くなると、書写をなさります。心が落ち着くからだ、とおっしゃられていました」

「元春様はずいぶん書かれますか？」

「日野山城にいらっしゃるときは、猟に出られるか、書写をされるかのどちらかです。

武人でありながら、文人としての己も磨こうと意識されているのでしょう」

「そうですか。私自身、書写をしていると楠公を前にしているような気分になります。元春様はそれを感じたいのかもしれません」

「男には男の見方があるのですね」

「出過ぎたことを申しました」

小六が頭を下げる。芳乃は首を振った。

「あなたも、武人として高みに行けそうですね。字もこんなに上手になって」

小六は思わぬ誉め言葉に顔を赤らめたが、紙を広げると芳乃を見ないようにして、再び書き写しを始めた。

芳乃は目尻を下げた。

(この子があの騎馬隊を率いているなんて)

芳乃は小六の真の姿を知っている。四百騎が一頭の獣のように駆ける騎馬遊撃隊。その指揮を執っているのが小六だ。大地を渡る風の如く疾駆する遊撃隊の調練を見た芳乃は、声を出すのも忘れてひたすら見惚れたのである。

激しかった。

それでいて優雅だった。

今、目の前にいる小六とは似ても似つかない。

生気が溢れていた。

「どうですか？」

芳乃は小六の手元を覗いた。相変わらず弱々しい字を慎重に並べている。これもまた、この子の姿なのだろう、と芳乃は思う。激しさと繊細さを併せ持っている。それが母性をくすぐる。

芳乃が小六の指導を行うようになったのは、二年前からだ。この頃、芳乃は久しぶりに身ごもった子を流していた。歳をとってからの懐妊に喜んだ分、落胆も大きかった。子どもを産めない躰になってしまったことを突き付けられた気がして、暗い穴に落とされた心地がした。

気落ちする芳乃に小六の教育を提案したのは元春だ。元春は小六に武士としての素養を身につけさせてほしいと言った。小六は百姓から軍に入って一年しか経っておらず、武士に混じって生活していくには色々な面で不便を感じているようだった。武士としてのたしなみを身に着ければ、気苦労がいくらか緩和されるはずである。

承諾した芳乃は小六をしつけ始めた。それがよかった。しだいに自らの心が落ち着いていくことに気づいた。自分の前でかしこまる小六は愛らしく、百姓の暮らしが染みついているところは教えがいがあった。小六に打ち込むことで、芳乃の胸は光が射すようになった。芳乃は以前の前向きな芳乃を取り戻していった。

「できました」

小六が筆を置いた。紙を芳乃が取ると、手を膝に添えて目を閉じる。二年前はこちらにも心の臓の音が聞こえそうなほどにそわそわしていたのだ。そのことを思うと、背中のあたりがこそばゆくなる。

芳乃が添削(てんさく)を始めると同時に襖(ふすま)が開いた。

廊下に男が立っている。

「お館(やかた)様……」

芳乃が立ち上がる。

元春だ。

鍛(きた)え上げられた肉体は衣の上からも盛り上がっていることが分かる。なにより気魄(きはく)がすさまじい。相手を畏怖(いふ)させるような威圧感が、躰中から発せられている。

「なにをうれしそうにしている」

元春は芳乃を見てそう言った。視線は柔らかい。すっぽりと包み込んでくれそうな大きさがある。

「小六も大きくなったな、と思いまして」

芳乃が答えると、元春は顎を撫でた。

「小六、励んでいるようだな」

元春に話を向けられ、小六は口を閉ざしてうつむいた。

「まだ、お館様に見られると恥ずかしいみたいです」

「俺も書写している姿を見られるのは恥ずかしい。武士の顔とは、また違った顔をしているからだ」

「小六が馬を駆っている時の横顔は、凜々しいものがありますものね」

「惚れたか？」

「惚れました」

「芳乃にそこまで言わせるとはな。あの武者姫を見初めさせるなど、これからどんな男になるか楽しみだ」

元春が笑う。

「た、大変うれしく思います」

さすがにまごついた様子で、小六が頭を下げた。

元春が大口開けて笑い、つられて芳乃も口に手を当てる。

頰に熱が差した。右側の頰だ。

芳乃は右から見れば傾国の美女という言葉が相応しい容貌をしている。歳を経ても、その美しさが衰えることはないようだ。

だが、右側だけなのだ。

芳乃の左頰には赤黒い痣がある。目から顎にかけて伸びる巨大な火傷痕だ。笑えば引きつり、左半分だけぎこちない表情になる。初めて見た者は、あまりの薄気味悪さに息を呑むだろう。事実、芳乃は醜女だと噂されている。そう噂されていることを芳乃自身知っている。

それでも芳乃は自分の顔を恥じてはいないのだ。むしろ、この顔になってよかったと思っている。夫の元春が好いてくれるからだ。


二十五年前のことである。

熊谷信直の長女として生まれた芳乃は、侍女と一緒に馬に乗って紅葉狩りに出かけた。武者姫と呼ばれるほど武芸に打ち込んできた芳乃は、馬の扱いも巧みだった。

その紅葉狩りで火事に遭った。疲れた躰を休ませようと立ち寄った百姓家での出来事だ。百姓は急に現れた武家の娘に動転したらしく、接待に忙しかった。それで煮炊きの火の始末を忘れたようだ。台所から火が上がった。

気づいた時には焔(ほのお)に包まれていた。芳乃と侍女は奥の座敷に追い込まれ、迫りくる火の舌に身を震わせるばかりだった。

だが、燃え上がる炎を見て芳乃は心を決めたのである。侍女をおぶって外に向かい始めたのだ。侍女は外に逃げようとした際、足を挫(くじ)いて歩けなくなっていた。燃え盛(さか)る炎の中、気力を振り絞ることでどうにか足だけは前に進めることができた。

（この娘(こ)を助けなければ）

その思いしかなかった。なぜか、自分の身よりも、怪我(けが)をした侍女を助けることのほうが重要に思えた。

外の白い光を目にした時だ。

頭上で軋(きし)みが鳴った。

「あっ……」

発すると同時に、芳乃の上に木材が降ってきた。赤い火を纏(まと)った梁(はり)である。

咄嗟(とっさ)に侍女を放(ほう)り出した。侍女は助かったが、芳乃は梁の下敷きになった。そのまま芳乃は意識を失った。

「おい。おい！」

闇(やみ)の向こうから声がした。胸の奥まで響く、重たい声だ。

「おい！」

目を開けた芳乃は、澄み切った瞳に迎えられた。

それが吉川元春との出会いであった。

元春は芳乃が意識を取り戻すと、

「大丈夫か？」

聞いてきた。

「私は？」

芳乃は辺りを見回した。地面の照り返しが眩(まぶ)しい。いつの間にか外に連れ出されていたようである。

「助けていただいたのですか？」

「馬でたまたま通りかかった。従者が火を見つけたおかげで、そなたの命を助けることができた」

「あの……」

「ひとまずこれを」

元春が布を差し出してきた。

「怪我を負われているようだ。しばらく当てておくといい」

左頬を指さしている。受け取った芳乃は布を頬に当てた。ヒンヤリと冷たい布は、たっぷりと水が含まれていた。

「それで……」

人心地ついた芳乃は、元春に向き直った。

「侍女は無事だ」

元春が振り返る。侍女は中年の武士に上半身を起こされ、袋の先を口に当てられていた。水を飲まされているようだ。芳乃が意識を取り戻したことに気づくと、目を大きく見開き、慌てて起き上がろうとして咳込(せきこ)んだ。むせたようだ。

「よかった」

芳乃がホッと一息吐(つ)くと、

「お……」

元春が漏(も)らした。驚いたような顔で固まっている。

「どうされました？」

芳乃は顔を上げた。

「ん？　あぁ、いや」

元春が口ごもる。それから、ぼそりと呟いた。

「……そなたは美しいな」

「は？」

思わず眉をしかめる。美しいと言われることは幾度かあった。芳乃は近隣でも評判になるほどの美貌の持ち主だ。ただ、炎の爆ぜる音の中で言われたことは初めてだった。その事がおかしくて、芳乃は口に手を当てた。

「いや、まぁ、今のは口が滑っただけだ。忘れてくれ。いや、忘れなくともよいが……。その、なんだ……」

いかにも武骨者らしい男の動揺する様子がおかしくて、芳乃は声を出して笑った。

「俺は吉川元春だ。お主は？」

「私は熊谷信直の娘、芳乃と申します」

芳乃は、火の中から助け出されたばかりということも忘れて明るく答えた。

だが、元春との会話はそれきりで終わったのだ。

気を持ち直した侍女に引きはがされ、早々に医者に連れていかれた。泣いて謝って来る百姓を慰めてやる暇さえなかった。侍女は蒼ざめた顔をしていた。痛みは、興奮からか感じていなかった。

医者宅で鏡を見せられた芳乃は悲鳴を上げることになる。

顔の左半分が赤く焼けただれている。

（化け物）

そう思った。

数月にも及ぶ療治が試みられたが、元には戻らなかった。

左頬に消えない痕が残った。

赤黒い痣だ。

瞬間、自分の中のなにかが終わったのだ、と芳乃は思った。それは、当たり前に過ごしていた娘時代だったのかもしれなかった。

吉川家の当主元春から縁談話が届いたのは、痣が一生治らないことを告げられてから数日後のことである。

芳乃は激怒した。

からかわれていると思った。そもそもあそこで会った時には火傷を負っていたのだ。にもかかわらず、美しいとまで言ったあの態度。

（こんな醜い女を嫁にしたいなど、思うはずがない）

腹が立った。

からかわれていることが悔しかった。

何度も縁談を断った。

だが元春は折れなかった。頑なに申込み続け、結局芳乃は父の熊谷から懇願されて一度だけ会うことに決めたのである。

会ってみると元春は芳乃の想像していたような態度を取らなかった。芳乃は白分を笑うために元春は会おうとしているのだ、と考えていた。だが、元春はどこまでも真摯なのだ。嘲笑の気配など微塵も見せない、真っ直ぐな態度だった。

芳乃は思い切って尋ねてみた。

「どうして、このような顔の私を、嫁にしたいと申されるのです？」

少しでも戸惑いを見せれば、横面を張るつもりでいた。同情を示されても同じだ。その上で自刃するつもりだった。

「惚れたからだ」

「は？」

「そなたに惚れた。その痣も含めて惚れた」

「なにをおっしゃる！」

「そなたは気にしすぎているようだ。むしろ、俺にはその痣ほど美しいものはないと思える」

元春は膝の手を外して、小鼻を搔いた。

「その痣は、芳乃殿が今まで生きてきた証だろう？　己の危険も顧みず侍女を助けたいという心を養われた。その清らかな心こそ、その痣なのだ。芳乃殿の気高い生き方が、その痣に宿っている。美しいと思わぬわけがない」

芳乃は元春を睨みつけた。元春の瞳はまったくぶれることがない。

（負けた）

その時、芳乃は全身をわななかせたのである。

（一生をこの人のために捧げなければならなくなってしまった）

肩が震えた。膝の上の拳に水滴が落ちる。

震えるほどうれしい敗北だった。涙が後から後から零れてきて止まらなかった。

芳乃は元春の元に嫁ぐことを決めた。

以来、吉川軍の奥方として芳乃は献身的に夫を支えている。夫婦仲は睦まじく、三男二女に恵まれた。最近になって流産を経験したが、他の子は、大病を患わせたりすることなく丈夫に育て上げている。

側室を取らず、一途に愛情を注ぎ続けてくれる元春のため、芳乃はそれこそ全身全霊で吉川家に尽くしている。

そんな芳乃は兵達から慕われた。

軍に出向いて一緒に調練をすれば、兵達は喝采を上げて喜んだ。槍も騎馬も並の兵よりこなす芳乃は、砂地に咲く一輪の花のように、兵達の胸に凛としたものをもたらしていた。

皆、芳乃のことが好きだった。

芳乃は吉川軍の母であった。


「小六、支度だ」

元春の声が厳しくなった。うつむいていた小六が顔を上げる。元春がなにを言おうとしているのか、咄嗟に理解したようだ。

「騎馬遊撃隊が先発だ」

「すぐに整えます」

「どれくらいかかる?」

「一刻(約二時間)ほどかと」

「行け」

小六が頭を下げ、縁側から出ていった。無駄のない動きは、百姓臭さが完全に抜けている。

文机に紙が残っていた。風に吹かれてめくれ、相変わらずの頼りない文字がチラリと見える。

「どちらですか？」

芳乃が尋ねた。元春は背を向けている。足早に部屋を出ていく夫に従って廊下を進む。猟師姿の元春を着替えさせるのは芳乃の務めだ。日野山城にいる時、元春は着替えを芳乃以外の者に任せることはしない。

「因幡だ。敵は尼子」

「長くなりますね」

「そうだ。あいつが出てくる」

「あいつ……」

芳乃はハッと立ち止まった。

名を知っている。山中幸盛。元春が珍しく「あいつだけは俺が倒す」と息巻いている男だ。

元春が振り返った。立ち尽くしている芳乃の元へツカツカと歩み寄り、手を取る。

躰ごと胸に抱き寄せられた。元春の体臭が強くなる。

「留守を頼む」

「存分にお働きくださいませ」

「行って参る」

全身が熱くなる。

左頬の痣がじんわりと痛む。

女の戦もまた、始まったのだ。

三

深く蒼い空に鰯雲が浮かんでいる。秋空を埋め尽くす白い隊列は、整然としたまま動かない。

香川春継は視線を戻すと、左右に並んだ軍を見渡した。

(鰯雲と同じだ)

ずらりと並んだ兵達が山城を見据えている。鳥取城下に布陣する五千の吉川軍だ。

二つに分けていた。

三千を元春が率い、二千を嫡男の元長が率いる。

元春軍は城の正面南側に布陣し、元長軍は西側を固めるように配置している。東側に兵を置いていないのは、敢えて敵に逃げ道を持たせるためだ。北は山だ。

降伏に意識を向けさせるための逃げ道だった。

あまりに締め付けすぎると、徹底抗戦しかないと腹を括られてしまう。

そこは避けたかった。

兵力で勝っているとはいえ、堅城として知られる鳥取城である。籠られれば犠牲も出るし、時もかかる。

城主は山名豊国だ。但馬山名家の血を引く豊国は、名門の出にありがちな軟弱な男である。軟弱だが狡知だ。降伏の道があることを理解すれば、まず十中八九城門を開ける。毛利と尼子を天秤にかけ、毛利の方が利は多いと判断するに違いない。そういう男だ。

（どうして山名豊国が城主なのだ？）

はなはだ疑問だった。

鳥取城は因幡の象徴である。それを奪ったことで尼子再興軍に加担する者も増えていた。現在、尼子の兵力はおよそ三千。数月前まで千ほどしかいなかった尼子が、出雲以外の地で、これほどまでの兵を集めたことは驚嘆に値する。

だからこそ、おかしい。

山名豊国などに城を任せる理由がないのだ。

春継はそう思っていた。

因幡を取れば譲り渡す。そう、援助を受けている但馬山名家当主祐豊と密約を交わしているのかもしれない。おおいに考えられることだ。だが、それは毛利軍との戦が落ち着いてからでも遅くはないのだ。どこかの城に籠って毛利軍の攻撃を耐え抜く戦こそ因幡では勝つ可能性が高いはずだ。毛利に因幡攻略を諦めさせて兵を退かせることができれば、山名の力を借りて共同で追撃戦に移ることができる。そのままの勢いで、因幡から伯耆、出雲へとなだれ込むことも可能だ。

だが、尼子はそれをしなかった。

鳥取城を奪うとすぐに山名へ譲り渡したのである。まるで最初から取る必要などどなかったかのように。

(囮か？)

春継は爪を噛み始めた。騎乗している馬が短くいななく。神経が尖っていることが伝わったようだ。

春継は馬を無視した。かまっている暇などない。それよりも考えなければならない。

「どうした？」

隣の元春が声をかけてきた。目は城に注がれている。

「山名はすぐに落ちるでしょう。権之助の手の者を城に入れています。気持ちは毛利側に傾いていると聞いています。あと一押しすれば降伏するはずです」

「降伏するのならそれでよい。一度こちらについてしまえば、そう簡単に寝返ることもせぬだろう。山名豊国は毛利を相手にするほどの気概を持ってはおらぬ。飼いならしておけば従う。そういう男だ」

「相手は尼子です」

「山中幸盛だ」

「なにを考えているのか分かりませぬ。山名に城を預けていることにも、なにか意図があるはずです」

「同じことを考えていた。いや、違うな。春継なら、そう考えるだろうと俺は考えた」

元春は春継を横目で見た後、また視線を戻した。目は鋭いままだ。

「春継、吉川軍はなにをすればいい？」

「城は囮です。敵を引きつけておくための囮。私なら……」

春継は考えた。

己が山中幸盛ならどうする？

戦で勝つために、どのように軍を動かすのが最良だ？

爪を噛んでいると、斥候が、割れた兵の間を駆けてきて片膝をついた。

「申し上げます」

「よし」

元春が返事する。

「正面から敵。およそ二百」

「分かった」

元春が目をぎらつかせた。血に飢えた狼のようだ。が、その輝きは一瞬で消える。光を瞳の奥に封じた元春は、春継を振り返った。

「前線が戦闘に入る。進むか？」

「なりませぬ」

「だろうな。敵はどこに隠れている？」

「分かりませぬ。今しばらく」

別の斥候が走ってきた。

「申し上げます」

「よし」

「元長軍の側面から敵。少なくとも千」

「分かった」

斥候が礼をして下がっていくのを見届けると、元春は低く唸った。

「西か。この平地のどこに兵を隠していた？」

「山中幸盛は伏兵も巧みです」

「進むぞ」

「少しだけ」

「そうだな。元長なら破られることはあるまい。幾多の戦をくぐり抜けてきたのだ。千の兵に負けるような男では決してない」

「少しだけ進みます。それで敵に脅威を与えられます。敵の圧力が弱まれば味方の損耗を防ぐことができます。それに……」

「なにか引っかかるか？」

「これも囮です」

「ほう」

元春は顎髭（あごひげ）をつまんだ。そのしぐさで春継は、自分は心底信頼されているのだと感じることができた。

春継が頭を下げると、元春は口の端に笑みを浮かべた。

「私なら何を狙うかを考えました。大将の首です。吉川元春の首を取らない限り、尼子に勝利はありませぬ。私なら、あらゆる策を元春様の首を取るためだけにたてます」

「まだ伏兵がいるか？」

「どこかは分かりませぬが、おそらく。斥候を方々に走らせても、影すら摑（つか）むことができません。だからこそ、誘（おび）き出します」

「俺達が動けば敵も動く、か」

「ある程度やられることは覚悟してください。ですが好機です。うまくいけば幸盛を討てます」

「進め！」

元春が右手を挙げて西に倒した。麾下頭（きかがしら）の熊谷信直がそれを見て、

「前進、西！」

と声を上げる。聞いた組頭達が同じように号令し、兵達が動き始める。乱れのない

進軍だ。
五町（約五四五メートル）ばかり進んだだろうか。突然、後ろに衝撃を覚えた。
（来た）
振り返った。
濛々たる砂塵が上がっている。鬨の声。地面が唸るような振動。二千はいる。
ぶつかっている。
尼子軍が吉川軍の後方を侵しているのだ。
「春継の言う通りだ」
「受け止めます」
反転の鉦を鳴らす。止まった兵が踵を返し、同時に全力で駆け始める。
胸に響く足音。兵達の雄叫び。
（逆に蹴散らす！）
いや、待て。春継は思い留まった。
敵は一丸となって攻めている。元春だけを目指して怒濤の突撃を敢行している。
（これは……）
包み込む好機だ。

包み込み、殲滅させる。

再び鉦を鳴らした。

陣が鶴翼に変わる。鶴が翼を広げたように左右に開く。

真中が敵の攻撃を受けている間に、左右を絞り込んでいく。

そうすれば袋の鼠だ。

(逃げ場はない)

そう思ったが、描いた通りには進まなかった。

突っ込んでいた尼子軍が反転し、包まれる前に抜け出したのだ。

その中から弾かれたように小さな集団が飛び出す。

数にして百ほど。

その百が一塊になって、吉川軍の左翼へと突進していく。

放たれた矢のような一筋の軌跡。

(騎馬隊?)

春継は目を瞠った。

先頭を駆けているのは金色の馬だ。馬上には赤色縅の鎧に鹿角の兜。馬も人も、陽光を浴びて輝いている。

「幸盛っ！」

元春が奥歯を噛みしめたのが分かった。愛馬黒風の上で手綱を握り締めている。その横で、春継は息を呑み込んでいた。

（大将が先頭を駆けるか）

覚悟に触れた気がした。

稀代の豪傑の戦ぶりに、足の裏から冷たいものが這い上がってくる。

「左翼、防御だ」

寒さを追い払い、鉦を鳴らさせる。とにかく鳴らし続ける。

本陣の守りに割いていた兵を左翼へ走らせた。周囲には元春麾下しか残さない。左を突破されるわけにはいかないのだ。左が崩れれば、敵はそのまま中央になだれ込んでくる。

空気が一斉に揺れた。

炸裂音。

（鉄砲……？）

春継は目を細めた。

吉川軍の包囲から躍り出た尼子軍。そこからさらに鉄砲隊が抜け出して反転し、一斉射撃を始めている。

　吉川軍の包囲から脱出しながら弾込めしたのだ。想像を軽く飛び越えてしまうような精強な軍だ。

　自軍の兵はかなりやられているだろう。急に反転させて駆けさせた。意識は前にしか向いていなかったはずだ。そこをいきなり鉄砲で撃たれたのだ。防御など頭になかったに違いない。

　前線が尼子軍本陣、歩兵隊と再びぶつかった。最初から尼子は迎え撃つつもりでいたのだ。待ち構えられていた。

　前線が崩される。想像以上の強さだ。わずか数月でこれほどの軍を育て上げるとは、やはり尼子軍は手強い。

　左翼も劣勢になっている。幸盛率いる騎馬隊に押されているのだ。このままでは明らかに吉川軍が窮地に追い込まれる。

「ここまでだ」

　不意に元春が呟いた。目は鋭いままだが、口もとには不敵な笑みが浮かべられている。

　元春の視線を追って、春継はその笑みの正体が分かった。

（確かに……）

ここまでだ。

右側で地響きが起こっている。

立ち昇る砂塵。飛ぶ鳥のような滑(なめ)らかな走り。

先頭に白い馬。

白馬に導かれる形で鏃形に並んでいる。

圧倒的な速さだった。

吸い込まれるように、尼子軍本陣の側面に迫る。

吉川軍騎馬遊撃隊、四百騎だ。

元長軍の後方で待機させていた四百騎が駆けに駆けて姿を現した。そして今、敵軍にぶつかろうとしているのだ。

白馬に乗った武者が右手を挙げた。

小六である。白馬は風花(かざはな)だ。

小六の合図で遊撃隊が進路を右に変える。

同時に、轟音(ごうおん)が響く。尼子軍から遊撃隊目掛けて鉄砲が放たれたのだ。

間一髪のところで遊撃隊は避けた。落ちた者は一人もいない。小六が右に進路を変えさせたのは、鉄砲が放たれるのを咄嗟に見極めたからだ。そのまま隊をまとめ、吉川軍の前線と交戦している尼子軍本陣に突っ込む。

突撃した遊撃隊はあっという間に敵陣を割き、原野に躍り出た。

「うぉぉ！」

周囲から歓声（かんせい）が上がる。元春麾下の兵が、遊撃隊の動きに声を上げたのだ。

「まだだ！」

春継は口中の爪を吐き捨てた。別の場所に目を向けている。

幸盛率いる騎馬隊が待ち構えている。

このままいけば正面から激突するのは避けられない。

（幸盛もやる気だ）

金色の馬が飛んだ。続いて尼子の騎馬達。

見る間に距離が詰まっていく。尼子軍も相当調練を積んでいる。勢いは並の騎馬隊とは比較にならない。

（ぶつかる！）

目を見開いた春継は、次の瞬間唖然（あぜん）とした。

避けたのだ。騎馬遊撃隊が――。

敵に当たる直前で左に進路を変え、尼子騎馬隊の側面に回り込もうと手綱を押している。

そのまま攻撃に移る。

しかし――。

今度は速さが増した。尼子騎馬隊が――。

目の前を流れていく遊撃隊に、さらに一段速くなって、その後尾に突っ込んだ。

尼子騎馬隊は遊撃隊に食らいつき、そこを散々に乱しながらかち割った。

遊撃隊もすぐに反撃に移る。

走力を上げ、尼子騎馬隊に突撃した。

蛇(へび)と蛇が尾を喰(く)い合うような戦だ。

しなり、絡(から)み合い、牙(きば)を立てる。

その時、

(ん?)

春継は眉を寄せた。遊撃隊にもう一度攻撃を仕掛けると思っていた尼子騎馬隊が、突如進路を変え、尼子軍本陣目掛けて駆け始めたのだ。

そのまま合流した。本陣の中を通って吉川軍へ向かってくる。

吉川軍の前線では槍同士の押し合いが続いていた。が、騎馬隊が現れたことで状況が一変する。

幸盛率いる尼子騎馬隊が吉川軍の槍隊に攻撃を仕掛けたのだ。

馬を縦に並べ、隙間に飛び込んでくる。陣を乱しては、抜け出す。それを何度も繰り返す。

前に出ようにも出られなかった。

次から次へと現れる騎馬達に、槍隊はどのように攻撃をすればよいか分からなくなっている。

時が経った。

気づくと尼子の本陣が退いていた。背を向けて一目散に駆けている。

退却するつもりのようだ。幸盛は本陣を退却させるため、前線に飛び込んできたのだ。

（追撃できない）

そう思ったことが腹立たしい。

幸盛率いる騎馬隊が前線を乱すので、追うことができないのだ。

「追うな！」

元春が叫んだ。ハッとなった春継はすぐに待機の鉦を指示する。

元春は知っているのだ。これ以上攻めたところで傷つくだけだと。尼子軍との距離を縮めるだけの足を使えば、息が上がってしまう。追いついても槍衾（やりぶすま）の恰好（かっこう）の餌食（えじき）にされるだけだ。

（さすがは元春様だ）

同時に、悔しさが募（つの）った。騎馬隊同士の戦いに夢中になり、戦局を見極めかねた己が情けない。

春継は戦場を睨みつけながら、打ち鳴らされる鉦の音を悄然（しょうぜん）と聞いた。待機の鉦が鳴り続けている。

次第に前へと進む力が弱まった。前線まで指示が行き渡ったようだ。

（今日のところは終わりだ）

気を抜きかけた春継は、目の端に白い影が映ったのを見て緊張を蘇（よみがえ）らせた。

前進をやめない隊がいる。

突出して駆ける白い馬。

土煙。地面を揺るがす轟音。

騎馬遊撃隊だ。

先頭の白馬が、逃げる尼子軍本陣目指して駆けている。

「鉦だ！　鉦を鳴らせ！」

春継が指示し、さらに強く叩かれる。

だが、遊撃隊は止まらない。

（聞こえていないのか？）

馬蹄の響きがうるさくて届かないのかもしれない。

それでも状況を見れば分かるはずだった。尼子軍は退却しているし、吉川軍は防御の姿勢に入っている。軍がどういう状況にあるか、理解できなければならないはずだ。

しかし、遊撃隊は止まらなかった。みるみる尼子軍に迫っていく。

春継は思わず身を乗り出した。

遊撃隊は、山中幸盛率いる尼子騎馬隊を蹴散らすため、こちらに向かって駆けていたのだ。それを、尼子軍本陣が退却したと見るや、進路を変え、追撃に移った。

この乱戦の中、敵の動きを敏感に察知し、即座に対応した判断力は見事だ。その咄嗟の動きに対応できるまで騎馬隊を鍛え上げている統率力は並の武将のものではない。

今や、吉川軍最強の部隊になっている。

その最強の騎馬隊を率いているのが、賊に村と家族を焼かれた近松小六だ。小六は騎馬遊撃隊の指揮官として、急激な成長を遂げているようだ。

白馬が尼子歩兵隊に突っ込んだ。続いて他の騎馬もなだれ込んでいく。たちまち、尼子軍の中心部まで駆け抜けた。

そこで、変化が生じた。尼子軍が中央から南北に割かれ始めたのだ。遊撃隊である。

尼子軍の中で隊を二つに分け、それぞれが軍の中を南北に突き崩し始めた。次々と上がる首が、尼子軍の為す術のない状況を物語っている。

やがて南に進んでいた遊撃隊が尼子軍から抜け出した。そこに再び炸裂音が響く。尼子の鉄砲隊が待ち構えていたのだ。

遊撃隊には気の緩みが出ていたはずだ。敵軍の中央まで進み、突破した。勝ちを意識していないはずがない。

そこに鉄の弾が襲いかかってきた。壊滅してもおかしくない状況だ。

が、遊撃隊は崩れなかった。

鉄砲が炸裂する直前、先頭の白馬の指揮官が手を挙げ、同時に、まるで氷が割れるように、パッと馬達が飛び散った。

何名かが騎馬から落ちた。だが、ほとんどは鉄砲の弾を避けて、散開している。

北側に抜けたもう一つの隊が、大きく迂回して再び突撃しようとしている。だが、尼子軍の槍隊に反撃され足止めされたようだ。尼子軍の先頭で凄まじい槍を振っている男が目に飛び込む。白い具足に身を包んだ男だ。その白具足の男に押されて、北側の遊撃隊は戦場から離れ始めた。

小六は、その様子を確認したらしい。すぐに、もう一つの隊に手を挙げて指示を出し、自らが率いる隊は、尼子本陣に背を向けて駆け始めた。

山中幸盛率いる尼子の騎馬隊が迫っている。

幸盛は尼子騎馬隊を一つにまとめていた。本陣を援助するつもりのようだ。

そこに吉川軍の遊撃隊がぶつかった。

と思った瞬間、尼子騎馬隊が二つに割れた。あえて真中に遊撃隊を誘い入れ、両側から挟撃しようというのだ。

遊撃隊もすぐに反応する。

またもや弾かれたように隊が分かれ、それぞれが尼子騎馬隊に襲いかかった。弓矢のようだ。何本もの矢が、尼子騎馬隊に突き刺さっていく。

それで尼子騎馬隊は崩れた。やはり遊撃隊の力は図抜けているのだ。馬上でも槍を巧みに操れる兵が乗っている。そうした兵達が、小六の指示一つで、自在に駆け回ることができるのだ。最早、天下に敵なし、そう思えてしまうほどの完成度だ。

一方の尼子騎馬隊は、散々に討たれたようだった。それでも、残った兵をまとめると、遊撃隊に反撃を試みることはせず、本陣の下へ駆けていった。

遊撃隊も遊撃隊で、それ以上追撃しようとはしなかった。分かれていた北側の隊の合流を待つと、吉川軍の方へ馬首を向けた。

(比類なき強さだ)

春継は握りしめている拳に目を落とした。魅入られていたことに今更気づく。同時に、冷めた思いを抱いている己にも会った。確かに遊撃隊の戦には華々しいものがある。たった四百騎で、尼子軍を蹴散らしたのだ。完全な勝利だ。

(だが……)

春継は目頭を押さえた。

紙一重だった。少し間違えば崩されていたかもしれない。

尼子軍本陣の真中で分かれた時も、鉄砲隊の待ち伏せを躱した時も、少しでも判断を誤っていれば、大打撃を受けたはずだ。それをさせなかった遊撃隊とその指揮官の力量はやはり怖ろしいものがあるが、しかし、今回の戦では見せなくてもよいものだった。

勝ち戦だったのだ。尼子軍の本陣が退却を始めた時点でそれは決していた。紙一重の勝負を仕掛けるのは、もっと別の戦でいい。それよりも、もし万が一があって指揮官を失うようなことになれば、それこそ大損失だ。

春継は隣の元春を仰いだ。表情に変化は見られず、戦端が切られた時と同じ鋭い眼差しを遊撃隊に注いでいる。

春継は親指の爪を前歯に当てた。元春が何を考えているのかは分からなかったが、元春を見た途端、己がなにを為さなければならないかは分かった。

春継は、いつまで鉦を鳴らせばいいのかと窺ってくる兵を無視して、空に目を向けた。

いつの間に流されたのか、鰯雲は散り散りになっている。どこまでも深い青が広がるばかりだ。

(風が吹き始めたのだ)

春継は思った。空でも大地でも、風は吹き始めている。

四

「おかしい」

春継は親指の爪を噛みながら眉を寄せた。先ほどから背筋を這い上がる冷気に悩まされている。心の臓を凍(こご)えさせ、呼吸を苦しくさせる嫌な冷気だ。

「なにか見落としている気がする」

だが、なにを見落としているのか分からない。だからこそ、悪寒を抱く。

鳥取城内にあてがわれた館の一室だ。秋の朗(ほが)らかな風が吹き抜けているが、春継の周りだけは外気とは裏腹の黒々とした空気が沈殿している。

気になったことはどんな些事(さじ)でも調べ上げなければ気が済まない性質(たち)である。なにかを見落としているかもしれないという感覚は衣の中に蛇が滑り込んできたような薄気味悪さがあった。

「山名が降伏してくれたおかげで、此度(こたび)の因幡攻めは随分と楽になった」

(だが……)

引っかかる。なにが引っかかるかというと判然としない。鳥取城攻めは吉川軍として勝つための戦をし、当たり前のように勝った。山名を降伏させて鳥取城を奪うことは春継が頭で描いていた通りの戦だ。

それでも、疑念が残る。

尼子軍の大将は山中幸盛だ。

幸盛がいるというだけで、勝ち戦も心から喜ぶことができない。

出雲を一年も経たずに占領し、布部山の戦いで吉川軍を危ういところまで追いつめた、あの山中幸盛である。

その幸盛が仕掛けたにしては、此度の戦はあまりにあっさりとし過ぎていたのではないか。

確かに軍を二つに分けて吉川軍の背後を襲わせた戦は見事だった。並みの武将では思いつかない戦法だ。あの騎馬隊にしてもそうだ。幸盛自らが跨り戦場を駆け抜ける姿は神々しくさえ見えた。

まさに金色の矢だった。

出雲で戦った時は、あのような騎馬隊はなかった。二年の間に馬を揃え、鍛えたのだろう。確かな実力を感じさせる騎馬隊だった。

ギリギリの戦だった。

騎馬遊撃隊のおかげで、圧倒した勝利だと捉えられているが、あれは戦略にはなかったものだ。吉川軍としては、やはりギリギリの戦であったというのは異論ない。

それをものにできたことは大きい。

(でも……)

なにかがおかしい、そう感じる。

「本気じゃなかったのではないか？」

胸に小さな引っかかりができている。それは、幸盛にしてはあまりに手ごたえがなさすぎた戦への疑念だ。

肌が痺れるような気魄を感じなかった。強かったがそれまでだ。どこにでもいる敵を相手にしているような感覚で臨むことができた。

だが、終わった今になって肌が痛む。心の臓が冷たさに締め上げられている。

怖ろしかった。

この得体のしれない不安を追い払うには、考えるしかない。鳥取城の戦をもう一度洗い直し、どこかに潜んでいる引っかかりの正体を見つけ出す。そうしなければおちおち眠ることも敵わない。

春継は文書の山から地図を取り出し、文机に叩きつけた。

鳥取城の周辺を記したものだ。

因幡が戦場になることが分かってすぐに、権之助に集めさせたのである。集めた地図に、忍びを使って調べたことを書き加えている。地図を見ればその地に立っているような気分に浸ることができた。

「あいつは、なにを考えていた？」

春継が地図に目を近づけた時である。

襖がサッと開いた。

襖の向こうに若侍が現れる。口を半開きにして立ち尽くしている。

春継の家士だ。

思考を断ち切られた春継は、家士を睨みつけた。

若侍が青ざめる。ゴクリと唾を呑み込んで足を一歩引く。

「いかがなされましたかな？」

襖の傍に控えた男が家士に話を振った。男の口調は商人のものだ。装いも小袖に羽織をひっかけたもので、柔和な笑みを浮かべた様子は大きな商いをしている主人といった落ち着きがある。

しかし、商人ではなかった。

忍びの権之助である。

朝から館に閉じ籠って各地の情勢を聞いていた。春継が先ほどまで呟いていたのは独り言ではなく権之助に向けて発せられたものだったのだ。権之助は必要以上のことを喋らない。春継の言葉を受け止めるだけ。受け止めるだけだが、春継は権之助と話した気になっている。下手に口出ししてこない分、自分の頭の中をすべてさらけ出すことができた。

襖を勢いよく開けて春継の思考を断ち切ったのは、この権之助である。

廊下の足音を耳にしたのだろう。春継の考えが外に漏れないよう、襖まで一飛びし、家士より先にわざと大きな音を立てて開けた。

廊下で家士が驚いているのは、襖の前で膝をつこうとしたちょうどその時に、勝手に目の前が開いたからである。

「え？　……あ、はい」

若い家士は、春継から権之助に目を移すと、少しだけ肩の緊張を解いた。親しみやすい笑みを浮かべてくる権之助に、安堵の気持ちを抱いたらしい。

「浅川様が来られました」

「もう、そんな刻限か」

春継はこめかみを押さえた。騎馬遊撃隊のまとめ役である浅川勝義を呼んだのは春継である。会うのは昼過ぎにしていたはずだ。その浅川がもう来たとなると、朝から二刻（約四時間）もの間、権之助相手に悩み続けていたことになる。

「通せ」

家士が礼をして下がった。足音が遠ざかると、春継は散らかした書籍や文書を集めて権之助を呼んだ。

「片づけろ」

権之助は膨大(ぼうだい)な紙の束(たば)を受け取り、隣部屋へ向かった。春継が扱っている文書には外に漏らしてはならないものが多々含まれる。味方にも見せるわけにはいかなかった。整理を任せられるのは権之助だけだ。信頼できるのは権之助しかいないのだ。

「おう、なんじゃ」

権之助が部屋から退(さが)ってしばらくすると、廊下から嗄(しゃが)れ声が響いた。姿を現したのは浅川勝義である。白い髪とよく焼けた肌。太い鼻梁(びりょう)の両側には猫のような丸い眼(め)がくっついている。顔に黒い染みがいくつか出来ているが、表情全体が精気に満ちているため、むしろ若々しく見える。

「わざわざご足労いただきまして」

春継が頭を下げると、

「仰々(ぎょうぎょう)しいのぉ」

浅川は笑いながら、正面に胡坐(あぐら)をかいた。

「用件はなんじゃ」

単刀直入に聞く。浅川の中では、春継はまだ教え子の一人なのであろう。

春継は幼い頃、吉川元春の嫡男元長と一緒に浅川から槍の稽古を受けていた。浅川の槍捌き(やりさば)きは目で追うのも難しいほど巧みで、二人はそんな浅川の指導を受けるうち、ぐんぐん伸びていった。元春の血を継ぐ元長は別格だとしても、春継も吉川軍で有数の槍の遣(つか)い手になっている。浅川の指導が分かりやすく、確かな成果を上げることができたからだ。その浅川は、一時期、若い兵の槍の調練を受け持っていたが、今は槍の方は熊谷信直に託して、もっぱら騎馬遊撃隊のまとめ役として働いている。

「先日の戦のことです」

春継は努(つと)めて冷ややかな声で告げた。

「空がきれいじゃったのぉ。鰯雲がくっきり見えた」

「茶化しても無駄です。軍令が破られました」

「そうとられても仕方ないじゃろうな」

「本陣からの指示は絶対。鉦が聞こえませんでしたか？」

「馬蹄の音、槍の合わさる響き、兵達の叫び声。戦場は様々な音で満たされとる」

「鉦が聞こえませんでしたか？」

春継が重ねて問うと、浅川は頬をつるりと撫でた。

「まぁ、聞こえたか聞こえんかったかでいうと、聞こえたわ」

「なぜ退かなかったのです？」

「その場に居合わせた者にしか感じられん気がある。わしは、あの時、尼子軍を壊滅させることができると思った」

「わしは……。ですか？」

春継は浅川と視線をぶつけた。少しの間無言で見交わしただけなのに、春継には浅川の言いたいことが分かったし、浅川も春継がなにを言おうとしているのか分かったようだ。

「とにかくです」

春継は両手で膝を叩いた。

「騎馬遊撃隊が軍令を破ったことは紛れもない事実。誰かが咎めを受けねばなりませぬ」

「他の者に示しがつかんよのぉ」

「浅川殿は遊撃隊のまとめ役。申しつけてもよろしいか？」

「よい」

「……遊撃隊には別に指揮官がいます。その者を罰するという手もありますが……」

敢えて口にした。

答えは分かっている。浅川は若い指揮官を特別気にかけているのだ。浅川が罰を受けさせるわけがない。

それでも、一言付け足しておかなければならないと思った。次は浅川ではなく、その者を罰することになる。大目に見るのは今回が最後だ。

「わしが受ける」

浅川の答えは予想した通りだった。春継は一度咳払いして姿勢を正すと、

「申し渡す。浅川勝義。軍令を破った咎により、笞打ち五十回」

「ぬるい！」

浅川が突然袖から手を引っ込めて、もろ肌脱ぎになった。鋼のような上半身が現れる。ところどころ槍傷が走っているが、それも浅川の強靱な躰をより一層迫力あるものに見せていた。金剛神のような肉体は、若々しくもあり、少し打っただけでは痛みを感じることなどないように思えた。

「齢十七の時から鍛えた肉体じゃ。五十の笞打ち程度では、傷一つつかぬ。他の者へ見せつけるなら、二百は叩かねばならぬ」

「見せつける？」

「わしが気を失うぐらいに打ち据えてこそ、初めて兵達は知る。ぬるい罰は却って気を緩める元になるぞ」

「そうか。見せつけか！」

春継は急に顔を上向けると、隣部屋に声をかけた。

「権之助！」

「はっ！」

権之助が素早く襖を開け、春継の前で膝をつく。

「見せつけたんだ、幸盛は！」

春継は爪を噛み始めた。突然現れた商人風の男に浅川が驚いているが、まったく気に留めない。二刻も考えたひっかかりの答えが、ようやく分かりかけているのだ。

「幸盛はわざと敗けたのだ。敗けることで吉川軍の強さを見せつけようとした」

誰に？　と、権之助は聞かない。春継がすでに答えにたどり着いていることを知っているからだ。

「山名豊国だ。山名は二の足を踏んでいた。毛利に降るつもりではあったが、尼子を裏切ることに躊躇いもあった。ギリギリまでどちらに利があるか見定めるつもりだったのだろう。小癪な男だ。だからこそ、幸盛は兵を出して敗けてみせたのだ」

　豊国を降伏させるためにわざと敗けた。目の前で尼子軍が敗れるところを見れば、さすがの豊国も意を決さざるを得なくなる。抵抗を続けることは不利だと悟って、こぞとばかりに毛利へ降るはずだ。現にそうなっているし、そのおかげで毛利は鳥取城を手に入れることができた。

「幸盛の狙いはなんだ？　どうして鳥取城を手放した？」

　春継は爪を噛みながら、視線をせわしなく動かした。なにか巨大なものに全身を搦め捕られているような気配を覚える。その搦めているものがなにか。正体は分からぬし、だからこそ脅威に思う。

「ところでわしはどうすればええ？　五十か二百か」

　春継に待ちぼうけを食らった浅川がぼそりと呟く。罰を告げている最中で、急に己の考えに没入した春継だったが、浅川はそうした軍師に慣れているようだ。首を掻きながら、可笑しそうに笑っている。

「浅川殿の好きにされればよかろう」

　春継は邪険に答えた。浅川の笞打ちの件は、頭からすでに消えかかっている。

「好きにすればよいとは、なんと大層な。それではこの咎め自体、なしにしてもええというわけじゃな」

「浅川殿は、そういうことはなさりませぬ。そこは、信頼しておりますゆえ」

「権謀術数が入り乱れる戦の世。昨日の友が、今日の敵にならぬとも限らぬ。お主の一途な信頼は、少しばかり危うさを孕んどるように見えるぞ」

「それでは……」

顔を上げた春継は、いたずらした小僧のように片目を閉じている浅川を見て、ハッと権之助を見た。

「地図だ。中国と畿内の地図を持ってこい」

春継が言うと、不意に権之助の気配が消え、手に一巻の巻物を携えてまた現れた。

受け取った春継は、床に巻物を広げた。

「まさか……」

各地の勢力が書き込まれている。中国はほとんどが毛利の支配下に落ちている。わずかに備前と美作が、浦上、宇喜多で争っているが、両者はともに毛利に従属する意思を示しており、どちらが勝ったとしても毛利の領土になると考えていい。その先は播磨で、ここは別所家を筆頭に多数の国人が割拠している地だ。まだ、圧倒的な支配者は現れていない。

山陰では、但馬に山名、丹波に波多野がある。どちらも旧くからその地を支配してきた名家だ。しかし、両者にはかつての力はほとんど残っていない。早晩大きな勢力に組み込まれるのは必定と考えるべきだろう。

（大きな勢力……）

東に目を向ける。畿内を瞬く間に制圧した男がいる。

織田信長。

足利義昭を奉じて京に入った信長は、破竹の勢いで軍を展開し、あっという間に畿内を占領下に置いた。甲斐の武田信玄が死んだ今、東からの脅威が減じた信長が目を向けるのは北と西。

越後の上杉と安芸の毛利だ。

信長に対抗できる勢力は、この二つと、あとは一向宗門徒を私兵化して戦う本願寺くらいのものだろう。天下布武を旗頭にする信長は、この三方とどうしても戦わなければならない状況にある。

そこに幸盛は目を付けたのだ。

現在、毛利と織田は友好関係にある。建前上そうしているだけではあるが、互いに協力して足利義昭を補佐し、幕政を取り仕切っていくことで同意している。すぐに戦になるようなことは、まずない。

だが、但馬の山名と毛利が近づけば、信長は焦燥を抱くに違いない。信長は丹波と但馬を手に入れることを欲しているのだ。そのための準備を着々と進めているとも聞いた。

今、毛利が但馬に勢力を伸ばせば、信長は黙ってはいられないはずだ。まず間違いなく、難癖をつけてくる。それは、毛利と織田の間に亀裂を生むだろう。いずれは全面対決に繋がるかもしれない亀裂だ。

此度の戦で、山名豊国は毛利と通じるようになった。但馬の山名と毛利が直接結んだわけではないが、それでも、山名は山名に違いない。豊国と但馬山名は縁戚関係にある。今回の戦で山名豊国が毛利に降ったことで、但馬山名と毛利は接近することになった。勢力図に変化が生じるのは必定である。

（それだけではない）

と春継は考える。鳥取城での戦は苛烈なものだった。特にあの金色の馬に率いられた騎馬隊。身が凍えるほどの突撃だった。騎馬遊撃隊の到着が遅れていれば、相当の犠牲が出ていたに違いない。

「怖ろしい男だ。な、権之助」

権之助はなにも答えない。床に目を落としたままだ。

「なにがじゃ？」

浅川が聞いてくるが、春継は無視する。

（あいつは、元春様の首を狙っていた）

唇を嚙みしめる。

幸盛は、あわよくば吉川軍の大将を討つつもりでいたのだ。だからこその激しい突撃だった。

元春を討てば、鳥取城の戦は終わる。山名豊国は毛利に降伏しないだろうが、そうなればそうなったで別の策を考えていたのだろう。吉川軍を失った毛利を攻めるよう織田を焚きつけるか、因幡を拠点に伯耆へ勢力を伸ばすか。

（織田だな）

幸盛の目には確かに織田が映っている。布部山の戦いで敗れて後、尼子だけで毛利に立ち向かう困難を悟ったのだろう。幸盛は織田の勢力の一部になって尼子を興そうと考えているに違いない。

（鳥取城の戦は、織田を動かすための布石だったか）

怖ろしいことに、勝っても敗けても織田を動かすようになっていた。幸盛にとっては、どちらに転んでも勝ち戦だったのである。騎馬遊撃隊の突撃には肝を冷やされただろうが、それでも幸盛は軍をまとめて戦場から退却することに成功した。ある程度の損耗は最初から覚悟していたと考えるのが自然だ。

「勝負は決していた」

そのことが悔しかった。幸盛が描いた絵図の上で踊らされている気がして、はらわたが煮えくり返りそうだ。

「尼子軍に鳥取城を奪われた時点で決まっていた。あの時から俺達は、あいつの戦略のために戦わなければならなくなっていたのだ」

「春継様」

声をかけられて我に戻った。目を向けると、権之助がのっぺりとした顔の中で目だけを光らせている。

「京に向かいたいと思います」

「そうだな……」

春継は下唇を摘みながらしばし考えた。

「織田家中で流言を流せば、あるいは……。効果は薄いかもしれぬ。だが、やらないよりはましだ。織田に毛利との戦は不毛だと思わせるよう仕向けろ。今、織田と戦に入ることだけは、なんとしても避けねばならぬ」

「ご命令を」

「行け」

「はっ」

一声発した権之助は、立ち上がるとすぐに襖を開けて出ていき、そのまま気配を消した。まるで、最初から権之助などいなかったかのように、辺りに静けさが染み渡る。

「お主の忍びか？」

浅川が襖の方を窺いながら言う。

「なかなかの男じゃ」

「吉川の忍びです。お会いになられたことはございませぬか？」

「布部山の戦の時に一度会っとる。遊撃隊を頂上まで導いてくれた。あの時は百姓の恰好をしとったの。今も、最後の最後まで商人じゃと勘違いしとった。ただ、発する気はやはりただ者ではなかったな。こんな人間もおるんじゃと、驚いとるところじゃ」

「権之助は優秀です」

「お主が使っておるから能力を発揮できるのじゃ。やはり香川春継は優秀じゃ」

「お褒め頂き、有難く存じます」

「吉川軍には人物が揃っとる。元春様の器がでかいからじゃな」

「騎馬遊撃隊にも人物がいます。しかも、まだ若い」

「小六か……」

「浅川殿。申し訳ございませぬが、受けてくだされ。浅川殿以外には頼めぬことです」

「気を遣わんでもええ。小六が頑なになっておるのは、わしのせいでもある。もっと別の寄り添い方があったのではないか、そう悔いとるところじゃ」

浅川は頭を掻きながらカラカラと笑った。

（大きなお方だ）

と春継は思う。百姓から侍になった浅川の苦労は並大抵のものではなかったはずだ。その苦労を微塵も感じさせない大きさが浅川にはある。だからこそ兵達に慕われる。浅川がどっしりと構えてくれているおかげで、吉川軍はどの戦でも安心して、本来の強さを発揮することができるのだ。

「なにとぞよろしくお頼みいたす。笞打ち二百回。明朝より行いますゆえ、本日はごゆるりとお休みくだされ」

「老体に二百はきついのぉ。もう少しまけてくれんか」

浅川が両手を合わせている。春継は表情一つ変えなかった。

「では、やはり五十に……」

春継が言いかけると、

「二百じゃ、二百！　お主は冗談が通じぬから困る」

浅川が膝をバシバシ叩いた。春継はぼんやりと浅川を見つめた後、親指の爪を噛もうとしたが、それを押しとどめて、深く頭を下げた。

五

雲が群青の空に浮かんでいる。橙の千切れ雲だ。そこを通して降り注ぐ西日のせいで、あたり一面に朱の色が立ち込めている。その朱色の中を黄色い葉が落ちていく。ヒラヒラと舞うのは銀杏だ。傍らで銀杏の大樹が黄金色に燃えている。

「来い、近松小六！」

向かい合う相手が気合を発した。小六は視線を銀杏から戻すと面倒くさそうに肩をすくめた。

（しようがないな）

どっと疲れが押し寄せてくる。五間（約九・一メートル）ほどの間合いを取って槍を構える青年は激していた。闘志みなぎる顔貌に、小六はほとほとうんざりさせられている。

(なにも分かってないくせに)

詰りたくなる。それが通じないことも分かっている。青年は細く腫れぼったい目と団子のような鼻をしている。岩を思わせるごつごつした顔だ。正義感に溢れ、何事も直情的に考える男は、名家山県の後継政虎である。

(育ちがいいからな)

政虎には潔癖なところがある。曲がったことを嫌う性格は一見男らしくも映るが、時と場合によっては煩わしいだけだ。己の方がたくさんの苦労を経験してきたという自負がある小六からしたら、政虎の正義感は腹立たしいばかりである。

「臆したか!」

政虎が吠える。

「なんだとっ……」

一瞬で頭に血が上った。

(この俺に向かって……)

臆したなどとよく言える。遊撃隊を率いて、真っ先に死地に飛び込んでいるのは誰だと思っているのだ。

稽古用の槍を構えた。稽古用といっても重さは三貫（約十一キロ）近くあり、力のない者であれば振り下ろしただけでたたらを踏んでしまう。事実、小六も最初は振るのがやっとだった。それを毎日、浅川に稽古をつけられ、その後も熊谷の指導を受けてきたおかげで、自在に操れるまでになっている。槍の腕も相当伸びているはずだ。若い兵の間では飛び抜けて槍捌きが巧みな政虎にも、ひけを取らない自信がある。

槍を低く構えたまま、じりじりと前に出る。政虎はまったく動かない。穂先を小六に向けて、鋭く睨みつけている。

足を止めた。

これ以上近づけば、政虎の間合いだ。神速の一撃が襲ってくるに違いない。

小六は唾を呑み込んで、ジリジリと足を開いた。

「だぁ！」

先に動いたのは政虎だ。間合いの外から跳躍し、一気に眼前に迫って来る。

振り下ろされた槍を受ける。低く鈍い音が響き、両手に岩を受けたような重さが伝わる。

下に黒い影が現れた。咄嗟に槍を返す。

弾いた。

政虎が柄を振り上げたのだ。

強烈な一撃だった。防いだ躰がのけぞった。

一瞬の隙が生まれる。政虎が躰を反転させて槍を正面に向ける。

小六はなんとか堪えて、体勢を立て直した。

その時にはもう、踏み込まれている。

胸に突きが伸びてきた。

(払って……)

薙ぐ。

そう思ったが、気づいた時には後ろに飛んでいた。

仰向けに倒れた小六は、そのままの姿勢で空を見上げる。朱に染まる空を飛翔する鳶の姿が映った。

(見えたのに防げなかった)

そのことが悔しかった。小六は馬に乗って育ったため、他の者より目がいい。遠くのものを見極めることができるし、速い動きを追うこともできる。ただ、それでも防げなかった。政虎の槍は小六が払おうとした瞬間、速さを増したのだ。小六の想像を超えて胸に伸びてきた。

政虎との間にどう足掻いても埋められない差がある。そのことを痛感せざるを得ないほどの完敗だ。小六は手で目を覆った。悔しさが惨めさに変わる。

「ほら」

黒い影が現れる。政虎だ。手を伸ばしている。

（くそっ）

小六はそれを払うと、自ら起き上がって胸を押さえた。

顔を歪める。激しく咳込む。

槍で突かれた胸が鉛を埋め込まれたみたいに重い。抜身で立ち合っていたらどうなっていただろう、そのことを考えると怖気に襲われる。一方で、怖ろしいと思ってしまう自分に腹が立つ。

「痛むだろう？　だが、浅川様はもっと痛かったはずだ。分かるか！」

政虎が唾を飛ばす。手を払われたことで、怒りを思い出したらしい。

「政虎には関係ない」

小六は舌打ちする。

「なんだと！」

「俺達の問題だ。政虎は騎馬遊撃隊ではないだろう?」

「貴様！」

胸倉を摑まれた。額をつけられ、荒々しい鼻息が顔にかかる。

政虎が怒る理由は分かっていた。だからと言って考えを改める気はない。政虎はあくまで部外者なのだ。

(浅川様も余計なことをしてくれた)

浅川の懲罰の話は聞いている。吉川兵の多くが刑の執行場へ詰めかけ、竹の笞で叩かれる浅川を見守ったのだ。

浅川の罪状は軍令違反だった。鳥取城の戦いで本陣から待機の指示が出ていたにもかかわらず、無視して尼子軍を追撃した。そのことに対する罰だ。刑は笞打ち二百回。屈強な吉川兵二名に、代わる代わる裸の上半身を打たれる過酷なものだ。

浅川は罰を諾々と受けた。

刑場となった広場で衣を脱いだ浅川は、鍛え上げられた肉体に竹を打ち込まれても眉一つ動かさなかった。むしろ、

「ひ弱な奴らよのぉ。蚊に吸われとるみたいじゃ。もっと本気で打たんかい！」

と刑吏を罵ったのだそうだ。

それからは竹が肉を打つ音だけが響いた。浅川は声を漏らすこともなく、肉が裂(さ)けて血が溢(あふ)れても、その場に仁王立(におうだ)ちし続けたという。

ようやく二百回が終わった。周りからホッと溜息(ためいき)が漏れたのは、見ている方が苦痛を感じるような痛々しい刑だったからだ。

「まだじゃ！」

そのくせ浅川は、がっくりと垂れた首を上げると、そう叫んだのである。

「まだ足らぬ。わしが気を失うまで打て！」

どよめいた。誰も続きを望む者などいなかった。それでも浅川は叫び続けたのだ。

「まだじゃ！　打て！」

要望は叶(かな)えられた。高い秋空の下、浅川はひたすら打ち据えられ、三百を超えたあたりで、ようやく前のめりに倒れて意識を失ったのであった。

小六はその場にいなかった。全(すべ)て人から聞いた話だ。浅川の刑に隠れている意味を察して、くだらない、と憤(いきどお)っていたのだ。

不貞腐(ふてくさ)れる小六とは違って、政虎は浅川の懲罰を見物した一人である。ひたすら打たれる浅川を見て感じるものがあったらしい。風花の世話をする小六の元へわざわざ来て、大銀杏のある練兵場へと連れていった。

「浅川様はお前に見て欲しいと思っていた」

そう切り出した政虎を小六は鼻で笑い、

「茶番だな」

と吐き捨てた。それで、政虎がいきり立った。

「お前が遊撃隊を追わせたのだ」

と罵り、挙句の果てに、

「立ち合え、近松小六！」

と怒鳴る始末。ひたすら真っ直ぐを進み続ける政虎には、小六のひねくれた態度が堪忍ならなかったようだ。

こうして槍を合わせることになったのだが、小六は政虎にあっけなく敗れた。

（ちくしょう）

小六はもう一度毒づく。胸倉を摑む政虎を突き飛ばすと、衣を直しながら背を向ける。

「馬に乗れば俺の方が強い」

言い捨てる小六に、

「小六っ！」

政虎が肩を掴んでき、振り返ったところを殴られた。

地面に倒れ、赤や黄の葉が舞い上がる。

「お前、少し馬を操れるからって調子に乗るなよ。お前の無茶のせいで、多くの兵が死んだかもしれぬのだ」

「なら、政虎が指揮すればいい」

「なっ……」

「馬に乗れもしないくせに、偉そうなこと言うな！」

政虎が騎馬遊撃隊に入りたいと願っていることは聞いていた。ずっと叶えられないことも知っている。

決して乗馬が下手ではないのだ。むしろ普通の兵と比べれば上手な部類に入る。だが、吉川元春はじめ、軍の上層部は政虎を遊撃隊に入れることを一向に認めようとしなかった。ひょっとすると、槍が巧い政虎のこと、別の役割を考えているのかもしれない。しかし、政虎は明らかに不満らしかった。己だけがどうしてという思いがあるらしい。若い兵で構成されている遊撃隊に政虎ほどの男が選ばれていなければ、どうしても目立つのだ。

騎馬遊撃隊は、初期から所属する隊員以外は十代から二十代前半の若い兵で構成されていた。戦場を真っ先に駆ける遊撃隊だ。血気盛んな者でなければ務まらない。が、理由はそれだけではなかった。騎乗の仕方も考慮（こうりょ）に入れられている。長年にわたって馬に乗ってきた年長者は己の騎乗の型を持っている。それが、騎馬遊撃隊の変幻自在な動きに合わせようとした途端、邪魔になるのだ。浅川は柔軟に対応できているが、多くの者はそのような器用さがない。その点、若い兵はまだ型が定まっていなかった。それだけに、吸収が早い。遊撃隊特有の、小六特有の乗り方を己の型として身に着けることができた。

　遊撃隊の面々は小六の指示をよく聞き、騎兵として着実に育っている。小六は、指揮官でありながらいまだ最年少だったが、誰よりも巧みに馬を操れる小六を、隊員達は尊敬しているようだった。歳が近いからこそ、小六の凄さを肌で感じることができるのかもしれない。騎馬遊撃隊はまるで一人の人間であるかのように、隊としての意志を共有することができていた。その意志を決めるのは小六である。小六が右と言えば右を向き、左と言えば左を向く。小六を中心に遊撃隊は築かれているのだ。

　そのことを政虎がうらやましがっていることを、小六は知っている。元々世話好きな男だ。親分肌なところもある。同世代の者が躍動する中、その輪に入れない己を歯がゆく思っていても仕方がない。政虎にとって遊撃隊のことは触れてほしくない禁忌（きんき）

だった。口に出せば、簡単に傷つけることができる。

「お前は俺達遊撃隊の仲間ではないだろう！」

　小六はもう一度言う。

「この野郎っ！」

　政虎が胸倉を摑んできた。眉間に皺を寄せて小六を引き寄せる。だが、政虎は殴らなかった。乱暴に小六を突き放すと、

「つまらぬ男だな。まさか吉川軍にかようなまでに小さき男がいようとは思いもしなかった」

　吐き捨てた。小六は鼻を鳴らす。

「いくらつまらなかろうが、俺は、遊撃隊を率いている。お前と俺、どちらのほうが大切だと思われているかは、誰に聞かなくとも分かるはずだ」

「そうやって、一人悦に入っていればいい。いつか重大な失敗を犯すことになる。その時になって初めて気づくのだ。いや、気づいた時には胴と首が離れているかも知れぬがな」

「負け犬がキャンキャンと」

「浅川様ではなく、お前が打たれなければならなかった」

「打たれても構わなかった。浅川様が勝手に受けると言い出したのだ。あの方の出過ぎる性分には、俺も困っている」

「なにも分かっておらぬ！　なにも分かっておらぬぞ、小六！　どうして浅川様が受けたのか。どうしてそれが認められたのか。今のお前には一生かかっても分からぬだろうよ」

「ほざいてろ。返してやるからな」

「なにをだ？」

小六は立ち上がると、尻の土を払った。調練用の槍を拾って、踵を返す。

「俺を槍で突いたことだ。絶対に後悔させてやる。風花に乗りさえすれば、お前なんか赤子も同然なんだ」

「分かっておらぬ。哀（あわ）れなほどに、なにも分かっておらぬぞ」

政虎が零すのを、小六は背中で受けた。目を前だけに向け、政虎の声に意識が向かないようにする。黙々と歩き続ける。

「くそったれ！　くそったれ！」

歩きながら小六はひたすら罵った。

「俺しか乗れないんだ」

俺しか風花に乗ることはできないんだ。

騎馬遊撃隊は俺の隊だ。

俺以外の者に率いることはできないんだ。

小六は肩を怒らせて紅葉の散る木々の間を歩いた。

練兵場を出たところで、ふと小六は空に目を向けた。夕陽はいつの間にか消え、黒ずんだ雲が群青の空に浮かんでいる。立ち止まって見上げた小六は、急に気持ちが萎えてくるのを感じた。夜に侵されつつある空は、胸の奥に沁み入って来るような物寂しさがあった。

（なにに苛ついてんだ……）

小六は鬢を掻きむしった。

最近、少しのことで腹を立ててしまう己がいる。安芸大朝の日野山城にいる時も、遠征で因幡に来た時も、ちょっとしたことで苛ついてしまった。己の中に、別の人間が住んでいるみたいだ。そいつが躰の内側で暴れ回りたいと叫んでいる。

騎馬遊撃隊が思った通りに動かなかった時などは特に酷い。

先日の鳥取城の戦いがそうだ。

最初に尼子騎馬隊とぶつかった時だ。小六は突き崩せると目論んでいた。相手が走力を上げたことでぶつかることが敵わなかったが、それは遊撃隊の動きが悪かったからでもある。

（あの時……）

敵の騎馬隊が迫って来た。左に避けたはずだったが、後ろが少しだけ巻き込まれた。遅かったのだ。

小六の想像通り動いていれば躱すことができたのである。まだ調練が足りていない。そのために、側面に回り込む速力を削がれてしまった。

ほんの少しの差だった。が、そのほんの少しが勝ちを手放させたのだ。尼子騎馬隊を崩すことができなかった最大の原因は、遊撃隊の緩慢な動きにある。

あそこで突き崩していれば大将を討つことができた、と小六は思っている。

敵の騎馬隊を率いていたのは鹿角の兜をかぶった男だった。

後から聞いた話で、山中幸盛だと知った。

（惜しかった）

小六は臍を嚙む。

吉川元春が一目置いている男だ。山中幸盛を討つことができれば、騎馬遊撃隊の評価も高まっていたに違いない。

あそこで大将を討てなかったことが小六を頑なにした。頭に血を昇らせた小六は、本陣からの鉦を無視して突撃を敢行したのだ。

（あの鉦がなければ）

とも思っている。鉦が鳴ったせいで、遊撃隊の兵に戸惑いが生じた。小六の指示に従えばいいのに、本陣の命令とどちらを優先させればいいか、迷ったのだ。指揮官である小六が突っ込んだために全員が続いたが、一瞬の迷いが馬の脚を鈍くさせていた。乗り手の戸惑いを敏感に察した馬が力を緩めてしまったのだ。

結果、尼子の本陣への突撃が遅れた。致命的な遅れだった。あの遅れのせいで、鉄砲隊に兵をまとめさせる余裕を与えてしまった。それと、白い具足が率いていた槍隊。あの二隊が出てこなければもう一度本陣に突っ込んで、散々に蹴散らすことができたのだ。

小六にしか分からない差だった。他の者は鮮やかすぎる勝利に胸のすく思いを抱いたことだろう。だが、小六は違った。歯噛みしたくなるほど、みっともない戦だ。

「ちくしょう！　ちくしょう！」

思い出すと、腹が立ってきた。暴れたいという衝動が、煮えたぎる油のように沸いてくる。その油は、至る所に飛び火していった。

怒りを燃え上がらせた小六は、降り積もった落ち葉を蹴り上げた。赤や黄の色彩が空中に漂う。それらに向かって、槍を振り回した。叩かれ、舞い、落ち葉はバラバラになりながら中空を埋め尽くす。

やがて小六は槍の柄を地面につけ、落下する紅葉を睨んだ。肩で息をしながら、胸が激しく打つままに任せる。

「もっと鍛えなければ……」

呟いた。

（騎馬遊撃隊こそ……）

圧倒的に強い騎馬遊撃隊こそ、己が吉川軍に存在していい理由なのだ。少しでも弱さを見せれば、己は軍の中で居場所を失ってしまう。

小六の脳裏に同世代の遊撃隊員達の顔が浮かんだ。親しみの情を寄せてくれる仲間達だ。が、だからといって、甘えた感情を抱くつもりはない。己は常に高みに居続けなければならないのだ。そうすることで、仲間達の目標となる。指揮官について行こうと、隊員達は必死になって己を高めようとする。そうまでしなければ、当世並ぶもののない騎馬遊撃隊を築くことはできないのだ。

（敵を打ち負かす最強の騎馬隊を作る）

それだけだった。なによりも速く駆け、どのような軍も粉砕する。そんな遊撃隊を目指す。そこに己の存在意義はあるのだ。

小六は口を真一文字に結んだまま、落ち葉で埋め尽くされた森を睨みつけた。

出雲の百姓の舞

一

肌を撫でる風が冷たい。

上空には銀色に輝く月。大河のように流れる雲の後ろから、今、姿を現したところだ。

山中幸盛は目を閉じると月の雫を全身で浴びた。気が冴え冴えと満ちていく。

（この光こそ……）

俺達が夢見てきた光だ。

白光する月明かりは、陽光のような力強さはない。それでも、闇に震える者を、そっと包み込んでくれるような優しさがある。

まるで尼子そのものだ。

尼子という存在が、己達に心地よい安らぎを与えてくれる。母の腕に抱かれているような安らぎを思い出させてくれる。

（それを取り戻すために戦ってきた）

尼子再興の旗の下に集い、毛利と戦った。夜空を覆いつくそうとする雲。それを吹き飛ばす風になるつもりだった。黒雲を押し流し、眩い月の雫を出雲の民達の頭上に降り注がせてやろう、そう胸に誓っていた。

だが、敗けた。

多くの同志を失った。

同じ夢のために命を賭した、かけがえのない同志達だ。

（それでも俺達は、再び起った）

尼子勝久を大将に据え、尼子再興の檄を発した途端、三千の兵が集まった。出雲から離れてひっそり暮らしていた男達が、各地から因幡へ駆け付けてくれた。尼子武者の誇りを生涯背負い続けることを誓った兵達だ。

亡き同志達の思いを果たすため、己等は戦う。

恨みと無念を晴らすため。

それから、夢。

散っていった仲間達が描いた夢を叶えるためにこそ戦うのだ。

月は暗がりでなければ真の光を発することができない。

尼子も同じだ。

出雲という最も輝ける場所がある。出雲から尼子の光を四方に放つのだ。

幸盛は視線を地上に戻した。月明かりの中に、生き生きと映える景色が映る。きらきら輝く砂地。天に伸びる松。墨を撒いたような海。波が盛り上がるたび青白く光っている。

「……まだだ」

足元から声が上がる。槍を落とした若い男が、呻きながら起き上がろうとしている。

「そうだ。もう一度だ」

励ました。若者の眼に鋭い光が宿っているのを見たからだ。尼子軍の指揮官である己に果敢に挑んできた。逆に打ち据えられたことで、内に宿る怒りが目覚めたようだ。

「これぐらいでへばっていては、名門亀井家の名に泥を塗ることになる。もっとも、お前の望みが亀井の名を穢すことだというのなら、目的は達せられたことになるがな」

若者の肩が動いた。全身をワナワナと痙攣させ始める。

「来い！　お前の言う恨みとは、こんなにも容易く折れてしまうものか」

「うぉおおお！」

若者が絶叫した。

目に狂乱の火を宿し、口角から泡を溢れさせながら突進してくる。

降ってきた。

槍。

受ける。

速い。そして重い。手が痺れる。

間髪入れずに打って来る。

右。左。

「らぁ！　うりゃぁ！　うらぁあ！」

防ぐ、悉く。

相手の槍は、怒りを乗せている分、重い。

見事な槍である。気魄も凄まじい。

戦場であれば、すでに数人の首を飛ばしているだろう。

（だが……）

まだ粗(あら)い。

我を失っているせいかもしれない。意識が前にしか向いていない。

一直線に向かってくるだけの敵はそれほど怖くない。

「はっ！」

幸盛は低く吠(ほ)えた。

槍を引き、穂先を回す。その反動を活(い)かして柄をすくい上げる。

若者の顎(あご)を捉(とら)えた。

顔を仰向(あおむ)けたところに、槍を回転させて横薙(よこな)ぎを入れる。

左腕もろとも、したたかに打つ。

「ぐえ！」

若者が吹っ飛び、地面を滑(すべ)った。

土煙。すぐに静けさが訪れる。月光の中を埃(ほこり)が舞っていく。それらもやがて見えなくなる。

「う……。うぐ……」

若者が漏(も)らす。呻(うめ)きはすぐに辺りの物音に紛(まぎ)れた。秋の虫の鳴き声。間断なく押し寄せる潮騒(しおさい)。

「ここまでだ。いつでも相手してやる。稽古をつけてほしければ、声をかけてこい」

若者はなにも言わない。左腕を押さえたまま、仰向けに倒れている。

（しばらくは動かぬだろうな）

折れてはいないはずだ。感触が伝わってこなかった。それでも相当腫れるに違いない。数日は槍を持つことさえ敵わぬだろう。

「くそっ」

上半身を起こした若者が、恨めしそうに睨み付けて来た。

凶暴な目だ。己以外信用しない目。

（俺もこんな目をしていたのだ）

幸盛は若者に歩み寄ると、槍を、どん、と立てた。

「新十郎。強くなりたければ何度も負けろ。負けて這い上がろうとするたび人は強くなる」

幸盛は己の槍を若者の顎に当て、顔を上げさせた。若者がゴクリと唾を呑む。次いで怯えた姿を見られたことが癪にさわったのか、乱暴に槍を払った。

「次の戦は十日後。腕を治しておけ」

若者に背を向ける。

凶暴な気配が後ろから伝わってくる。気を抜くと、牙を突き立てられそうだ。

だが、若者が自分に襲い掛かって来ることはないことは初めから分かっていた。もし背中を向けた相手を襲ったとあれば、若者は己の誇りを傷つける。気高く純粋な男なのだ。そのことは付き合っているうちに分かった。

若者の名は、亀井新十郎茲矩という。幸盛の妻女、綾の妹を娶らせ亀井姓を継がせていた。元々は尼子の名門、湯家の嫡男である。

亀井新十郎茲矩は一年前から、幸盛に付き従うようになっている。齢は十七である。

二

新十郎は因幡で賊をしていた。通りかかった者を襲い、身に着けているものや金目のものを奪う。女でも老人でも容赦せず、少しでも歯向かおうとしたら、手にした槍で徹底的に打ち据える。乱暴な仕打ちから近隣でも評判になっていた。

その新十郎が追剝をする際、かけている言葉があった。

「我は尼子の残党である。銭は毛利を倒すために使わせてもらう」

幸盛が新十郎のことを知ったのは、因幡に潜み、挙兵するための手筈を整えていた時だ。忍びの影正が噂を聞き、報告してきた。

別に賊などどうでもよかった。尼子を騙っているというのも珍しくはない。かつての山陰の雄尼子は、たとえ落ちぶれたとしても、その名には力が残っている。名を騙れば相手をひるませ、物を奪うことができた。そうした輩が伯耆や因幡には掃いて捨てるほどいるのだ。いちいち取り締まっていてはキリがない。

幸盛が気にしたのは別の事だ。

賊を働いている男は若くて強いという。

地侍や足軽が束になってかかっても簡単に打ち負かされたと聞いた。兵法者でも駄目だった。槍で打たれて、片腕を落とされてしまったのだそうだ。

実際、影正も興味を持ったらしい。手の者を差し向けて様子を探らせたことがあった。賊は忍びが潜んでいることにすぐに気づき、無謀にも槍を構えて、数合戦った。

結果は若者の勝ちであった。

刀槍の戦いを専門としない忍びであったが、影正の手の者は常人では考えられないほどの鍛錬を積んでいる。それを打ち負かしたとあれば、相当な手練れと考えてよい。

（なにかあるな）

幸盛は引っかかりを覚えた。若くて強いのであれば、なにもわざわざ尼子残党を名乗らなくてもいいのだ。相手を脅さなくても力ずくで奪うことができるからだ。さらに言えば、それだけの腕があれば、賊で日々の糧を得る必要もないはずだった。どこかの家中に雇ってもらえば済む。強い武士はどこの家も喉から手が出るほど欲しているのだ。

（あるいは、そこまで頭が回らぬのか？）

獣のような男なのかもしれない、とも思った。

興味を持った幸盛は、自ら出向いて確かめることにした。

会いに行くと決めた日、立原久綱が供回りをつけていくよう提案してきた。が、幸盛はそれを退けた。こんなところで賊にやられるとは思っていない。賊に命を落とされる程度の男であれば尼子の再興など初めから無理なのだ。まして毛利に勝とうなど夢のまた夢。幸盛は、なかなか譲歩しない久綱だけ従わせ、賊が出るという街道に向かったのであった。

「待て。この道を堂々と通るなど、肝の据わった野郎だ」

歩いていると、頭上から若者が降ってきた。木に登って見張っていたらしい。両足で地面を踏みしめ、幸盛達を下から睨み上げる。

身なりは襤褸よりも酷い。土と埃で黒ずみ、いたるところが破けている。顔も煤を塗ったみたいに真っ黒だ。

そのくせ、目だけは異様だった。

爛々と燃えている。狼の目か、それとも怒り以外になにも望めない者の目か。どちらにしろ、危うい気を発する男であることは確かだった。

「尼子残党を名乗る賊とはお前の事か」

幸盛が冷めた目を向けると、若者はぴくりと躰を反らせ、さらに踏み込んできた。

「そうだ！　尼子残党、湯永綱が嫡男新十郎だ！」

「そんなに声を張り上げずとも聞こえている。猛らなければ己を保つことができぬか」

「なんだと！」

「湯新十郎と申されたな」

久綱が口を挟んできた。顎を撫でながら、新十郎をしげしげと眺める。

「確かに月山富田城で見たことがある。あの時はほんの子どもだったが」

「……ほう」

幸盛は不意にその場を離れると、木の下から適当な大きさの枝を拾ってきた。

「なにをしておる！」

新十郎が慌てて声を張る。幸盛があまりに自然と気配を消したので、戻って来るまで動いたことに気づかなかったのだ。いや、気づいていたが頭がそう認識しなかった。

新十郎は白狐(びゃっこ)の変化(へんげ)を見たような蒼白(そうはく)な顔をしている。

「新十郎、なぜ賊まで身を落としたのかは知らぬ。興味もない。だが、今、因幡で尼子の評判を貶(おとし)められるのははなはだ迷惑だ。成敗する」

「なんだ、その得物(えもの)は。刀を抜け」

「お前など、これで充分だ」

「なんだと！」

新十郎の全身が盛り上がる。怒っているのだ。

「悔やませてやる！」

新十郎が槍を低く構える。と、思う間に、一気に跳躍(ちょうやく)してきた。

(速い)

飛翔(ひしょう)だった。地面を蹴(け)った勢いのまま、低い姿勢で目の前まで迫ってくる。

新十郎は幸盛の前で足をつくと、全体重を乗せて槍を振り上げた。

「うらぁああ！」

幸盛は半身になり、豪快な一振りを躱(かわ)した。

「まだまだぁ！」

槍を回転させ、斜め上から叩きつけてくる。

幸盛が再び躱すと、次は連続の突きだ。

「確かに光るものはある」

新十郎の槍には芯があった。幼少の頃から尼子家重臣の湯家で教えられてきたのだろう。基礎となる部分はしっかり身に付けている。その後、賊をしながら己で磨いたであろう槍には鋭さと凶暴さがあった。他の者が遣うそれとは一線を画している。

だが、幸盛の相手ではなかった。幸盛には新十郎の槍がしっかり見えている。

「だぁ！」

目の前に迫った穂先を避けると同時に、相手の目の前に進んだ。手にした枝で下から槍を叩く。

軽く叩いたように見えたが、槍は陸に上がった魚のように跳ね、後方へ飛んでいった。

幸盛は新十郎の胸に手を当てると、

「はっ！」

力を込めた。

新十郎が吹っ飛び、仰向けに倒れる。

歩み寄ると、目を見開いている新十郎の首に枝を叩きつけた。

「ゴホッ……。ゴホッ、ゴホッ……」

新十郎が喉を押さえて、激しく咳込む。

「刀なら首が飛んでいたな。お前は弱い」

「ぐっ……」

「父永綱殿になにが起こったかは知っている。その家族がどうなったのかもな」

新十郎が身を起こし、胸に手を当てる。呼吸する度、ヒューヒュー音が鳴る。

「久綱！」

呼ぶと、弓を構えていた久綱が矢を収めて駆けてきた。腰から竹筒を取り、新十郎の喉に流し込む。

「すまぬな、二対一になっていた。久綱が気になって力を出せなかったのなら、もう一度立ち合ってみるか？　負けぬがな」

新十郎が首を振る。顎に集まった水の雫がフルフルと揺れる。雫の中に白い道と緑の草地、それから青い空が逆さまに映っている。

「尼子を恨んでいるのか？」

新十郎は固まったままだ。呼吸が落ち着くのを待っているのかもしれない。

「恨んでいるなら俺を倒せ。俺は、尼子軍の山中鹿之助幸盛だ」

「……山中？」

新十郎の表情に変化が現れた。眉を寄せて幸盛を見た後、突然、飛びかかって来た。若者の顔に拳をめり込ませる。新十郎が後ろに飛んだ。上半身を起こした新十郎の鼻から真っ赤な鮮血が溢れ始める。

「俺を倒すことで恨みが晴れるのであれば、何度でも立ち向かってこい。だが、今のままでは俺に勝てぬぞ」

「……絶対に倒す。山中幸盛といえば、尼子再興軍の指揮官だ」

「ついてこい。鍛えてやる。俺を倒したいと思うのであれば、俺の技を盗むのが一番だ」

　どうしてこのようなことを言ったのかは分からない。ひょっとすると、新十郎がかつての己に似ている、と思ったからかもしれない。復讐だけを支えに生き、一人で立ち向かっていくことを決めた、あの頃の己に。

　幸盛は新十郎の身になにが起こったかを知っていた。辛い境遇だったろうと思う。だからこそ、己の近くに置いておきたいと思った。恨みは力になるのだ。

湯新十郎は永禄九年（一五六六年）の月山富田城の戦いで、親と兄妹を含め一族郎党全てを失った。尼子義久を総大将とし、若き幸盛が孤軍奮闘した戦である。

城の周りを囲んだ毛利の包囲は堅牢で、脱出の隙などほとんど残されていなかった。籠城する兵や家族は飢えに苦しんだが、それも家老の亀井秀綱が自らの首を懸けて毛利元就と交渉し、「投降した者の命は助ける」と約させてからは一変した。降伏する者が相次いだのだ。その中の一人に、湯家の当主惟宗がいた。長年尼子に尽くしてきた老将は、新十郎の祖父に当たる人物である。

惟宗は、自身と新十郎の父永綱の二人だけで毛利陣営を訪れた。その一方で、毛利の隙をついて、間道から女子どもを逃がしたのである。向かわせた先は亀井秀綱の領地がある伯耆だ。亀井秀綱は既に首を斬られていたが、伯耆の支配地だけは家臣が守っていて、まだ毛利に攻められてはいなかった。

惟宗の心配は当たった。惟宗親子は、降伏後、毛利の手によって密かに斬殺されたのだ。だが、さらに悪いことに、家族が頼った先である亀井家でも殺害は行われたのである。

惟宗親子が尼子を裏切ったことを快く思わない亀井家臣が湯一族に襲い掛かってきた。その際、湯家の郎党達が奮戦してわずかな道を開いた。そこから逃がされたのが、十歳の新十郎であった。

　幸盛から、ついてこい、と言われた新十郎は、なにかを考え込むように黙っている。それを見た幸盛は、新十郎に歩み寄り、正面に座った。

「家族を殺されてから、お前は一人で盗賊として生きてきたのか？」

　幸盛に見据えられると、新十郎は観念したように頭を落とした。

「十の子どもが一人で、この荒れ果てた世に放り出された。追手が来るのではないかと怯える日々。盗みをすれば袋叩きにあった。望みのまったく持てない毎日だ。光が射したのは、布部での戦が終わってからだ。戦場に出向いた俺は、夥しい数の死体を目にした。骸は甲冑をつけていた。刀を差していた。こいつらを売れば食い物の心配をせずに暮らしていける、そう思った。なにより、俺はそこで手に入れたのだ。こいつをな」

　新十郎は地面に転がった槍を掴んだ。槍の穂が陽光を撥ね返して危うい光を発している。

「槍には心得があった。街道を通る者を襲えば、日々食っていくだけのものを手に入れることができるだろう、そう考えた。俺は賊になった。賊になってからも俺は鍛え続けた。鍛え、家族を殺した者を見つけ出し、殺してやる、そう思って毎日を耐え忍んだ」

「亀井様の家臣がどうなっているか。最早誰も知るまい」

幸盛が腕を組むと、新十郎は人差し指を天に向けた。

「もっと上だ。もっと上こそ、俺は憎い」

「……なるほどな」

「両方だ。尼子も毛利も俺が倒す。そのために尼子残党を名乗っていた」

「一人で尼子と毛利を相手にするつもりだったか？」

「まさか！　いくら俺でもそこまでではない。尼子の名を貶めれば、お前のような尼子の臣が出てくる。そいつを殺すつもりだった。尼子の臣の首を手土産にすれば、山名でも宇喜多でも重臣として取り立ててくれるだろう。そこで出世して、尼子と毛利を叩き潰す戦を仕掛ける」

「壮大だな。だが馬鹿だ」

幸盛は息を漏らした。かつての己を突き付けられているようで、胸が痛む。だからこそ冷静になれた。吠えたてる新十郎の側に居ると、己を客観的に見つめることができる。それ故に、新十郎を殺すのは惜しいと思えたのかもしれない。

「誰が馬鹿だ！」

新十郎が吠える。

「まず第一に」

幸盛は指を一つ立てた。

「人数を差し向けられたらどうする。それこそ数十人規模でだ。お前など、すぐに死んでいた。……次に」

二本目を立てる。

「山名も宇喜多も尼子の将の首を欲しておらぬ。奴らからしたら尼子はまだまだ利用価値がある。あいつらが完全に毛利に従属せぬ限り、将の首など持ち込まれても迷惑なだけだ。……最後、第三。そして、これが最も大きいのだが……」

幸盛は三本目を立てた後、新十郎の目を覗き込んだ。

「お前は弱い」

「なんだと！」

「あそこにいる久綱にさえ勝てぬ。小兵だと侮っているだろうが、久綱はなかなかに強い」

「立ち合え！」

新十郎が槍を持って飛び上がろうとしたのと同時だ。空気が引き割かれた。宙を光がきらめき、残像も残さない速さでなにかが走る。

新十郎の股の間に矢が突き立っていた。驚いた新十郎が腰を地面に落とす。

久綱が射たのだ。弓を構えた久綱が、四角い顔をピクリとも動かさずに、若者を睨みつけている。

「久綱は弓の名手だ。鉄砲はもっと上手い」

幸盛の言葉も新十郎には届いていない。すっかり意気を失った新十郎は、矢を見ながらワナワナと震えている。新十郎の股の間から矢を抜いた幸盛は、それを半分に折った。

「強くなりたければついてこい。先程も言ったが、鍛えてやる。力をつけ、尼子を滅ぼせるまでになるのだ。そこまでの男にならなければお前の命などくだらぬ。郎党共が命を懸けて切り開き、守ろうとしたお前の命だが、今のままでは塵ほどの価値もないぞ」

新十郎は黙っている。それでも、泥と煤に汚れた顔の中で目だけは光を放ったまま陰っていないのだ。

「下手なことをしようとすれば殺す。苦しみを背負って生きてきたと思っているようだが、それなら最後まで苦しみ抜け。それがお前に課せられた使命だ」

かすかに新十郎が頷いた。唾を呑み込みながらだ。不本意だったかもしれない。勢いに呑まれただけかもしれない。だが、確かに頷いたのだ。

こうして新十郎は尼子軍に加わった。

新十郎は幸盛の命令で亀井姓を継がされた。亀井を名乗らなければならないことが、新十郎に苦しみを与えることを幸盛は知っていた。その苦しみに勝てるかどうかは新十郎次第である。敗ければ、己を失う。そうなれば俺が殺してやる。復讐を糧に生きる者は復讐を底に抱きながらも、それを乗り越えた先で生きていかなければならないのだ。

己もまた同じように——。

湯新十郎は名を亀井新十郎茲矩と改め、幸盛の側に付き従うようになった。

三

綾は襖に躰をピタリとつけている。隣の部屋の夫、山中幸盛と立原久綱の声を聞き洩らさないためだ。

「山名豊国が降伏してくれたおかげで、道が開けた」

「想定していたこととはいえ、事が順調に運んでいることを思うと気が休まるな」

「まだだ。ようやく一歩を踏み出したところだ。久綱には、もっと働いてもらう」

「分かっておる。鹿、お主の性格もな。休むと言ったのは失言だ。どちらに向かえばよい？」

「東だ」

「織田か……」

「家老の柴田勝家の下に行け。我らに味方してくれる手筈になっている。信長に近づき、尼子を売り込むのだ」

「……よいのだな？」

「答えずとも分かれ」

「……南はどうする？」

「影正が潜入している。だが、あの異相だ。相手も身構えることとだろう。たとえ頭では理解しても、影正の顔を見た途端、決心しかねることも考えられる。その時は俺が行く。備前、備中、美作の蜂起から毛利と織田の対立を決定的なものにする」

「尼子として戦えるのだな」

「俺達が戦うのだ。俺達は尼子以外の何者でもない」

二人共、黙り込んだ。長い長い沈黙だ。お互いの目を見交(みか)わしているのかもしれない。ただ、襖の反対側にいる自分には男達がどのような表情をしているのか、まったく分からなかった。

座を立つ音がした。位置から考えて立原久綱の方だ。

綾はそっと部屋を抜け出して、何食わぬ顔で久綱と廊下(ろうか)で行き当たり、挨拶(あいさつ)を交わした。久綱は自分を見た後、なにか言いたそうに口を開きかけたが、結局なにも言わずに頭を下げて去っていった。

紅葉(もみじ)の赤が敷き詰められた庭を小柄(こがら)な背中が遠ざかっていく。さらさらと枯葉(かれは)の転がる音がし、風が肌に触れた。秋を渡る風は乾いていて、芯(しん)まで沁(し)みる冷たさがあった。

夜。

綾は襖を開くと部屋に忍び込んだ。

いつものように布団の横で着物を脱(ぬ)ぎ、寝ている男が目を開けるのを待つ。目を開ければ行為(こうい)に移る。目を閉じたままであれば帰らなければならない。綾はだらりと垂れた右腕を左手で強く握りしめながら、男を見守った。一年前に男児を産んだが、躰の線は相変わらず細いままだ。豊かな乳房以外はむしろ引き締まっている。

布団の男は筋が通った鼻に、皺のないきれいな肌をしている。長い睫毛が下瞼に垂れ、月明かりの中、絵を前にしているような気分にさせる。綾の夫、山中幸盛である。

夫の目が開いた。黒目が動き、自分の方に転がる。

それだけで熱くなった。

見つめられただけで、躰が疼く。

「お前様……」

呼びかけると、幸盛は目を天井に向け、

「昼間、やもりがいた」

と呟いた。

綾はゴクリと喉を鳴らした。

(気づかれていた)

幸盛は綾が隣の部屋で、久綱との会話を聞いていることを知っていたのだ。知っていながら、なにも言ってこなかった。幸盛にとって綾は景色の一部でしかない。もしくは壁に貼りついて動かないやもり。だから、なにを聞かれてもどうということはないのだ。

幸盛がそう思っていることを綾は知っていた。それでも、盗み聞かずにはおられないのだ。幸盛のことであれば、どんな些事であれ耳に入れたいと思ってしまう。

綾は幸盛の隣に座ると、顔を近づけた。男の息が頬に当たり、下半身の力が一気に抜ける。

唇をつけ、舌を入れ、強く吸った。顎から首、鎖骨、胸へと舌を這わせる。

幸盛はなにも反応しない。まるで、木が横たわっているようだ。

幸盛の寝着をはだけさせる。逞しい肉体が、月の光を受けて青白く照っている。

綾は幸盛の胸を舐めながら、下帯をほどきにかかった。

スルスルと外れ、幸盛の下半身が現れる。まだ柔らかい。これもいつものことだ。

綾は手でいじり、そのまま夫の股の間へ身を滑らせる。根元から先端にかけて、舌で舐める。何度か繰り返し、今度は口に含んで吸う。舌を使いながら吸うので、音が鳴る。ずっと続ける。髪が乱れることも気にせず、激しく動く。

次第に固くなってきた。

口を離して目を向けると、天井に向かって立っている。

「あぁ」

声が漏れた。

綾の声だ。

綾は下半身がびしょびしょに濡れていることに気づく。その奥がじんじんと締め付けられている。頭がぼんやりと重くなり、意識が離れてどこかに飛んでいきそうになる。

綾は幸盛の上に跨った。

自らの割れ目に押し込んでいく。

「ん……」

頭まで貫かれたようだ。なんとも言えない悦楽が雷のように駆け上がる。このまま自分が消えてもいい、そんなふうに思う。

幸盛の上で動いた。初めはゆっくり、次第に速く。

声が漏れるが、気にならない。むしろ自分の声が、さらに快楽を引きずり出してくる。

幸盛がおもむろに身を起こした。盛り上がった筋肉が目の前に迫る。

「後生です。お前さま……」

幸盛が上になって動き始めた。視線は相変わらず冷え切ったままだ。

(私じゃなくてもいいのだろう)

そう思う。まるで雄犬が雌犬に跨っているように腰を動かす。感情などまるでないし、ましてや愛情など一欠片もない。

綾は幸盛の中に自分がいないことを知っている。自分以外の者を見続けていることも知っている。

おそらく女だろう。

初めて会った時から気づいていた。幸盛の瞳は、自分を通り越して、どこか遠くにいる誰かへと注がれている。

（でも……）

だからこそ愛おしいのだ。そんな幸盛だからこそ愛おしい。

誰かを思い続けながら生きる幸盛。忘れられない誰かが残り続けているからこそ、激しく生きてしまうのだろう。

綾の胸には、当然痛みがある。だが、その痛みさえも抱きしめたくなるほど、幸盛のことが愛おしくてしようがないのだ。

愛するものを貫き通す覚悟が欲しいと思い続けてきた。どんなに反対されても、どんなに苦しい境遇に陥っても、自分が大切にしたいと思ったものを手放さない覚悟を持ちたいと思っていた。幸盛は、その覚悟を持ち続け、守るために戦っている。

幸盛に惹かれるのは、彼を愛せば、自分もまたその境地に至れるのではないかと思うからかもしれなかった。

肌を重ねている間は、そんな幸盛が綾のものだ。

その瞳に自分が映っていなくてもいい。

幸盛の躰の温み。汗。ふりかかる息吹を自分だけが感じていられると思えれば、それでいい。たとえ、行為の最中だけであっても。

「ん……、あぁ……」

幸盛の動きが激しくなった。

綾は真っ白な宙を浮遊している自分に出会う。

「あぁ！」

次の瞬間、綾の中に勢いよく精が注ぎ込まれた。

熱く、強く、猛々しい。

幸盛と目が合った綾は潤んだ瞳でそれを見上げた。

幸盛が確かに自分を見てくれている。

「お前様……」

綾はぐったりと、布団に頭を落とした。

ゆるやかに、美しく。

大河のように雄大に、情感を込めて……。

汗が浮いている。額だ。

ゆっくりと足を滑らせて躰を回転する。汗の粒が首筋に流れて行く。膝を少しだけ折りながら、手をかざす。

しなを作るように首を傾げ、目は空に向ける。背筋を伸ばしながら、一歩、二歩と歩き、右手をヒラヒラとくねらせる。

桜の花びらを取ろうと彷徨っているように上げた手を、空中にかざし、膝を伸ばして止まる。

そのままの姿勢で、しばし余韻に浸る。

頭の中で鳴っていた奏楽の音が消えた。

「ふうっ」

綾は息を吐くと、顔を仰向かせた。

優雅に舞おうとすればするほど、体力が削られる。綾の舞の特徴だ。舞っている間は役に没頭しているが、終わった途端、憑依が解けたように躰がぐったりとする。舞い終わると同時に意識を失ったことが幾度もあった。

顎を仰向けたまま目を開けると、吸い込まれそうなほど透き通った青が広がっていた。躰ごと空に溶けていくような気がして、清々しい。

「素晴らしいです」

娘が駆けて来る。綾は笑みを浮かべようとして顔を向けたが、不意に目の前が眩んで崩れそうになった。

「綾様」

娘が受け止めてくれた。

「大丈夫ですか？」

娘の声は上ずっている。よほど心配したのだろう。

「少し熱が入ってしまいました」

綾はうっすらと微笑した後、

「でも、大丈夫。ちょっと気が抜けただけです。ありがとう、菊」

言って菊の手を取り、胸に返した。菊が耳まで真っ赤に染めながら、自分の手を大事そうに包み込む。

「綾様の舞は美しすぎます。これほどまでに優美な舞、見たことがございませぬ。疲れて当然です」

　我を取り戻したのか、菊が早口で言う。

「ですがね、菊。私は満足できないのですよ」

「そんな……。綾様ほどの舞手はおりませぬ。他の方がお聞きになったら、自分の舞が馬鹿らしくなってしまいます」

「菊は優しいのですね」

　先ほどまで膨れ面をしていたかと思えば、今度は顔を赤くして俯いている。そんな菊がいじらしい。十五になる菊は、丸い顔にきりっとした二重瞼、細い鼻の下には薄桃色の唇が据わっている。美少年を思わせるような顔立ちだ。大人と子どもの狭間を生きる娘特有の健康的な瑞々しさもある。見ていて微笑ましくなる懐かしさの中に存在しているのだ。

「それでも私は満足できぬのです」

　綾は自分の手を腹の前で結んだ。

「……どうしてですか？」

「まだ工夫を凝らせます。優雅であればいいというものではありません。人々の心に届かなければ意味がないのです」

「綾様の舞は人を魅きつけますよ。見ていて、胸が苦しくなってきますもの」

「それは、菊が女子だからです。舞を学んでいることも関わっているでしょう。自分では気づいていないのかもしれませんが、最初から陶酔しようと思って菊は眺めているのですよ。ですが、私が求めているのはもっと多くの人達を感動させられる舞です。男も女も、武家も民も変わらず心打たせたいと思うのです」

「それはそうかもしれませんが……」

「一度だけ見たことがあります。菊と同じぐらいの頃、出雲の社で舞われていたのを見ました。社殿で舞う女の動きは、清潔で、それでいて迫力があって、時の経つのも忘れて見入ってしまうほどでした。大人も子どもも魂を抜かれたように口を開けて、虚ろな目をしておりましたよ」

「そのお方とは？」

「おそらく巫女でしょう。ですが、詳しくは分かりません。あのような時代でしたからね。生きているのか亡くなられているのかも、これまた……」

「あのような時代？」

「私が舞を見たのは、毛利元就が出雲を攻めた後、永禄十年（一五六七年）の事。毛利の支配が広がりつつある出雲へ、身を隠してまで見に行ったのですよ」

綾は舞の名手だった。幼い頃から亀井家の娘として行儀作法や手習い、和歌、琴などを習ってきたが、最も魅きつけられたのが舞だ。出雲に古くから伝わるとされる舞は、女だけが舞うことを許され、優美であり儚げでもあり、舞っていると自らが清められていくような気分に浸れた。

綾は舞に没頭した。亀井家で雇った師匠の教えだけでは飽き足らず、時を見つけては自ら磨きをかけるようになった。一度、舞から遠ざかったこともあったが、それでも再び取り組み始めてからは更に先へと進むようになり、いつしか綾は舞の名手として評判を取るまでになった。

菊が綾の側にいるのは、舞を習いたいがためである。布部山の戦いで負けて尼子が出雲を追われることになっても、綾の側を離れたくない、と付き従ってきた。確かに菊には行くあてがなかった。菊の父親は戦乱の中で死んでいる。母親も後を追うように亡くなった。だからといって菊を引き取ったのは、同情からではない。菊は舞を習う若い娘達の中では抜きん出て上手だったし、なにより、少年のような面立ちに惹かれる部分があった。

（自分にはできない舞をするのではないか）

菊は綾よりも筋肉質な躰をしている。教えたはずの舞が、別の舞のように見える時がある。菊の力強さは自分にはないものだ。そこに自分が目指すべき舞の手がかりのようなものが隠されている気がした。

綾は菊に、自分が持っている全てを教えている。菊も応えるようにめきめきと腕を上げた。菊は綾から授けられる手ほどきを大切にし、自分のものにしたいと考えている。そんな菊を見て、綾も学ぶべきものを学んでいるのだ。

(でも、まだまだだ)

綾はかつて見た巫女の舞を体得したいと思っている。

見ている者の心を鷲摑みにし、奥の方で弾け続ける。そんな舞だ。

(あのような舞を舞うことができれば……)

幸盛の心を動かすことができるのではないか、そう思う。

愛してくれなくてもいい。

見続けてくれなくても。

ただ、一瞬だけでも幸盛の心の内に自分が居場所を得ることができたなら……。

(私には舞しかない)

舞を極めて幸盛を励ますのだ。

たとえ、すぐに忘れられてもいい……。

ただ、幸盛を励ますことができた時、自分も人に熱を与えられる者になるのではないか……。

そう思う。

「綾様、綾様」

菊が小声で呼びかけてくる。

「どうしました？」

聞き返した綾は菊の視線を追って、身を硬直（こうちょく）させた。

縁側に……。

いる。

（あぁ）

幸盛がいる。

松の木の向こう。胡坐（あぐら）に頬杖（ほおづえ）をついてこちらを見ている。目は何枚もの膜で覆われているみたいに曇（くも）っているが、それでも確かに自分に向けられている。

「お前様……」

綾はふらふらと足を踏み出した。気づいたのか、それとも単に興味を失っただけか、幸盛は緩慢（かんまん）な動作で立ち上がると、何事もなかったかのように縁側を去っていった。

「お前様が……」

見てくれた。

それだけで……。

天にも昇る思いを抱ける。

「菊！　御館様が座っておられたところ」

目をしばたたく菊に、つい厳しい声が出る。

「早く！」

菊が走っていく。裾を持ち上げ、白くて細い足を見せながら懸命に。

縁側に着いた菊に、綾は胸を上下させせながら尋ねた。

「温かいですか？」

「え？　あ、はい。温かいです」

「どのくらい？」

「だいぶ」

「だいぶ……」

幸盛は見ていた。自分が舞う姿を、腰を下ろして見てくれていた。床が温かくなるほどの時、自分に瞳は注がれていたのだ。

綾は額に手をやり、その場に頽れた。

見てくれた。

(私を見てくれた)

綾はこのまま死んでもいいような気持ちになった。

その一方で、

(是非とも舞を体得しなくては)

との思いを強くしているのだ。

幸盛を感動させる舞を身に着けること。

(それが私の戦だ)

綾は、地面に横になった。

「綾様、綾様！」

菊が呼びかけている。

頬が土の地面に当たって心地よい。秋の大地は冷たさを抱え込んだまま、ひっそりと横たわっている。

目の先に、死んで骸になった蝶がいた。そこに群がる蟻達。ひたむきに動き回る蟻の姿は、綾の心を安らかにしてくれた。

四

陽(ひ)の光を吸って、たてがみが白く輝く。金色の馬体は一歩進むごとにゴロリと筋肉が動く。

荒々しく鼻息が漏れた。首を持ち上げ、また下ろし、左右に小さく振る。気持ちが前に出すぎている。歩くのではなく駆けたいのだ。とにかく前へ前へ駆けて行きたい。戦をするために生まれてきたような馬だ。これほど気が強い馬も珍しい。

「三日月(みかづき)、まだだ」

幸盛は三日月に呼びかけた。

「お前が解き放たれるのはここではない」

愛馬の手綱(たづな)を引いて、猛る気持ちを抑えつける。最初、三日月は抵抗しようとしたが、幸盛が手綱を操って押さえ込むと、徐々に大人しくなった。鼻をしきりに鳴らしているのは、興奮を沈めようとしているからだ。

「それでいい」

幸盛は愛馬の首を叩いた。手なずけてはいたが、まだ時々本能を剝(む)き出しにすることがある。

そこが魅力だった。

意に従って走る馬より、自らの思いを前面に出して走ろうとする馬の方が強い。敵陣に向かって突っ込む時、怖れずに走るからだ。

「よい馬だ」

額に白い三日月の印があった。その印から、名を三日月とした。全身が金色の毛に覆われた栗毛は、伯耆国の霊峰大山の麓で飼育されてきた牡馬だ。

伯耆大山を本拠とする大山寺党と尼子は親密な関係を築いていた。尼子が山陰を支配した経久の代から協力関係は出来上がり、尼子再興軍が起った時も伯耆から兵を出して幸盛達の出雲奪還を支援してくれた。布部山の戦いで敗れた後、兵を収容するなどして援助してくれたのも大山寺党だ。

その大山寺党は優秀な馬を多く抱えていた。山の中腹の広大な原野に馬を放って、飼育しているのだ。緩やかな勾配の中で暮らす馬達は、常に鍛えられる状態にありながら、豊かな草を食べて肥えていく。他の土地にはない育ち方をした馬達は、いくら駆けても疲れないし、なにより飛んでいるように速く走る。

二度目の再興軍を興す直前、幸盛は大山寺党を訪れた。因幡で旗揚げをした後、毛利が進軍して来たら、その後方を攪乱してもらう段取りをつけるためだ。あくまで攪乱だ。大山寺党が前面に出ればたちまち毛利に潰されてしまう。騎馬が揃っているとはいえ、兵は僧侶と民衆だ。戦うための集団ではないのだ。

その時、大山の馬達に会った。

美しかった。一瞬で心を奪われた。

尼子にも名馬がいた。近松村から入れた馬達だ。布部山の戦いの前になんとかという賊が引き連れてきて、尼子傘下に入りたいと申し出てきた。その後、賊がどうなったかは知らぬが、馬達は尼子軍に組み入れて戦に出している。幸盛が捕えられて再興軍が散り散りになった後も、立原久綱が隠して育てていた。

大山寺党の者に話を聞くと、大山で暮らす馬達は近松村の馬達と繋がっているという。大山寺では馬の飼育が昔から行われてきたが、質の良い馬は少なかったのだそうだ。そこに尼子から馬を安く分けてもらうようになった。戦で傷つき怪我を負った馬だ。そうした馬を大山寺党で受け入れ、気の遠くなるような療養の果てに再び走れるようにする。走れないまでも、馬として不自由なく生活できるまでにする。戦でなくとも馬の使い道はあった。特に大山という天嶮の中腹に位置する大山寺には馬が必要だった。麓との往来を人の足で行うのは、少々酷だ。

だが、尼子からもらった馬達は、違った意味で大山寺党にとって必要な存在になっていったのである。馬の質が大山の馬達より圧倒的に優れていたのだ。その馬達が産んだ仔馬も、また、良馬だった。大山寺党は尼子から馬を譲り受けるたび、自身の牧場の馬と交配させて質を上げていった。以来、大山で生まれた馬達は、天然の調練場で鍛えられることもあって、どれも名馬に育つようになる。大山寺党に尼子から送られていた馬は、近松村で産された馬だとのことだった。

その名馬だらけの中にあって、特別速く駆けられるのが三日月だ。五年前に生まれたという栗毛の牡馬は、他の馬達から畏怖される存在だった。立ち姿は威厳に満ち、風を破りながら走る姿は圧倒的だった。

一目で気に入った幸盛に、大山寺党は三日月を譲り渡すと申し出てきた。尼子とのよしみを通じておきたいとの思いがあったのかもしれない。いや、それだけではない。そもそも三日月に乗れる者がいないのだ。気性の激しい三日月は、僧や民の力では抑えることができないらしかった。乗れる者に渡したほうが三日月のためである。幸盛は初めて三日月に会った日、暴れる三日月を背中から制していた。三日月はそれでも嫌がる素振りを見せたが、幸盛が手綱を繰りながら抑え込むと、次第に大人しくなった。それからは反抗的な態度をとることはなく、幸盛が鐙で合図を出すと、たちまち原野を駆け始めたのだ。

光の中を走っているようだった。

周りの風景が溶け、瞬時に後方に霞んでいく。

三日月の疾駆は荒々しく、それ以上に速かった。

三日月は幸盛の馬になった。

幸盛は他にも大山で馬を買った。近松村の五十頭と大山で買った五十頭。それに、方々から集めた馬百頭を合わせて二百騎の騎馬隊を編成した。頭には吉川の騎馬隊があった。葦毛に率いられたあの騎馬隊のせいで、布部山での戦を落とした。山道を風を引き連れながら駆け下りて来たという、あの騎馬隊のせいで……。

今、幸盛は三日月と共に、吉川軍に敗けない騎馬隊を作りあげようとしている。実践を重ねながら調練を積んでいけば、互角に渡り合えるまでになるだろう。今、吉川軍の強さはあの葦毛が率いる騎馬隊によって跳ね上がっている。聞いた話では騎馬遊撃隊という名前だそうだ。

神出鬼没だった。速く、強く、美しい。

戦では常に、騎馬遊撃隊に備えるための兵を割かなければならなかった。本陣同士がぶつかる戦をするには、まず遊撃隊を止めなければならない。尼子軍の全兵士が意地をかけた戦を仕掛けるには、遊撃隊を倒すことが前提になる。

(尼子の意地か)

幸盛は列の前方に目をやった。多くはない。二百の行軍だ。今、尼子が因幡から割ける最大の人数である。

馬上の人が目に映る。

平四目結の旗ときらびやかな馬印。赤銅色の甲冑。三鈷の前立ての兜。

尼子勝久だ。

(尼子の意地を簡単に投げ捨ててしまうお方だ)

いや、捨ててはならない意地を知っている。それを断固として守りつつも、つまらない意地はあっさりと捨てる、そういうお方だ。

今回の行軍もそうだった。

備前、美作の大名、浦上宗景への調略である。

影正に仕掛けさせていたが、浦上は尼子勝久から直接話を聞きたいと言ってきた。領主に直接出向けと申すなど、無礼以外の何ものでもない。そこまで尼子の威勢は落ちているのである。かつて山陰の覇者として君臨してきた尼子も、毛利の機嫌を窺うばかりの浦上から見下されるまでになっている。

幸盛は撥ねつけるべきか悩んだ。撥ねつけなければならない案件なのかもしれなかったが、浦上が乗ってこなければ幸盛が描いた戦略に遅れが生じる。

悩んだ挙句(あげく)、折れてもらわねばと決意した幸盛は、勝久を訪ねた。

「なぜ、もっと早く言わぬ！」

事情を聴いた勝久は、顔を真っ赤にして怒鳴(どな)った。

「俺の心を思ってくれたのか？　だが、それが、俺は悔しいのだ。俺のために幸盛を悩ませてしまった。そのことが悔しくてしかたがないのだ」

驚くほどの勢いでまくし立ててくる。

「俺が行って済むのであれば、俺は浦上殿に会いに行く。耐え忍ぶとかそういったことではない。俺はただただ、お前の役に立ちたいだけなのだ」

言い終わると、しばらく黙り、不意に勝久は笑みを浮かべてきた。あらゆる人を懐柔する深みのある笑みだ。

「大将とは、そういうものだろう？」

幸盛の肩に手を置く。決して力強くはないが、重い。身動きできなくなるほど重い。勝久の人としての重さを直接載(の)せられているような気分になる。

（この三日月だって、そうだ）

幸盛はすっかり落ち着いた愛馬に視線を落とした。三日月は耳をぱたぱたと動かしながら、悠々と脚を運んでいる。

（勝久様は三日月をいとも簡単に手放した）

最初、幸盛は三日月を勝久の馬にする予定だった。大将が一番よい馬に乗るのは当然だと考えたのだ。そのために、他の者が乗っても暴れないよう、徹底的にしつけた。

だが、勝久は、

「俺が戦で先陣きって戦えるのであれば、この馬に乗りたいと思うだろう。だが、僧侶として生きてきた俺には敵わぬことだ。槍の稽古は積んでいるが、まだまだ幸盛や久綱の足元にも及ばない。尼子のどの兵よりも弱いのではないか？　その自信があるぞ」

そう断ってきた。

「この馬はすごい。戦場で生きたわけではない俺が見ても、この馬のすごさは分かる。だからこそ、幸盛が乗るべきだ。幸盛は尼子一の武将。最も強い者が最も良い馬に乗るのは当然だ」

「しかし」

と、辞退しかけたが勝久の考えは変わらなかった。三日月が本気で駆けられるのは幸盛を乗せている時だけだ。この馬が本気で駆けているところを見てみたい。そう子どものように目を輝かせてきた。

幸盛は頭を下げて受けた。勝久には、近松村の新介（しんすけ）とやらに選ばせた鹿毛（かげ）の牡馬を差し出し、幸盛は三日月に乗ることにした。

（また、大きくなられた）

日に日に大将として成長していく勝久が誇らしい。勝久の下であれば、どんな難敵にも立ち向かっていける、そんな気がする。

勝久は尼子兵の思いそのものだった。

戦場で散った尼子兵……。いや、経久の時代からの全ての尼子兵。戦い、笑い、夢を描き、出雲の土に還（かえ）っていった幾人もの兵士達。それだけではない、あらゆる出雲の民の命を背負う存在こそ尼子勝久だ。

（俺が叶えてやる）

尼子を再び出雲の覇者にしてやる。

布部山の戦い以後、幸盛の中に新たに芽生（めば）えた思いだ。

視線の先の兜が陽の光を反射して瞬（また）く。その眩（まぶ）しさに目を細めた幸盛は、鈴のような声を聞いて上空に顔を向けた。

大きな鷹（たか）がゆったりと青空の中を滑っていた。鷹が飛翔する方角には急峻（きゅうしゅん）な山がある。稜線上に櫓が連なっているのも見える。

天神山城だ。

浦上宗景の居城を目指し、尼子軍二百は蟻のように足を運んでいく。

五

「話は分かった」

上座の浦上宗景は、扇子を畳むと、それを頬に当てた。

「確かに毛利と宇喜多の接近は目に余るものがある。宇喜多直家が毛利をたぶらかしたのだろうが、それにしても毛利の考えが分からなくなった。宇喜多は未だ浦上の臣。主家を差し置いて家臣に近づくなど、毛利は浦上を乗っ取ろうと考えているのではないか？」

浦上が扇子を幸盛に向けてきた。

「そなたの案を汲んで、毛利を征討するため宇喜多と手を組んだこともあった。あの時は豊後の大友も、但馬の山名も、阿波の三好も一緒だった。尼子殿が崩れて北からの圧力が弱まったために、結局関係は瓦解したがな……。その後、我らは独自に毛利と手を結ぶ段取りを取らねばならなくなった。各々で当たるには、毛利はあまりに強大すぎるからな。あの時の和解には、いささか骨折ったぞ」

幸盛は目を下げた。浦上が皮肉っぽく唇の端を持ち上げているのが憎らしい。尼子に戦わせるだけ戦わせておいて、自らは表立った行動を示さなかった。一度目の再興軍の時だ。あそこで、備前の宇喜多浦上連合軍か豊後の大友が毛利領の深くまで攻め入っていれば、戦況は大きく変わっていただろう。布部山の戦いなどそもそも無く、尼子軍が敗けることもなかったはずだ。

（過ぎ去ったことを悔やんでも仕方ない）

浦上が自尊心の塊のような男だということは知っていた。しかも、他者を貶めることで自らは有能だと認識したがる質の悪い男だ。

今も、幸盛の敗戦を責めることで悦に入ろうとしているのが、ありありと見てとれる。仕える家臣を哀れに思うほど、器が小さい。

「では、お願いできますか？」

幸盛は敢えて恭しい態度で尋ねた。

「織田を頼るという考えは俺にもあった。別にそなたらに説かれたからというわけではない。ちょうど播磨の別所との諍いも引き際を探していたところだ。織田信長に間に入ってもらって、仲を取り持ってもらう」

幸盛からの提案はそのついでだ、とでも言いたげだ。本当は、播磨での小競り合いこそ、ついでのはずだ。独立の意志を明確に示している家臣の宇喜多直家をどうするか。そのための対策を立てることが、浦上としては重大事のはずだった。そのくせ、零落した尼子の臣に策を講じられたとあっては格好がつかなくなる。織田を頼ることも、その際、尼子が因幡から宇喜多を牽制する動きを見せることも、自らの案で決めたと思い込もうとしているのだ。

幸盛は斜め前の背中に目を向けた。勝久だ。勝久の背中はピンと伸びたままで、特に変化は見られない。

天神山城の一室であった。一段高い上座に浦上宗景が座り、左右を家臣等が占めている。浦上が尼子を嘲弄する度、家臣達の間から失笑が漏れた。尼子勝久に向けられた笑いだ。

尼子側は浦上と向かい合う場所に勝久。右後方に幸盛が控え、その後ろに勝久の小姓と影正、影正の手の者二名が並んでいる。浦上との交渉を担ってきた都合上、影正達忍びがこの場にいるのは当然だった。だが、真の目的は勝久の護衛である。今、勝久を襲ったとしても、浦上は失うものがない。尼子はそれほどまでに低く見られている。だからこそ、影正に交渉を行わせたのだ。幸盛か、もしくは勝久が備前に出向くことになった時に盾を務める。そのために事前に浦上に顔を知られておく必要があった。

（いや、影正しかいなかったのだ）

尼子には今、人材がいない。兵は三千を超えたが、武将として他国に交渉に行ける者は少なかった。だからこそ、影正を遣わしたのだ。忍びのくせに饒舌な影正であれば、少々無理な理屈でも、うまく丸め込んでくれるだろう、そう思った。実際、交渉は成功している。形はどうあれ、浦上は幸盛の提案を呑む気になっているのだ。

（これで、織田が動いてさえくれれば……）

毛利と対決できる。

今、毛利と正面からぶつかることができるのは、畿内を制圧しつつある織田しかいなかった。中国の覇者と戦うのは、それほどまでに難しい。

織田が動く可能性は高い、と幸盛は睨んでいた。毛利と同盟関係を結んではいるが、一時的なものだということは誰の目にも明らかだ。

特に織田信長には、その思いが強い。

たとえ畿内を制圧したとしても、毛利との戦は激しいものになるだろう。全面対決に持ち込まなければ勝てない相手だ。それでも、信長は毛利を潰そうと企んでいる。

そのための時を、稼ごうとしていることも明らかだ。

畿内を平定するための時。東からの脅威を取り除くための時……。

だが、その間なにもしないわけではないだろう。そろそろ、毛利に対して仕掛けることも考えているはずだ。仕掛けることで毛利を揺さぶり、牽制する。それが狙いだ。

そんな信長にとって、浦上からの申し出は格好の餌となるはずだった。

備前、美作、播磨の統治を浦上に認めさせる。それを浦上から信長に嘆願してもらう。

これが幸盛の考えだった。

信長は認めるだけでよいのだ。認めれば浦上と対立している宇喜多が動く。宇喜多が動けば毛利も動かざるを得なくなる。毛利は宇喜多と協力関係にあるのだ。宇喜多を間に挟んでおかなければ、それこそ織田と勢力圏が接してしまう。織田と接近しつつある浦上ではなく、未だ織田と交渉を持たない宇喜多を協力者とするのは当然だった。

「ところで」

浦上が扇子を額に当てて、意味ありげな笑みを浮かべた。蛇が獲物を見つけたような笑いだ。

「出雲には独特の舞があると聞く」

「神楽ですな。民の間で舞われている舞です」

答えた幸盛に、浦上は鋭く扇子を突き付けた。

「そなたに聞いておるのではない！　尼子殿に聞いておるのだ！」

甲高い声が響く。部屋の中に見えない糸が一本張った。

「どうなのだ、尼子殿。ん？」

浦上が猫なで声に戻って勝久に扇子を向ける。

「いかにも神楽です。豊穣を祝う舞。百姓が舞います」

「百姓の舞か。そうかそうか」

浦上はもう一度笑みを浮かべた。が、目だけは笑っていない。底の方で暗い光を発している。

「力強い足捌きを見せると聞く」

「私もチラと見たことがあるのですが、なかなかに激しい舞で。迫力があります」

「ほう。して、どのようなものなのだ？」

「天に向かって手を掲げながら、足を膝高く上げ……」

「違う違う。そうではない」

「と、申しますと？」

「神楽とはいったいどのようなものなのだ、と聞いている」

「なるほど。これも聞いた話で恐縮ですが、古くは出雲の地を流れる斐伊川に大蛇が住まっておるとの伝説があり……」

「尼子殿！　どのようなものかと俺は聞いているのだ！」

勝久が顔を上げて浦上を見つめる。勝ち誇ったような、見下すような視線とぶつかったはずだ。浦上側の家臣から忍び笑いが漏れている。

（くだらぬ）

幸盛は吐き捨てた。百姓の舞だと聞いた時、浦上は頬を緩めていた。勝久の口から百姓の舞だと言わせ、それを自らの命令で舞わせる。そんなことで満足する男だ。

「恐れながら……」

勝久が声を低くする。

「私は京で育った身。出雲の神楽に詳しいわけではございませぬ。浦上殿にお伝えできず、誠に残念でなりませぬ」

「尼子殿の出雲への思いは所詮その程度ということよ。京や因幡から眺めておるだけで、実際に民の間に入っていこうとはせぬ」

幸盛は立ち上がりかけた。勝久を侮辱（ぶじょく）することは幸盛を侮辱することと変わりない。

（勝久様……？）

そのままの姿勢で固まった幸盛は、スッと腰を元の位置に戻した。勝久が右掌（みぎてのひら）を向けて、座るよう指示していたのだ。

「これはなかなかに手厳しい。まさしく浦上殿の仰（おっしゃ）る通りです」

勝久が言う。

「確かに私は民の暮らしを実際には体験しておりませぬ。ここに控えております山中や、本日は随行（ずいこう）させておりませぬが立原という者から話を聞くだけです」

「立原久綱の事なら俺も知っている」

「されば山中も含め、どういう男か浦上殿もお分かりでしょう。こいつらは尼子のために……。いや、出雲の民のために身命を賭して働くような真面目（まじめ）過ぎる男達です。私はそんな家臣達を信頼しております。彼らが私の手足となって働いてくれ、目となり耳となり、見聞してくれます。二人の話を聞くだけで、私は出雲の民の間で暮らしている気分になれるのですよ」

「それでは大将は務まらぬぞ」

「浦上殿は誠に大将の器。私などの若輩者（じゃくはいしゃ）はまだまだ学ばなければなりませぬ。今後とも、何卒ご教示いただきたい」

「……それは構わぬが」

「しかし、さすがは浦上殿。民のことをよくお考えだ。そんな浦上殿だからこそ、民の暮らしを守るため、備前、美作を毛利や宇喜多の思い通りにさせるわけはないと思われますが、いかがか？」

「尼子殿！」

浦上は苦虫を噛み潰したような顔をしている。織田へ支援を要請することに話を戻されてばつが悪いのだ。

（どうしようもないな）

幸盛は密かにため息を漏らした。

もう少しで心を決めることは浦上の表情を見れば明らかだった。浦上としても乗らざる得ない話だ。後は、一歩をどのように踏み出させるかだけだ。

踏み出させる手段は分かっていた。浦上は勝久に自らと家臣の前で舞わせることを望んだのだ。そうして、尼子を屈服させたと思い込むことで望みは果たされる。

ただ、勝久は神楽を知らなかった。幸盛はある程度知ってはいたが、実際に舞うとなると話は別だ。なかなか難しい舞なのだ。

どうするべきか。

沈黙が訪れた。空気が刻々と重くなっていく嫌な沈黙だ。このまま誰も喋(しゃべ)らなければ、せっかく勝久が取りなしてくれたのに、浦上との間が再びこじれてしまう。

(なにか方法があるはずだ)

幸盛が勝久の背中を凝視(ぎょうし)していると、突然、背後から人が現れた。

勝久と浦上の間に立って、両手を大きく広げる。

一度くるりと回転した時に見た顔が、記憶の底に沈む男を掬(すく)い上げてきた。

(宗信(むねのぶ)?)

尼子近習(きんじゅ)組で切磋琢磨(せっさたくま)し、各地を共に転戦した男だ。布部山の戦いで吉川元春(もとはる)に突撃し、己の身代わりになって散った男。

目の前にいるのは、紛(まぎ)れもなく秋上(あきあげ)党の頭領秋上宗信だった。

(どうして宗信がここに?)

考えるまでもなかった。

宗信の躰は透(す)けている。朧(おぼろ)だ。己が無意識のうちに宗信だったらどうするか、と考えていたのだ。

ということは……。

隣を見る。

目が合ったが、すぐに鼻を鳴らされた。

横道政光だ。同じく布部山の戦いで壮絶な死を遂げた尼子一の猛将、横道政光。

政光はぎろりと幸盛を睨むと、すぐに視線を逸らして前に向けた。宗信の振る舞いに、呆れたといった様子で眉を顰める。

浦上と勝久の間に立った宗信が爪先立ちになり、右足を高く上げている。両手を躰の前に出して上に向け、右足を下ろす度、掬い上げるように胸の前まで持っていく。

「やぁれー。あぁ、えっさっさぁな、ほいなぁ」

宗信が踊りながら歌い、歌いながら笑う。神楽の舞の一つだった。いや、村の民が踊っていた舞だ。遠い昔、新宮谷で暮らしていた頃、近くの村祭りで百姓が舞っていたのを見たことがある。川魚を掬うような動きは滑稽にも見え、思わず一緒に歌いだしたくなるような陽気さがあった。

幸盛は隣の政光に目を向けた。苦々し気に宗信を睨み付けていた政光は、大きく息を吐き出すと、膝を力強く叩いて立ち上がった。意を決したように足音を鳴らして、宗信の元に歩み寄る。

「おう、えい。ほい、やぁ」

宗信の隣で不格好に踊り始める。ドタドタと足を踏み、手は力が入りすぎてぎくしゃくしている。それでも政光は真剣だった。

（二人なら……）

こうするか。

幸盛は思った。宗信は直感に従って舞っている。政光は勝久を守るために舞っている。この場でなにを為すべきか、二人は初めから分かっていたのだ。

（では、俺は……？）

幸盛はすっと立ち上がると、勝久の脇を抜けて進み出た。

「おい、山中なにをする」

浦上が怯えたように身を引く。居並ぶ家臣達が腰を浮かす。襲い掛かって来るのではないかと身構えたのだ。

幸盛は浦上に向かって深く礼をし、掌を上に向けて股間のあたりに持っていった。爪先で立ち、右足を上げ、鶴が地面の餌をついばんでいるみたいに床に下ろしては、また上げる。

「えいやぁなー、ほいなぁー。あぁ、えいさぁさー！」

歌い始める。普段は厳しい声しか出さない幸盛が、驚くほど朗々とした高い声で歌う。

呆気に取られていた浦上が、居住まいを戻した。家臣達も腰を下ろす。浦上が、侮蔑し、勝ち誇った顔を浮かべて幸盛を見る。

幸盛は百姓の舞を踊りながら、周りに目を向けた。

秋上宗信が楽しそうに笑っている。

横道政光は睨み付けてきただけだ。だが、唇の端が持ち上がっている。

幸盛は二人の同志に頷くと、舞いの中に没入していった。

舞っていると、意識がどんどん希薄になっていくことに気づいた。浦上の前で舞っているだとか、勝久がどのように考えているかなどは、頭の中から消えている。代わりに現れたのは、綾が庭で舞っている姿だ。

なぜか、幸盛は綾の舞を目の前に見ていた。そして、この時になって初めて綾を美しいと思ったのだ。

指先まで神経が通っていた。柳のようにしなだれ、揺れながらゆっくりと回転する。別の空間が現れたみたいだった。そこで綾は舞っていた。

（今まで見てこなかったのだ）

綾を血の通った人間として見たことがなかった。己には関係のない存在だと思っていた。己には忘れてはならない過去があるのだから……。

そう思った途端、宗信と政光が揺らぎ始めた。

気づいた幸盛は二人を見て頷いた。二人とも小さく頷き返してくる。

(あとは一人でも大丈夫だ)

やがて、二人は消えていった。

「ほいさっさぁ、なぁ。えいさぁ、ほいなぁ」

幸盛は舞った。二人の同志が示してくれた百姓の舞を……。

「えいさっさぁ、えいさぁ！」

不意に、隣に並ぶ者が現れた。勝久が腕を伸ばして、地面を掬うしぐさをしている。

「こうか？　幸盛、どうだ？」

そう尋ねながら、見様見真似(みまね)で舞っている。初めてにしては筋がいい。政光よりよほど上手だ。

(なんだと？)

政光の声が降ってきた気がした。

いや、政光なら、

(さすが勝久様だ)

と涙ぐんでいたかもしれない。単純なのか複雑なのか、よく分からない男なのだ。

「はいなぁ、えい、やぁ！」

幸盛は勝久の隣で益々激しく舞った。それを見た勝久は、心底楽しそうに舞に没頭し始めた。

勝久が出たことで、随行してきた尼子家臣も舞い始めた。備前の天神山城で、出雲の百姓の舞が、高らかに陽気に、尼子家主君と家臣によって舞われたのだ。

浦上が手を叩いて笑っている。家臣達も腹を抱えている。だが、それらは幸盛の耳には届かない。どこまでも広がる出雲の田園風景だけが幸盛の目には映っている。

浦上が織田信長の元に出向いたのは天正元年（一五七三年）十二月のこと。この席で信長から備前、美作、播磨三カ国の領有を認める朱印状をもらった浦上は、毛利との対決姿勢を露わにした。翌天正二年、浦上は備中の三村元親、美作の三浦貞広を味方につけ、毛利と連携を強化している宇喜多直家へ戦を仕掛けた。

山陽側が不穏になったことで因幡の吉川軍は尼子再興軍を追い詰めることが敵わぬまま兵を退くことになる。吉川軍、小早川軍で連合軍を作り、備前の戦いを鎮めるために進軍したのだ。この間、幸盛率いる尼子再興軍は因幡での動きを活発化し、再度、鳥取城を奪い返している。

備前の戦いと共に、因幡でも尼子再興軍を相手にしなければならなくなった毛利は、天正三年、但馬の山名祐豊と同盟を結び尼子再興軍への圧力を強めた。これにより、但馬の支配を目指していた織田と毛利は一気に緊張状態に陥ることになる。山陽と山陰で間接的にではあったが、確かに両家は敵対関係に入ったのだ。

備前の戦が一段落ついたところで、毛利は再び因幡に軍を動かした。吉川・小早川両軍合わせて四万五千の大軍である。山陰に入った毛利軍は瞬く間に主要な城を攻略し、尼子再興軍を鳥取城から追い出した。その後、備前での戦も、浦上の居城天神山城が、重臣の離反もあって宇喜多勢の手で落とされたことにより収束に向かった。城主・浦上宗景はほうほうの態で何とか脱出したという。毛利は戦死した三村元親の備中を領土とし、同盟国の宇喜多が備前、美作を領することになった。緩衝地帯の宇喜多領を挟んで毛利と織田が対峙する形が、こうして出来上がる。北もほぼ同じ状況だ。

毛利と織田の直接対決が、すぐそこにまで迫っていることが民の間でも噂されるようになった。

幸盛率いる尼子再興軍は、毛利と織田が対決姿勢を露わにしたのを見届けた後、因幡から忽然と姿を消した。

出雲へ続く道

一

空気が凍っている。

幸盛は頭を下げたまま、唾を呑みこんだ。

身じろぎした途端、冷たい刃で切り裂かれそうだ。正面に座った男から放たれる威圧感が凄まじい。

鷹の目をした男だ。

色は白く、眉毛は濃い。鼻は真っ直ぐ走り、唇は血を塗ったように真っ赤だ。端整な顔立ちなのだろう。目さえなければ、そのように思えたはずだ。

目だけが異様だった。相手を射竦めるような鋭い眼差し。この目のせいで、せっかくの男前に誰も気づかないのではないか、そう思う。明王を前にしているような畏怖を抱かせる男だ。正面に座っていることが苦行に思えてくる。

畿内を瞬く間に平定した男だった。

織田信長。

平伏から顔を上げた幸盛は、上座の信長を見つめた。

「わしの下で働け」

唐突に言われた。低く太い。胸を抉られるような重さがある。

信長は口を開いた後、心の底を覗き込もうとでもするように少しだけ目を細めた。

獲物を見つけた猛禽そのものだ。

「申し訳ございませぬ」

幸盛は背筋を伸ばしたまま告げた。

「うぬには小さすぎる」

「出雲こそ我が故郷」

「くだらぬ」

信長は茶をがぶりと飲むと、突然、碗を投げつけてきた。幸盛の膝の前で零れながら弾む。

「避けぬか」

「当てる気もございますまい」

「……であるか」

信長の前に再び碗が置かれる。信長は中の茶を啜（すす）ると、持ってきた小姓（こしょう）の顔に投げつけた。小姓の鼻が潰（つぶ）れ、血が噴き出す。

「ぬるい」

言い捨てると、幸盛に向かって不敵な笑みを浮かべる。

「不愉快だ。うぬの描いたとおりに進んでおる」

「早いか遅いかの違いだけ。それ以外の道はなかったはずです」

「毛利（もうり）とぶつかる、か。なかなかに愉快だ」

舌打ちが聞こえた。左後ろ（ひだりうしろ）からだ。

「不愉快なのか、愉快なのか、どっちなんだ」

小声で呟（つぶや）いている。亀井新十郎（かめいしんじゅうろう）だ。新十郎は組んだ足の脛（すね）をボリボリ掻（か）いたり、腹のあたりを撫（な）でたり、いつも以上に無遠慮（ぶえんりょ）に振る舞っている。

「つまんねぇな」

しきりに欠伸（あくび）を浮かべては悪態（あくたい）をつく。力を誇示することでしか己を保（たも）つことができない未熟な男なのだ。新十郎は信長が発する気に完全に呑まれている。

「うぬ」

信長が脇息にもたれかかり、新十郎に顎をしゃくった。

「なんだ！」

新十郎が身を乗り出す。威圧されかけていた信長に声をかけられ、舞い上がってしまったのだ。

「相当、遣うであろう？」

新十郎は少し黙った後、腕まくりした。

「今、俺が槍を持てば、たちどころに、うぬ様の首は飛ぶぞ！」

居並ぶ男達は奇妙に静まり返っている。織田の武将達だ。幸盛が信長の前に着座してからというもの、この者達の緊張のせいで空気が張り詰めている。

信長を怖れている。怖れているが、同時に信じてもいる。信長こそ覇王であると。そのことが離れていても伝わって来る。

今、この広い部屋で、萎縮していないのは幸盛と幸盛の右後ろに控える立原久綱だけだ。尼子家臣は信長を前にしても、まったく気圧されていない。いや、新十郎は別だった。新十郎は、かなり信長に呑まれている。それを隠そうと必死に虚勢を張っている。

「うぬ様？」

信長が片眉を上げる。

「人をうぬ呼ばわりするから、うぬ様だ」

「右府様の聞き違いかと思った。わしは右大臣ではない」

「官位を欲するか？」

「くだらぬ」

信長は吐き捨てた。権威や伝統といった、人が重きを置くもの全てに唾を吐きかけたような言い方だ。

「いいねぇ」

新十郎は偉そうにその返答を認めてみせる。

「うぬはなかなか面白い」

信長が唇の端を持ち上げた。それを見て、幸盛は武将達に視線を走らせた。少しだけ身じろぎした者が数名いた。居並ぶ武将達の中には権威を大切にしている者もいる。信長は新十郎を使うことで、自分が発した言葉に反応した者を見極めたようだ。その者共は、後ほど責めを負わされるはずだ。皆が信長の前で緊張している理由が分かる気がした。少しでも信長の機嫌を損ねたら、すぐに危険が降りかかってくる。これぞ信長の強さの神髄だった。恐怖と緊張による統治だ。

「山中、こやつの言う通り、槍を持てばわしの首は離れるか？」

幸盛は目を上げた。

「無理でございましょう」

「なぜだっ！」

新十郎が気色ばむ。信長はそれを面白そうに眺めながら言った。

「うぬ、山中には敵わぬだろう？」

「こいつは特別だ。こいつほどの遣い手はいない。だが、うぬ様はそれほどでもなさそうだ。一対一であれば、俺の方が強い」

「山中はわしを殺せぬ」

「どういうことだ？」

「強さとは槍が遣えるかどうかだけではない。つまり、うぬにわしは殺せぬということ」

幸盛は息を漏らした。そろそろ退く頃だ、そう思っている。

「久綱」

呼びかけた。背後から衣擦れの音が聞こえる。

「もう十分だ、新十郎。よくやってくれた」

久綱に腕を取られ、新十郎はきょとんとした顔で久綱と幸盛を交互に見た。

「礼を言う」

幸盛も付け加えると、新十郎はなにがなにやら分からないといった様子で、鼻を擦り、鬢を掻き、次いでどかりと元の位置に腰を下ろした。

「恐れながら」

幸盛は手をついた。

「尼子はなかなか面白い」

信長が頬杖をつきながらぎろりと睨む。

「立原も、なかなかの男だ。勝家に連れて来られた際の立ち居振る舞いは良かった。我が臣にも見習わせたい」

「有難きお言葉にござります」

久綱が硬い口調で応じる。言葉の一つ一つを部屋のあらゆる場所に沁み込ませようとしているみたいな物言いだ。

「亀井を見せたかったのか、山中」

「田舎の傾奇者を眺めるのも、興があるかと存じまして」

久綱の案だった。信長は有能な家臣団に飽きている。羽柴という剽軽な男がいくらか慰みになっているらしいが、その男も近頃は周りに染まりつつあるようだ。己等がありのままの姿で会えば、信長は興味をそそられるだろう、そう持ち掛けられた。

さすがは久綱だった。冷静な分析だ。

納得した幸盛は、敢えて勝久ではなく新十郎を連れてくることにしたのだ。勝久が出てくれれば、尼子を見てもらわなければならなくなる。肩肘張った尼子だ。そうではなく、尼子の臣である己等を見てもらえば、信長に届くはずだ。信長もそれを望んでいたし、幸盛としてもその方が目的に適っていた。

「大儀であった」

信長が脇息を払いのけた。転がる脇息を無視して立ち上がる。

背中を向けて部屋から出ていこうとする。脇に控えた小姓が、音もなく続く。鼻を潰された先程の小姓とは別の男だ。

「使ってやるぞ」

不意に発せられた。

「尼子を使ってやる」

背中越しである。それでも、確かに幸盛に話しかけている。

「恐悦至極にございます」

頭を下げる幸盛に、信長は立ち止まった。

「望みはなんだ？」

「出雲」

間髪入れずに答えた。

「他には？」

「なし」

「わしの下で働け。もっと大きなものをくれてやる」

「我らは尼子の臣にございます」

「……であるか」

信長は一言だけ呟くと、そのまま部屋から出ていった。沈滞していた空気が一気に霧散する。信長が黒い風を引き連れて去っていったように見えた。

二

舞い上がった紅葉が頰の横を追い越していった。背後の山裾から風が吹き上げているのだ。前方で羽ばたく鮮やかな赤を目にした幸盛はしばし立ち止まった。

「どうした？」

隣を走っていた男が振り返る。白具足に白糸縅。二股に割れた鉄の角の前立は幸盛の兜を真似て作ったものだ。兜の下の一重の目が吊り上がっている。引き締まった頬に土が飛び散り、そのせいで精悍さが増して見えた。戦場なのだ。泥を受けるのは当然だ。

「なんでもない」

幸盛は一瞬目を瞠った後、すぐに首を振った。かつて戦場を共にした男が重なって見えたのだ。だが、その男がいるはずはなかった。振り返ってきた男は、まだ若い。亀井新十郎だ。

（落とすぞ）

幸盛は胸の内で呟いた。

（当然だ）

すぐに返ってくる。太い声だ。聞いたのは幸盛だけである。己以外の者は、戦場の喧騒に耳を支配されているだけだろう。その中で己にだけは確かに届いた。懐かしい声だ。

（政光）

横道政光を思い出したのは、信貴山城が目の端に映っているからかもしれない。深い山中から見ても四層の天守櫓は目立った。空に聳える異様な建物は、天下広しと言えど、お目にかかれることは、まずない。建造したのは大和を領する松永久秀。かつて横道政光が身を寄せ、家臣に請われた男である。政光は松永の下にいた頃のことを、懐かしそうに麾下の兵達と語っていたことがある。その松永を、今、幸盛は攻め落とそうとしている。

織田軍の先発隊だった。大将は信長の嫡男信忠である。己等に与えられたのは捨て駒とも言える先陣。先の会見で信長に尼子軍を意識させることはできたはずだったが、他の家臣達の目は冷ややかなままだった。一度滅びた尼子を侮る者は織田家の中に数多いる。侮らないまでも尼子を認めぬ者がほとんどだ。評価してくれるのは、丹波攻略の際に指揮下に入った明智光秀と、誰でも鷹揚に受け入れる羽柴秀吉ぐらいのものだろう。その二人も、今、同じく信貴山城攻めの軍にいる。だが、幸盛達尼子再興軍とは立場が違った。二人が配置されているのは後方だ。一方で、己等は最前線。最も命の危険にさらされる場所だ。

（これでいいのだ）

こうして命を賭して戦わない限り、己等の望みは達せられない。織田軍での地位を上っていくこともそうだったが、その先にある目的を達するには、命を燃やしながらでも進み続けなければならなかった。

（出雲を奪還する）

おそらく政光であっても、前線で戦わされることを良しとするだろう。また、秋上宗信も、

（仕方ねぇな）

などとぼやきながら、そのくせ楽しそうに従ってくれたはずだ。

他の尼子兵達も同じであった。今、踏みしめている大地が出雲に繋がる道になる。だからこそ、矢が降り注いでも、槍の壁に阻まれても、前に踏み出していけるのだ。

「新十郎、石垣だ。上るぞ」

駆けた幸盛は、新十郎を追い越しながら尻を叩いた。山陰一と恐れられた豪傑政光と重なって見えたせいか、新十郎のことが頼もしく思えている。新十郎は各地を転戦するうち確実に力をつけていた。元々得意だった槍には磨きがかかり、一人で百人の兵を相手にしても勝てるのではないかと思わせるほどになっている。その腕っぷしの良さは丹波攻略の際に参加した明智軍で、

「槍の新十郎」

と怖れられたほどだ。相変わらず態度は粗暴で幼いが、出会ってから数年の間に、新十郎も武士として一人前になりつつあった。尼子への恨みを本人がどのように扱っているのかは分からなかったが、それでも新十郎は今、確かな尼子武者の一人として数えることができるようになっている。

「落とすぞ」

幸盛が言うと、

「当然だ！」

力強い声が返ってきた。

信貴山城は難攻不落の城である。随所に石垣が積まれ、堅牢な門が連なっている。さすがは梟雄と称された松永久秀の居城だ。本来であれば兵糧攻めが最善の策なのだろう。が、それは信長が許さなかった。自らを裏切った松永を早急に討つことを命じたのだ。

織田軍の強さは疾風迅雷の速さにある。とにかく止まらない。そこに尼子再興軍は活路を見いだしている。攻め戦の方が手柄を得る可能性は高い。手柄を上げた分だけ出雲に近づくことができる。

「行くぞ！」

幸盛は石垣に取りつき、上り始めた。隣に新十郎が並ぶ。見下ろすと、家臣達も続いていた。皆、必死の形相だ。

頭上から矢が降ってくる。が、それもすぐに止んだ。山中に火薬の爆ぜる音がこだましたからだ。

立原久綱だ。

鉄砲隊を引き連れた久綱が、石垣の上の敵に一斉射撃を見舞っている。

久綱の鉄砲隊は優秀だ。信長の指揮下に入って、雑賀衆という有名な鉄砲集団の戦を目の当たりにすることがあったが、それでも怖ろしいとは思わなかった。尼子鉄砲隊が負けていなかったからだ。見事に統率された尼子鉄砲隊は、顔を覗かせているだけの敵でも確実に仕留めることができる。そうした腕前の者ばかりを揃えているのだ。

幸盛はこの戦に、鉄砲隊と槍隊、それに騎馬隊を含んだ編成で臨んでいる。愛馬三日月も連れてきていた。攻城戦では役に立たないだろうが、城を落とした後の追撃戦まで戦は続く。騎馬隊を率いて敵兵を悉く討つことで功名を得るのだ。

矢が降って来る代わりに、兵が降ってきた。鉄砲隊に撃たれた松永兵だ。血を噴きながら、なにかを叫びながら降ってくる。上からの圧力に一瞬の緩みが生じた。次々撃たれる味方に松永兵がひるんでいる。その間に、一気によじ上る。

石垣を乗り越えた。空の中に立つと、眼下に敵兵の群れを認める。

槍を構えている。弓を向けている。火縄を点じようとしている。

「尼子軍、山中鹿之助(しかのすけ)幸盛、見参！」

幸盛が叫ぶと、敵兵は一瞬たじろいだ。その幸盛の横に、白具足の男が現れる。

「同じく、亀井新十郎茲矩(これのり)、見参！」

大音声(だいおんじょう)。

幸盛は槍を両手に持つと、敵兵の中心へ飛び込んだ。

「うらぁあああ！」

着地と同時に槍を左から右へ薙(な)ぐ。血飛沫(ちしぶき)が上がり、霧(きり)がかかる。

「だぁぁあああ！」

背後は新十郎だ。槍を振り、敵の腕を飛ばし、首を切り裂く。松永兵がどさどさと倒れていく。

次から次に尼子兵が飛び込んできた。皆、空から地上に飛び降りては縦横無尽(じゅうおうむじん)に槍を振るう。

躰(からだ)中の筋肉が躍(おど)っているのを感じる。力強く土を摑(つか)む足。空気を引き千切(ちぎ)る槍の唸(うな)り。

この感覚、この高鳴り。

舞い上がる埃と、血の匂い。己の胸の鼓動。

全身の血が滾る。躰の奥から別の己が呼び覚まされていく。

「うぉおおおお！」

幸盛は叫んだ。近づいている。確かに出雲へ近づいている。そのことを今、俺は実感している。

「すげぇ……」

新十郎が呟いた。幸盛はそれを無視して、一人、松永兵の中を駆け、道を切り開いた。

幸盛率いる尼子軍が先頭を駆け上がったことで、信貴山城はその日のうちに落ちた。壮麗に聳えていた四層の天守は火焔に包まれながら崩れ去った。崩れる直前、耳を聾するような爆発音と共に、地面が揺れた。それにどういう意味があったのか幸盛は知らない。あるいは松永久秀の最期だったかもしれない。一時代を築いた男の最期だ。だが、幸盛は松永の死にかまっていられるだけの余裕を持ってはいなかった。三日月を駆って、敗残兵の追撃に入っていたのだ。

三

「おみゃぁさんとこの殿様は、ありゃ英傑だで」

丸い目をした赤ら顔の男が、口から飯粒を飛ばしながら幸盛に箸を向けてきた。

「信長様を前にしても、全く臆したところを見せぬ。若いのに肝の据わったお方じゃ」

「勝久様は？」

幸盛が尋ねる。

「飯じゃ。信長様が招かれた」

「もう少しかかりそうか？」

「酒を召されるだろうからな。招かれるとはそういうことだ。さ、おみゃぁも喰え」

「……かたじけない」

目の前に膳が並べられている。山女の塩焼きに、吸い物。大根のお浸しに、味噌の乗った豆腐。椀の飯は、一粒一粒につやがある。

山女の身をつまみ、口に入れた。たちまち口の中に塩のしょっぱさと川魚特有の臭みが広がる。臭いが、美味い。料理は一流だ。

幸盛が味を噛みしめていると、目の前の男が顔をくしゃくしゃにして笑った。歯を剝き出しにし、大きな口を一層大きく開けている。信長から猿と呼ばれる赤ら顔の男は、織田軍で中国方面征討を任されている羽柴秀吉だ。

京の信長の居宅二条新御所の一室であった。青々とした畳が、乾いた陽光の匂いを放っている。黒漆で塗られた柱や梁には、ところどころ、木瓜の金の紋が輝きを放っていた。晩秋であるにもかかわらず風は温かく、障子を開け放っていても肌寒さは感じない。ふと、縁に目を向けると、ちょうど銀杏の葉が舞い落ちるところだった。縁側に落ちた葉は、風が緩やかなため吹き飛ばされることもなく、その場でひらひらと黄色を躍らせている。

幸盛は、一瞬、心が緩みそうになった。意匠を凝らした部屋の造りや、上品な料理が影響したのかもしれない。

（違うな）

幸盛は箸を置いた。目の前の男にこそ原因があるのだ。全てをおおらかに受け入れてしまう男は、あらゆる者の気を和ませる。

そこが秀吉の魅力であり、怖ろしいところだと思った。和んでいる間に重要な話を聞かされる。そうして人を己の思う方向へと導き、気づいた時には巻き込まれ、思いもよらない成果を上げさせられている。それもまた魅力と捉えられるのだろう。秀吉は多くの者から慕われていた。特に家臣からの敬慕は舌を巻くほどだ。

（勝久様とは、別の魅力だ）

落ち着いてはいるが、内に猛々しいものを秘めている勝久もまた人を惹きつける。時に垣間見せる熱い思いが家臣の胸を打つのだ。勝久と秀吉は全く逆の性質を持っていた。そのくせ人の心を摑むというところでは共通している。

その勝久は今、信長と一緒にいる。尼子側からは一人きりだ。己も随行すべきかと幸盛は考えたが、信長の望みは勝久と一対一で語らうこと。勝久はそれを承諾し、幸盛も了解した。信長に呑まれるような男ではない。勝久のことを信じてもいた。

別室で待たされることになった幸盛は一人瞑目していた。それが、秀吉が帰って来るなり騒々しくなった。信長と勝久のやり取りに立ち会った秀吉は、二人の会談が終わるやいなやドタドタと報告しにきたのだ。

「尼子殿は、信長様が目指しておられる天下を熱心に聞いておられた」

秀吉が山女の骨をしゃぶりながら言う。

「織田殿が目指す天下？」

幸盛は吸い物の椀を膳に置いた。

「信長様はどえりゃぁもんを見られとる」

「天下布武か？」

「そら旗印だわ。信長様は日ノ本だけではなく、その先まで手に入れたいとお考えじゃ」

「ほう」

「驚かぬか？」

「織田殿なら考えそうだ。南蛮人を相手にするのも、その足掛かりとするためだろう？」

「そりゃまぁ、そうじゃな。いやぁ、尼子殿といい、山中殿といい、よく見ておられる。わしゃぁ、信長様から話を聞かされた時は腰が砕けそうになったぞ」

「外から見た方が、見えるものもある」

「なるほどの。……ま、それはそうと、信長様は、朝鮮、それから明。いや、それだけには留まらず、そのずっとずっと先の南蛮まで手に入れたいとお考えじゃ」

「南蛮？」

「信長様は必ずや成し遂げられる。それほどのお方じゃ」

「海の向こうを支配するとなると強力な水軍が必要だ。織田には毛利ほどの水軍がないだろう?」

「水軍はなんとかなる。それに、信長様は直々にかの地を統治しようとはしておられぬのじゃ」

「どういうことだ?」

問うと、秀吉は持っていた箸を投げた。食器にぶつかって乾いた音が鳴る。秀吉は片手で腹をさすり、もう片方で歯の間に詰まったものを取りながら、

「喰った、喰った」

満足そうな笑みを浮かべた。そのくせ大きく丸い目だけは笑っていない。口をもごもごと動かし、水を啜った後、

「よいか」

人を試すように下から覗き見てくる。

「信長様は武士はいらぬとお考えじゃ。武士は土地に根差すもの。土地を奪い合っている限り、真の意味で天下を手に入れたということにはならぬ」

「全ての土地を支配する。それが天下を取るということだ」

「土地には統治する者が必要だ。その者はそこを我が物だと考える。それが厄介だ。一度愛着を持つと、手放したくなくなる」

(なるほど)

幸盛は秀吉の言葉に納得した。己が出雲を手に入れたいと思うのは、死んでいった者達の魂が残っているからだ。彼等が夢見た出雲を創ることこそ、彼等の命を生かし続けること、そう考えている。

「我が物という意識が生まれれば争いが起きる。そうすると、他の人のものも欲しくなってしまう。そうして別の争いが起きる。一度起きた争いは、憎しみを生み、その憎しみは時を経(へ)るにつれ、執念(しゅうねん)へと変わっていく。いずれ信長様をも呑み込む大きなうねりに変わるはずじゃ」

「今の世そのものだな。皆、土地を求めて争っている」

「それでは意味がないのだ。日ノ本を平定しても争いの種は残り続ける。いつまでも天下は定まらぬままじゃ」

「織田殿はどのような天下を望んでおるのだ?」

幸盛が聞くと、秀吉は小指で耳の穴をほじった。

「銭による天下じゃ」

「銭?」

「永楽通宝(えいらくつうほう)じゃよ。ま、信長様はいつまでも銅銭を使うのではなく、いずれは紙の銭を流通させようと考えておられるようだがの」

「銭を土地の代わりにしようというのか？　だが、軍は必要だろう？　どうしても敵は現れる」

「兵は銭で買うことができる」

「それはそうかもしれぬ。だが、先程羽柴殿が言われた通り、武士は土地に根差すものだ。銭だけでは戦う意味を持てぬ」

「武士は必要ないのだ」

秀吉が躰を寄せてきた。部屋には誰もいないことを知っているくせに、辺りを窺った後、口もとに手をやる。

「信長様は武士というものを壊そうとお考えじゃ。商人でも百姓でも、能力のある者はどんどん登用していこうと思われておる」

「失礼ながら、羽柴殿もさほど高い身分の出ではないと聞いたが」

幸盛は秀吉が近寄っても表情一つ変えず、逆にそう尋ねた。

「わしは足軽の出じゃ。ま、わしは武士として立身出世することを望んで、織田軍に入ったのじゃがな。だが、信長様の創りたいと思っている世の中とはそういったものではない」

「というと？」

「男を全員兵にする。武士も商人も百姓も関係なく、日ノ本中の男全員だ。三年間、兵役に服させる。そのうえで、功を上げたものは、足軽組頭、侍大将と出世させていく。まずは、これが一つ。もう一つは試験じゃ。望む者には試験を受けさせ、才ありと認められれば武将として出世させていく。能力を認められさえすれば、百姓の子がいきなり武士の子を配下に置くことも可能というわけだ」

「ふむ……」

幸盛はしばし黙った。土地を守るために戦う者が大多数の中で、信長の考えは確かに飛躍していた。

出すべき言葉を見失っている幸盛に、秀吉は満足そうに小指の耳垢を吹き飛ばした。が、すぐに表情を引き締めると、一層、近くに顔を寄せて語りかけてくる。料理を食べてすぐだからだろうが、口から土と川水が混ざったような、なんとも言えない匂いが漂ってきた。

「それだけではないぞ。信長様は、内政も試験を通った者に任せるおつもりだ」

「そうなるだろうな」

幸盛は努めて冷静に答えた。

「開墾もそうだし、商人や職人の統制もそう。罪人を捕まえて裁くのも、試験で能力を認められた者の職とする。とにかくありとあらゆる務めから武士を除くのだ。生まれに関係なく、つきたいと思った務めを誰もが選ぶことができるようにする。能力さえあれば、出自を超えて出世していくことができるのじゃ。いや、出自などというものが、そもそもなくなるのだ」

「褒美は銭か」

「織田軍の兵には銭で雇った者がおる。こいつらは強いぞ。土地から離れた者だけあって、戦にだけ専念することができる」

「弱さもある。すぐに逃げ出す」

「これは、また！」

秀吉は額を叩いて、大げさに笑った。幸盛の指摘も、まったく意に介していないようだ。

「確かに、そこが課題ではある。じゃが、戦略で補うことができると信長様はお考えじゃ。それでよいのではないか？　良いところを見て、活かす方法を考える。大将の務めとはそういうものだ」

「銭による天下か。織田殿の目指す世が見えた気がする。しかし、それでは……」

「分かっておる」

幸盛の言葉を秀吉は手で制した。水をがぶりと含み、口の中をすすいでから、ごくりと飲み下す。秀吉は顔を伏せたが、そのくせ幸盛を上目遣いにチラチラ窺い続けている。

「全国の武士達から不満が出ると申すのであろう。確かに、己等が今まで享受してきた地位も利益も失うとなれば、起ちあがる者も出ないわけではない。全ての国で一斉に蜂起されれば、今の織田家では太刀打ちできぬ。しかしそこは信長様じゃ。ちゃんと考えておられる。だからこそ、明までは攻め落としたい、と申されているのだ」

「海を渡る、か」

「左様。明には土地も人もたくさんある。明を攻め落とせば、それらを一気に手に入れることができるのじゃ。信長様はそのことを勘定にいれておられる。つまり、明を攻め落とすまでは武士の力を利用し、指揮官として働いてもらう。その一方で明の民もまた兵としていく。軍の中に日本の武士と明の民、朝鮮の民が混ざることになるのだ。そうすれば、どうなると思う?」

「武士より民の兵が多くなるな。武士は日本の男だけだ。そうなると、武士は蜂起しようにもできなくなる。民の力の方が強いからだ」

「つまりは、そういうことだ。銭を払うのは信長様。民兵は報酬をくれる者に逆らわぬ。誰も文句を言えぬまま、武士という階級は失くなっていく。それが狙いだ」

「内政にも明国の民が入るのか？」

「すべて能力で選ぶのだ。日本人も明国人も関係ない。誰もが己に合った務めをこなす。信長様は女も試験を受けるべきだと考えておられるようじゃ。新しい世を作るには男だけを当てにしていては不足だと言われておった」

「身分も、国も、性別も関係なしというわけか。織田殿らしいと言えば織田殿らしい。そうした考えの持ち主でなければ、比叡山の焼き討ちなどはできぬ」

「ま、あれは、ちと性急すぎたかもしれぬの。信長様に反感を持つ者が出てきておる」

「いるのか？」

「ん？　……うむ。……まぁ、なんだ、それは。脇に置いといてくれると助かる」

「言いたくないのなら、無理には聞かぬ」

「ま、いずれ分かるようになるだろうて。……それより信長様の天下のことじゃ。ここまで話してしもうたからには、すべて話すぞ」

「頼む」

「信長様は統治をすべて銭で行おうと考えている。産物を加工して商品を作らせ、商いを盛んにすることで、銭がなければ暮らしていけぬ世を創る。銭を多く持つ者が権力を握る世の中じゃ。その上で、天竺や南蛮との貿易を行う。貿易を通して富を蓄え、同時に国力を増していく。国力が増せば、自然と富も蓄えられ、天竺や南蛮との貿易も優位に進めていくことができる。それを繰り返すことで、遠い異国の地も、ある種の支配下に置くことができるのではないかとお考えじゃ。天竺や南蛮よりも豊かになることで、こちらの要求を通させることができるようにする。信長様は銭による天下を作ることで、この世の全てを手に入れようと目論んでおられるのじゃ」

「理に適っているかもしれぬ。だが、そうなると……」

「おみゃぁも気づいておるだろう？」

「地方は切り捨てられるな」

「そういうことだ」

　銭による統治と聞いた時からざわつきを覚えていた。それが秀吉の話を聞くにつれ、焦りへと変わっていった。銭のみが世の中の基軸となるのであれば、人々は大きな都に集まるようになる。今でいうところの、京や大坂だ。出雲の城下町とは桁違いに広く、繁華だ。商いは人の集まるところで盛んになる。商いが盛んになれば人は更に集まる。そうした循環が起これば、地方を捨てる人は益々多くなるだろう。そうなると、地方はどんどん衰退していくことになる。人がいなければ生活が不便になることは誰の目にも明らかだった。

　さらに銭による統治の怖ろしいところは、土地を治める者がその地に土着している武士ではなく、試験で登用された明国人かもしれないということだ。朝鮮から来た女である可能性もある。その地に愛着を持たない者が統治するとなると、その土地の産物を都に売りさばき、私腹だけ肥やして去っていくような事態も起こりかねない。そして、信長が必要ないと思った瞬間、簡単に切り捨てられてしまうのだ。

　尼子の本拠地出雲も例外ではなかった。出雲にはよいところがたくさんある。だが、それは外から見てもそのように見えるかははなはだ疑問だ。幸盛が感じているよさは、出雲で生まれ、出雲で育ち、出雲で仲間と過ごしてきた幸盛だからこそ感じられるものであって、外の者が見れば、なにも感じない、どこにでもある地方の一つかもしれなかった。

　悲しいことだった。

　己等の出雲がそのように思われるかもしれないなんて、考えるだけで悔しくて仕方ない。だが、幸盛自身、信長の目指すところもまた、意味があると感じているのだ。

そのことが、さらに、悔しさを募らせる。

「出雲は出雲ではなくなるのか？」

幸盛の呟きに、秀吉が手で弄んでいた椀を卓に戻した。何かを考えるように黙り込んだ秀吉は、しばらくして顔を上げると幸盛の肩を摑んできた。

「織田に仕えぬか、山中殿。おみゃぁらの戦はあまりに無意味じゃ。気持ちは分かる。それでも、これからの世を考えて利己的になることも肝要じゃ。おみゃぁなら、出世できる。いくら信長様でも功の多かった者を追放したりはせぬはずじゃ。武士がなくなっても、わしらは残る」

「断る。我が主は尼子勝久様以外にはおらぬ。そう心に決めている」

さらりと言葉が出た。自分でも驚いたほどだ。勝久と運命を共にすることこそ己の生きる道だ、と、なんの躊躇もなく思うことができた。

（この俺が、そう考えるようになったか）

数年前までは思いもよらなかったことだ。毛利元就への復讐を果たすために、尼子を利用しようとさえ考えた。それが戦の中で多くの者に出会い、別れ、嫌でも別のものを見せられるようになった。思いを寄せ、己のせいで殺された新宮谷の娘、百合の無念を晴らすのではなく、百合をこれから先の世に生かしていくためになにができるか。そのことを考えなければならないと思うようになった。尼子の臣として、尼子による国造りを行っていきたいと思ったのは、百合達のためなのだ。

それだけに秀吉の言葉は重く響く。

出雲を取り戻す戦が、秀吉の言うように無意味なものなのだとしたら、己等の魂はなにを求め、どこに向かえばよいのだろう。

「ま、よく考えてくれ。わしはおみゃぁが好きじゃ。望めば、いつでも迎え入れてやる。信長様に話を通すのは、わしに任せてくれていい」

幸盛は秀吉を見つめた。両方の眉を上げて、おどけた表情を浮かべている。

（傑物だな）

こうして幾人もの男達の心を摑んできたのだろう。信長とは違った意味で、大きさと底の深さを感じさせる男だ。

それでも、幸盛が見ているのは秀吉ではなく勝久なのであった。秀吉を魅力的だと思えば思うほど、勝久にこそ己は魅了されていると、気づかされる。

勝久もまた、大きく、深い。

勝久の、全てを包み込んでくれるような柔らかい物腰がひどく懐かしく思えた。

幸盛は目を庭に転じた。縁側では相変わらず銀杏の葉がひらひらと靡(なび)いている。幸盛が再び秀吉に向き直ろうとした、ちょうどその時、木々が揺れ、一斉に落ち葉が舞い上がった。赤や橙に混じって、銀杏の黄色もまた、天高く巻き上げられていく。

（あの銀杏の葉はどこに向かうのか）

濃い青の中を飛んでいく鮮やかな色彩を追いながら、幸盛はそんなことを考えた。

四

愛馬三日月の息が上がっている。

当然だ。

駆けに駆けたのだ。調練の終盤、一塊になっていた尼子騎馬隊から一騎抜け出した。普段は決してしない尻鞭を当てながら幸盛はひたすら立ち向かっていったのだ。

なにに？

分からなかった。分からないまま立ち向かった。曖昧模糊としている。そのくせ空を覆うほど巨大だ。真っ黒な影となって前方を塞いでいる。

槍を携えたまま、単騎で突っ込む。

影は遠く、三日月の脚をもってしても容易に辿りつけない。それでも駆けた。駆けなければいられない衝動が湧いている。

ぶつかった。

黒い影。

限界を槍に乗せ、振り上げる。

突き抜けた。

しばらく駆けて後ろを振り返ると、空まで広がっていた影は消え、代わりに草原を駆けて来る騎馬隊の群れが映った。ずいぶん離れている。三日月の疾走(しっそう)についで来られる馬は一頭もいない。

三日月を並足(なみあし)に戻して、兵舎に向かった。追いついた騎馬隊の群れから、一騎近づいて来る者がいる。

「どうしたんだよ。なに怖い顔してんだ」

新十郎だ。青毛の馬を並ばせて、いぶかしげに覗き込んでくる。

「なんでもない」

幸盛は言い捨てると、三日月の脚を速めた。三日月のたてがみが金色に輝きながら揺れる。

秀吉から信長が描く天下を聞き、二日経(た)った。未(いま)だに胸に去来した暗雲は晴れないままだ。

（俺達の戦は無意味……？）

では、なぜ、己はここにいるのか。秀吉の中国征討軍の出立が明後日に迫っている。尼子軍はそこに従軍するよう言いつけられていた。

願っていたのだ。中国征討を信長が決意し、そこに尼子が加わる。己が描いた通りに事は進んでいる。

それなのに、戦を前にした昂揚感がまるでない。代わりにあるのは焦りだった。寂しさであったり、虚脱感であったりが混ざり合った焦りが、全身を縛りつけている。

（このままではいかぬ）

幸盛は己の顔を平手で挟んだ。ばちんと乾いた音が響き、追いかけてきた新十郎がぎょっとした顔で馬を止めた。

（しっかりしろ）

毛利を倒すことができるのだ。積年の恨みをついに晴らす時が訪れたのだ。俺がしっかりしなければ、兵達が迷う。

そうだ！

やっと来たのだ！

今こそ、毛利を倒す時だ！

言い聞かせても心を決めきることができなかった。このような感覚に陥るのは初めてだ。毛利を倒すことに邁進してきた幸盛が初めて足を止めている。後から後から湧いてくるどうしようもない焦りをどのように扱えばいいのか分からない。

「大丈夫か？」

新十郎が心配そうに呼びかけてきた。幸盛はそれを無視して、変わらぬ速さで兵舎に戻った。

兵舎の前に、騎乗した勝久と久綱が待っていた。勝久の馬は以前幸盛が乗っていた鹿毛だ。三日月を前にして気持ちを昂らせたのか、しきりに前脚を掻いている。

「ご苦労だった」

手綱を引いて鹿毛をなだめた勝久は、幸盛に笑みを向けた。

柔らかい。

声もそうだが、笑顔も柔らかい。

幸盛が一騎突出した様子は、遠くから見ていても分かったはずだ。それなのに、勝久はなにも触れないつもりでいるようだ。

（勝久様……）

幸盛は全身から力が抜けるのを感じた。勝久に声をかけられると、いつもこうなってしまう。己が唯一(ゆいいつ)憧(あこが)れた新宮党(しんぐうとう)の二代目、尼子誠久(さねひさ)を重ね合わせてしまうからかもしれない。親友だった助四郎(すけしろう)と一緒にいるような気分に浸れることも影響している。大人になった勝久は、益々新宮党の頭目らしい雰囲気を発するようになっていた。

だが幸盛は、

(そうではないな)

首を振る。

いつからか、勝久を勝久として慕うようになった。勝久の度量の大きさに惹かれていった。心はどこまでも清らかなのに、濁(にご)った部分も躊躇せず呑みこむことができる、そういう男だ。大将としての器を備えている。今や尼子の当主は勝久以外にはない、心から信じることができるようになっている。

「新兵もだいぶ、騎馬隊に馴染(なじ)んできたな」

久綱が相変わらずの低い声で言う。抑揚(よくよう)がほとんどないのは、久綱が人一倍落ち着いた性格をしているからだ。

「五十人加わったから、これで三百だ。吉川の騎馬遊撃隊に近づいている」

新十郎が肩を回しながら言う。上半身の筋肉がゴリゴリと動く。

「新十郎、そう簡単にはいかぬ。吉川の騎馬隊は五百に増えていると影正(かげまさ)の手の者が伝えてきた。こちらが強くなれば、あちらも強くなる。その差を埋(う)めるには、調練し続けるしかない」

鬚(ひげ)をつまむ久綱に、新十郎は声を出して笑った。

「励(はげ)んでるよ。励んでいるからこそ、近づいたと感じられるのだ。兵達は日に日に成長している。馬も同じだ。この騎馬隊を打ち負かす軍などそうそうないはずだ。……ただ、一つ懸念があるがな」

新十郎は声を落とすと、幸盛を親指で指した。

「指揮官が心ここにあらずだ」

勝久と久綱が幸盛に視線を向ける。

「懸念は、騎馬隊ではない者が隊を掻き乱すことだ」

幸盛は二人を無視すると、新十郎の後頭部を槍の柄で突いた。

「新十郎は、歩兵隊の指揮官だ。そちらの調練に精を出せ」

「やだよ、歩兵隊なんか。地味だ。俺は、戦場を駆け回りたいんだ。騎馬隊を率いて、颯爽(さっそう)とな」

「軍が大きくなれば、お前に騎馬隊を任せるようになる。だが今は、一番効力のある配置をせねばならぬ時だ。お前より俺の方が騎馬の扱いがうまい。だからこそ指揮官は俺なのだ。それに、お前の槍を活かさない手もないからな。お前の槍は、今や、俺に並んでいる。西国を見渡しても、いや、織田家中を含めても、お前の槍に匹敵する者はいないはずだ」

「幸盛様と同じ？」

「俺と五分。下手をすると、俺より勝っているかもしれぬ」

「……そうか？　ま、分かってんなら、いいんだがな」

新十郎は鼻の下を擦ると、堪えきれないといった様子で頬を緩めた。徹底的に槍を仕込まれてきた幸盛に褒められたことが、うれしかったのだろう。いつしか幸盛のことも「様」付けで呼ぶようになり、尼子として戦うことに意義を見出しているようでもある。咳をしてごまかそうとしているが、赤らんだ顔は隠すことができていなかった。

新十郎の単純さに場の空気が和んだようだ。勝久も久綱も笑っている。ただ、幸盛だけは違った。幸盛はしばらく沈思すると、生真面目な目を勝久に向けた。

「勝久様。織田殿の描く天下を、お聞きになられましたか？」

「聞いた」

「織田殿の天下が実現されるとしたら、俺達が目指していることは、まるで……」

（無意味）

　幸盛は言葉を呑みこんだ。声に出した途端、今まで己達が築き上げてきたものが崩れるのではないかと思ったのだ。

「そうですね」

　勝久は顎に指を当てた。僧籍にあった勝久は、ものを考える際、言葉が丁寧になる癖（くせ）がある。武士の頭領になっても、幼い頃からの習慣はなかなか抜けないらしい。

「私が……。いや、俺が思うには……」

「ちょっと待て」

　顔を上げかけた勝久を止めたのは新十郎だ。新十郎は勝久と幸盛を交互に見ると、眉を寄せた。

「うぬ様の描く天下とはなんだ？」

　幸盛は新十郎の無遠慮な態度に溜息（ためいき）をつくと、信長が目指している銭による統治をかいつまんで聞かせた。

「恰好（かっこう）いいな」

　新十郎が目を輝かせる。

「交易で富を膨（ふく）らまして、南蛮をも支配下に置く。夢がある」

「夢などの問題ではない」

久綱がたしなめる。久綱は幸盛の話を聞くうち、眉間に深い皺を刻むようになっていた。そんな久綱を新十郎がからかう。

「小だぬき殿。ちゃんと分かっておる。俺を侮るなど十年早い」

「お前のほうが年下だ。それから、俺のことを小だぬきと呼ぶのはいい加減やめろ」

「まぁ、それはどうでもいいのだ。つまり、出雲を目指しても意味がないということだろ？」

新十郎のあけすけな物言いに他の三人は押し黙った。新十郎は一度目の尼子再興軍に参加していないため、そこまで思い入れがないのかもしれない。だが、勝久、幸盛、久綱には、それぞれ出雲に対する思いがある。

仲間と戦った地。仲間を看取った地。仲間の魂が残る地。

幸盛は視線を空に転じた。薄青の中を隊列を組んで飛ぶ雁の姿がある。優雅に翼を羽ばたかせる雁は、冬が近づいたからか、見かける頻度が多くなっている。帰ってきているのだ。仲間と共に、この地へ帰ってきている。

幸盛の視線に気づいて雁の飛翔に目を向けた勝久は、鳥達が小さな点に変わるまで見送ると、おもむろに呟いた。

「帰ろう」

真綿にくるまれたような優しい声だった。そのくせ、芯にまで響く重さがある。

幸盛は勝久をサッと振り返った。久綱も新十郎も目を細めて主君を見ている。

「出雲に帰ろう！」

勝久は三人を順番に見ながら言った。

「織田殿が天下を取れば、中国地方の一地域である出雲など、簡単に切り捨てられるだろう。だからこそ、早く出雲に帰らなければならないのだ。出雲に帰り、田畑を耕し、産品を作る。港を開き、商いを盛んにする。出雲の地に根差した国造りを行い、どの土地よりも出雲を豊かにする。そうして人を呼び込んでいくのだ。流出させるのではない。日本中、いや海の外の民まで受け入れていく出雲を創るのだ。やがて出雲は、京や大坂、堺にも負けぬ要地へと変わるだろう。織田殿も切り捨てることができなくなるような繁栄した地になるのだ。経久公がそうされたように、中国の中心が出雲になっても別におかしくはないのだ」

勝久は言葉を切ると、静まり返っている三人を見渡した。

「帰ろう、出雲に。なるべく早く。そして、俺達の手でこれからの世にかなった出雲を創るのだ。……祖先や散っていった仲間達が還った出雲の地。その土地で取れた作物を食べ、出雲の魂を身に宿している民達。出雲でなければならぬ。俺達が帰る場所は出雲でなければならぬのだ。これからを生きていく出雲を、俺達の手で創るのだ。皆で一緒になって創っていくのだ。それが、俺達に与えられた使命だ」

勝久は語り終えると、幸盛をジッと見つめた。

「導いてくれるか、幸盛。俺を。いや、俺達か？……いやいや、違うな。出雲全てをだ。幸盛、これからの世へ、出雲を導いてはくれぬか？」

そう語りかけ、

「頼む」

馬上で礼をした。幸盛は目を閉じ、呼吸を一つついてから、再び勝久を見た。

「お任せください」

靄（もや）が晴れている。勝久の言葉で、悩んでいたことが一気に霧散した。

（そうだ）

俺達で創るのだ。

日本中探しても見当たらない豊かな地を俺達の手で創る。

俺達にはそれができる。

思いを引き継いでいるのだ。仲間達の思いを引き継いでいる。

だからこそ、できる。

これからの世を生きていく出雲を、俺達の手で創ってみせる。

「それはそれで夢があるな」

新十郎が首を掻きながら言った。

「うぬ様のように壮大ではないが、俺は好きだ」

新十郎の肩を久綱が叩く。

「壮大かどうかは問題ではない。己が一生を捧げてでも取り組みたい夢があるかどうかだ」

「だから、小だぬき殿。そう言っているではないか、俺は」

「お前が言うと、なんだか浅いものに聞こえる」

新十郎が顔をしかめると、勝久と久綱が笑った。

幸盛は三人の笑い声を聞きながら、目を遠くに向けた。

雲一つない空が続いている。どこまでも高い秋の空だ。

この空の彼方(かなた)に出雲がある。今は見えぬが、それでもこの空の下に出雲はあるのだ。

そう思うだけで心が安らいだ。いつでも己は出雲を見ることができる、そう思う。これからの出雲をありありと見ることができる。

幸盛の幻影の中の出雲では、皆が笑っていた。

まさに、夢に描いた出雲だ。

過去に生きた者も、将来に生きる者も、すべての者が笑っている。

「帰ろう」

幸盛は拳を握りしめた。勝久達三人が気づいて、幸盛と同じ方向へ目を向ける。

幸盛は青く遠い空をしばらくの間、眺め続けた。風が吹いても、愛馬が焦れ始めても、それでもずっと、視線を変えずに空の果てを見続けた。

五

羽柴秀吉率いる中国征討軍は天正五年（一五七七年）十月二十三日、播磨に向けて進発した。

小豪族が割拠する播磨にあって、盟主的存在として仰がれているのは三木城の別所長治である。元々、毛利側と縁の深い者が多い播磨で、この別所長治だけは早くから信長の下に出向くなど織田方への恭順を示してきた。また、同じく有力な豪族の一つである小寺政職も、家老の黒田官兵衛孝隆に説き伏せられて、織田方に付くことを決めている。

なお、この黒田官兵衛は自身の居城である姫路城を秀吉に献上して織田家への忠誠を誓うと共に、秀吉の中国征討軍に加わり播磨平定の最前線で働いた。秀吉と共に播磨中を駆け回った官兵衛は、織田につくか毛利につくかで悩んでいる豪族達に織田に与することの利を説き、一月もせぬ間にほとんどの諸勢力から人質を出させる功績を上げたのだ。

播磨をほぼ手中に収めた秀吉は、但馬に兵を送り、山名家の岩洲城、次いで竹田城を制圧して弟の秀長を入れた。これにより、秀吉は但馬での毛利勢力を牽制するとともに、但馬の象徴生野銀山の領有を内外に知らしめ、中国路での戦は織田方が優勢に進めていることを印象付けたのであった。

一方で秀吉は西にも軍を進めていた。こちらは自らが率いた軍で、特に備前、美作との国境に位置する上月城の攻略には重きを置いた。この城を制圧できれば、備前、美作どちらにも睨みを効かせることができる。播磨平定の仕上げであり、今後の中国征討の前衛になる城こそ、上月城だった。

毛利側も防衛は必死だ。西播磨の有力豪族で上月城主である赤松政範を早い段階から自軍に引き入れ、宇喜多直家に赤松を支援するよう命じて兵を出させた。城に籠った赤松は秀吉軍に攻められても動じず、むしろここを死に場所と定めたかのような激しい抵抗をみせた。焦れた秀吉だったが、その頃、別動隊として黒田官兵衛に率いさせていた軍が背後から攻撃を受けたことを知り慌てて兵を納める。宇喜多軍だった。戦の変わり目を察した秀吉は、上月城の攻略を中途で切り上げて全軍で救援に向かい、宇喜多軍を散々に打ち敗かして撤退させたのだ。

この時、先頭を駆けたのは幸盛率いる尼子軍である。尼子軍の進撃は燕の飛翔のように素早かった。宇喜多軍目掛けて一直線に突き進んでいく。先頭を金色の馬に導かれた騎馬隊が駆け、その後を歩兵隊と鉄砲隊が続く。騎馬隊に陣形を散々に乱されているところを、歩兵隊が一丸となって突っ込み内部から崩す。まとまりを欠いて右往左往し始めた頃、鉄砲隊が一斉に火を噴いた。宇喜多兵は散々に倒れ、そのまま退却していった。ほとんど尼子軍だけで勝利した戦といっていい。

尼子軍の勇猛果敢な戦ぶりに、時宜を得たとばかりに秀吉は、そのまま上月城の力攻めに入った。

この時も幸盛達は先頭を駆けたのだ。山路を上り、敵陣に躍り込み、槍を縦横に振り回した。その戦ぶりは鬼神が乗り移ったかのような凄絶さがあった。同時に、なにかに追い立てられているような悲壮感も含まれていた。

上月城の攻略は数日も経たずに終わった。当主の赤松政範は自害し、他の将兵は悉く殺された。備前、美作の毛利側の勢力に対する見せしめのため、死んだ兵は首を槍の先に刺されて晒された。

上月城を攻略したことで、秀吉の播磨平定は完了した。次はいよいよ宇喜多領に攻め込むことになる。本戦に入る前に、一息つくこととした秀吉は上月城の守備を尼子軍に託して、自身は全軍を率いて姫路に退いた。上月城を尼子に渡したのは、此度の合戦で人間業とは思えない活躍をした褒美であった。同時に尼子軍に対する信頼の証でもある。上月城は要の城だ。尼子に任せていれば安泰だと考えられていた。

こうして尼子軍は上月城に入ったのだ。因幡から撤退し、織田の軍門に加わって以来、初めて得た城である。二年ぶりの居城だ。

その晩、上月城内ではひそやかに酒宴が催された。

尼子兵による宴である。

兵達は勝久から直接酒を受け、戦勝の祝いをした。大量に飲むことはなかったし、乱れることもなかった。むしろ強い思いを抑え込むために酒をあおっているようなところがある。

皆、理解しているのだ。

あくまで出雲へ続く道の途中だ、と。

それでも、己等の城だった。
この城が出雲を目指す拠点となる。そう確信することができた。
男達は杯を置き、目をぎらつかせ、一様に北西の方角に躰を向けた。
出雲がある北西。己等が戻るべき場所だ。
真っ直ぐな視線を向ける男達の横顔を、空の低いところで輝く三日月が照らしていた。

故郷の風

一

　全身に磯（いそ）の匂（にお）いがまとわりついている。どこまで駆（か）けても振り払うことができない生臭（なまぐさ）さは、死者の匂いを連想させる。

　風花（かざはな）に跨（またが）って海沿いを駆ける小六（ころく）は、ただ前だけを見据（みす）えていた。陽（ひ）の光を弾（はじ）いた波濤（はとう）が白いうねりを漂わせているが、そちらに目を向けることはない。駆けている間は頭を真っ白にすることができる。前だけを見ていれば、それでいい。

　なにもしていないと、どうしても思い浮かべてしまう。そのことが嫌で駆けているのだ。

　因幡（いなば）平定が終わり、伯耆（ほうき）の諸勢力と交戦に入った時だ。吉川（きっかわ）軍は米子（よなご）城に陣を置き、各地に兵を派遣した。その本陣である米子城で女が殺された。

千世という娘だった。

布部山の戦で会っている。七年も昔のことである。あの時、小六は千世に吉川軍の陣容を懸命に話そうとしていた。いや、話を引き出されたと言ったほうが正しいかもしれない。小六は声を失っていたのだ。千世が聞いてくることに頷いたり首を傾げたりして応じていたが、それは千世に導かれたためだった。

今にも泣き出しそうな目をした娘だった。小さな躰で必死に尋ねてくる姿は可憐に映った。

いつからか淡い思いを抱くようになっていたのだ、そう思う。

尼子再興軍を出雲から一掃した後、布部の村でもう一度会った。

胸に春の風が吹いたような気がした。

喋れるようになった己を見せられたこと、吉川軍の一員として立つことができている己を見せられたこと、その事を誇らしく思った。千世への思いが募った。

だが、それまでだったのだ、と小六は思う。

軍に戻り、武士として過ごすうち、千世への思いは消えていった。いや、思いは相変わらずくすぶり続けていたのかもしれない。たまに思い出しては、切ない思いに胸を締め付けられることもあった。だが、やはり薄らいでいたのだ。百姓から武士になった己は、武士以上に武士らしくいなければならないと気を張っていた。小六の暮らしに千世が居座る場所はなくなっていったのだ。

その千世に、久しぶりに会った。だが、大人になった千世は変わり果てた姿に変貌していた。死んでいたのだ。

槍の調練の帰りに人だかりを目にして近づいた時である。そこに千世の骸が横たわっているのを見つけた。

衝撃を受けた。

かつて抱いた思いが蘇ってきた。

小六は人目もはばからず千世の前まで進み、膝を落とした。誰もなにも言ってこなかった。戦続きの毎日だ。それぞれがそれぞれの思いを抱えている。なにが起こっても茶化すようなことはしない。それが礼儀であり、仲間への信頼だと兵達は理解していた。

小六は千世の手を取った。木の枝を握っているように実感がなかった。

「どうして？」

呟いた。どうして千世が死んでいるのか、そのことが分からなかった。

千世達、骸の側には札が立てられていた。

見上げた小六は不意に寒気に襲われる。

札には、骸の者達が陣中で工作を働いていたと記されていた。骸は四体あり、娘は千世一人きりだった。

（尼子の忍び？）

札を読んだ小六の中で、バラバラだった破片が繋がった。千世と己は偶然に出会ったのではなかったのだ。最初から、仕掛けられていた。吉川軍の兵だと知った上で、千世は己に近づいてきた。ひょっとすると、騎馬遊撃隊の指揮官だということも知っていたかもしれない。その上で、己から情報を引き出そうとしたのだ。

戦の無残さをまざまざと突きつけられたような気がした。醜悪だと思った。同時に、己が戦の中で生きていることが、今更ながら異様なことに思えてきてしようがなかった。

（俺は、本当にここにいたいと望んでいたのか？）

誰よりも強くなければならないと思っていた。そうすることが、己の存在理由になるはずだった。

だが、強くなった先になにがあるというのか。

さらに大きいなにかに、簡単に潰されてしまうだけだ。

今、目の前で骸になっている娘がそれを体現している。

忍びとして修練を積んできたはずだ。修羅場もくぐり抜けてきたに違いない。そうして己を錬磨してきた先で、命を奪われ、冷たくなっている。まるで生きていたことが幻であったかのように、土と同化しつつある。

小六は千世の手を離した。

哀れだった。

己を騙していたことに対する怒りは湧いてこない。ただ哀れだと思うだけだ。千世は戦乱の世の犠牲者そのものだ。

だが、それは己も同じなのかもしれなかった。

（誰もが犠牲者だ）

いくら躰を鍛えたって、最強の騎馬隊を組織したって、その縛りを断ち切ることはできないのだ、そう理解する。

世の無常さを突き付けられているような気がして、小六はうなだれたのであった。

風花の手綱を引く。流れていた景色が徐々に静止し始める。誰よりも早く駆けるくせに、小六の指示には従順な馬だ。信頼関係ができている。

風花が止まると、剝がれ落ちるみたいに磯の匂いが散っていった。山陰特有の湿り気を帯びた風が肌を撫でてくる。磯の生臭さは依然として含まれていたが、風花と駆けている時ほど強烈ではない。

この日、小六は戦の合間を利用して、風花と共に海沿いを駆けていた。

千世の死に接して以来、胸に巣くい続けている鬱屈を消し去りたいと思った。

だが、いくら駆けても心は沈んだままだった。むしろ、千世のことを思い出して、ふさぎ込むしまつだ。

「ふぅ」

小六が風花の首を撫でながら一息つくと、不意に風花が頭を起こした。

遠くの山に顔を向けている。大地と空を繋ぐように平原にポツンと聳える山。

伯耆大山である。

その悠然とした佇まいに、小六の目は釘付けになる。

放心したように大山を見つめた。空に吸い込まれる山の頂に、なにかがあるような気がする。なにがあるのかは分からない。分からないくせに惹かれる。

「次の戦場だ」

大山を根拠とする大山寺党を攻めると聞いている。大山寺党を降すことができれば、山陰の平定はほぼ成ったと言っていい。

小六は風花の背に跨ったまま大山を眺めた。その目は戦場で注がれるような厳しいものではなく、沈んだ静謐さに満たされていた。

二

大山寺党は伯耆大山を根拠とする一大武装勢力だ。僧兵民兵合わせて二千人いる。古くから尼子と良好な関係を築いてきた大山寺党は、物資、戦闘の両面で尼子軍と協力し合ってきた。そのため毛利に対する反感を根強く抱いており、尼子滅亡後も毛利支配を良しとしない諸勢力と与して各地で反乱を繰り返してきたのだ。月山富田城から尼子義久を追放してから十一年。未だ山陰の世情が落ち着かないのは、裏で大山寺党が暗躍しているからにほかならない。毛利にとっては、喉元に刺さった棘同然だ。取り除かなければ、そこから周りの肉まで腐ってしまう。

その大山寺党の攻略はごく短期間で終わった。

霊峰大山の麓での衝突は、騎馬軍団を駆って、果てがないほど広い原野を走る大山寺党と、歩兵隊を固めて地道な登頂を目指す吉川軍の戦いから始まった。

吉川軍の大将は元長である。吉川元春は五千の兵を息子に預けて、安芸大朝に退いていた。軍師の香川春継と共に若い力だけで因幡、伯耆を平定するようにとの指令を出したのだ。元春は毛利本家からの要請で安芸に滞在していなければならなかった。織田信長と交戦状態に入った石山本願寺を毛利が支援することを決めたからだ。一大決戦であった。それだけに、毛利両川の一人、吉川元春が本陣に加わっていないわけにはいかなかったのだ。

その元春は毛利本家からの要請を好機ととらえたようだ。嫡男元長を独り立ちさせようと考えたのである。元長は武将としての風格を身に付けるようになっており、いずれは父と肩を並べる頭領になると目されていた。殻を破らせるには、一度、軍を任せ、長期間元長の指示だけで敵地に駐屯させることが必要だと考えられた。

その元長は、大山での戦で、ぶつかっては離れ、追えば返して来る大山寺騎馬軍団に相当焦れたようだった。大山寺党は良馬を揃え、それを活かした戦いをすることで有名だ。大山寺党が諸勢力を束ねているのは、騎馬軍団の精強さによるところが大きい。その騎馬軍団との戦いに、元長はよく耐え、被害を最小限に食い止めることができていた。

山から下って来る大山寺党の兵は二千。一方で坂を登り続ける吉川軍は四千だ。

ちなみに、登山を伴う戦であるため騎馬遊撃隊は積極的に打って出るのではなく、歩兵隊の後方で待機していた。遊撃隊が持ち前の機動力を発揮するのは、追撃戦に入ってからとされていた。

大山寺党の騎馬軍団は強力だった。風を纏（まと）いながら駆け、一塊（ひとかたまり）になったまま旋回（せんかい）する。坂の下りも利用して、威力は幾倍にも増していた。

騎馬軍団が数度目の突撃を吉川軍に仕掛けてきた時、後方に控（ひか）えていた大山寺党本陣に動揺が走った。喚声（かんせい）が上がり、隊列が乱れ、本陣から脱走を図（はか）る者が現れる。立て直そうとする者と、逃げようとする者。相乱れ、叫喚（きょうかん）し、やがて陣は散り散りになった。

本陣が動揺するのも無理はない。大山寺党の本堂は戦線よりずっと山頂側の集落の外れに建っていたが、その集落から黒煙が上がり始めたのだ。

吉川軍はそれを合図に突撃した。歩兵隊がひた駆けに駆けて坂を登る。

大山寺軍の本陣は戦どころの騒ぎではなかった。陣形を整えることすらままならず、大混乱をきたしている。そこに怒濤（どとう）の如（ごと）く駆けあがって来たのが吉川軍の本陣、歩兵隊であった。事態を呑（の）み込めずに慌てふためく大山寺騎馬軍団を追いこして、本陣に迫ったのだ。

ぶつかると同時に勝負は決した。

吉川軍は中心まで駆け、大将である座主(ざす)を捕縛(ほばく)。他の兵も次々と討ち、長年毛利を悩ませてきた僧兵集団は、あっという間に瓦解した。

この戦で目覚(めざ)ましい活躍(かつやく)を見せたのが、山県政虎率(やまがたまさとらひき)いる潜入隊(せんにゅうたい)である。元春は安芸大朝に帰る前、政虎に隠密(おんみつ)の部隊を作り上げるよう指示していたのだ。

政虎達潜入隊五十名は、両軍の陣が定まると同時に移動を開始し、伯耆大山の森に潜(ひそ)んだ。そのまま川を潜(もぐ)って本陣のすぐ後ろまで進み、そこからは草葉の陰(かげ)に隠れるように身を低くして進んだ。

本陣では誰にも気づかれない内に見張りを次々と殺し、甲冑(かっちゅう)や旗指物(はたさしもの)を奪って自らが着用した。敵陣の中でも味方かどうか見分けられるように、腕に浅葱(あさぎ)色の布を巻いた上で、敵兵になりすます。なりすました兵がある程度揃ったところで残りの兵には別の作戦を与えて隊を二つに分けた。大山寺党の兵に変装した者達は、密(ひそ)かに、しかし、確実に中心へと近づき、合図と同時に一斉に殺戮(さつりく)を開始した。

兵を殺しては、その群れに紛(まぎ)れ、群れに紛れては、また兵を殺す。

持ち込んだ煙玉を至るところで炸裂(さくれつ)させ、強い臭気を放つ硫黄(いおう)と共に火薬を爆発させるなど、一瞬の内に本陣を大騒乱に陥(おとし)れた。座主の首は取らなくともよいと命令されていたため、逃げる兵を倒したり、立ち直ろうと踏ん張る兵を殺したりと、収拾がつかなくなるまで乱しまくった。

同じ頃、先ほどの残りの兵で構成された別働隊には山路を行かせていた。本堂周辺に突如現れた別働隊は町に火を放ち、ここも乱しに乱した。見張り兵は当然残っていたが、それらも一瞬の内に殺し、運んできた藁と油で火焔を燃え上がらせた。さすがに大山寺本堂には燃え移らないよう注意を払ったが、それでも町が焼ける様子は僧兵達の心を折るには十分すぎる威力をもたらしたのである。

この戦で潜入隊は四名を失っただけで済んだ。少ない犠牲で鮮やかすぎる勝利を手繰り寄せた潜入隊の活躍は、吉川軍に新たな戦略が生まれたことを意味していた。

三

香川春継は座主との対面を終えると肩の力を抜いた。

（これで伯耆も安泰だ）

陰で毛利への敵対行動を取っていた大山寺党。寺社勢力であるためになかなか手を付けられずにいた。それを、先ほどの戦で叩くことができたのは大きい。これからは天嶮である大山に籠って、人々の信仰を導くことに専念してくれればよい。

（伯耆の諸勢力も毛利に従うほかなくなるだろう）

毛利に反発する諸勢力を繋いでいたのが大山寺党だ。その大山寺党は今後毛利側に味方すると言ってきている。諸勢力も毛利に靡くほかなくなるだろう。

（元長様にかかっているがな）

そう思ったが、大丈夫だろう、とすぐに考えを改めた。元長は人を惹きつける魅力を持っている。父、元春から受け継いだ大将としての器だ。その大将としての器を春継は座主との対面でいかんなく利用させてもらった。

幕舎に連れてこられた座主他数名の指導者達を、春継は即座に斬るよう言いつけた。大山寺党の処分は戦の前から決めていたと告げる。つまり、存続は認めるが座主達は斬首。幼少の座主を新たに立て、そこには世話係として毛利の兵を五名つかせる。大山寺本堂は取り壊し、山腹ではなく麓に新たに建立させる、というものだ。

麓に本堂を移すのは、山腹に残したままでは再び武装された時に攻めるのが困難になるためである。大山程の山を登るのは吉川軍といえども負担が大きいというのが理由だ。

春継からの申し渡しを聞いた大山寺側は戦慄した。座主だけは口を噤んで瞑目していたが、他の者は青ざめ、毛利を激しく罵った。

収拾したのは元長だ。

元長はいつも通りの屈託のない物言いで、

「いやぁ、それは厳しかろう」

と扇子を閉じた。

その後、元長は春継の申し渡しを悉く否定していった。大山寺本堂近くに館を建てて毛利の侍を入れることを条件に、他は現状のままでよい、というのだ。

「しかし、元長様」

言い返そうとする春継に、

「黙れ！　お前には、この者共が長年信じてきたものがどれほど尊いものか分からぬか！」

大喝したのである。それで春継は押し黙った。

拳を握る。目を下に向けて奥歯を噛みしめる。

躰は憎悪で熱くなっている、ように見えたはずだ。己の意見を撥ねつけられた怒りと、皆の前で恥をかかされた憤怒だ。

「なんだ、春継、その態度は！」

春継の心の動きを見抜いたとばかりに、元長はさらに語調を強めた。

「気に入らぬなら去れ！　お前の顔を眺めておると苛々する！」

元長に扇子を投げつけられ、春継は拳を握りしめたまま深々と礼をした。

幕舎を出て数間歩いたところで、春継はほくそ笑む。

当然、先程の出来事は芝居だ。春継が元長に授けたのである。春継が敵役となり、それを元長が叱責する。そうすることで大山寺党の面々が元長に心服するよう仕向けるのだ。力で毛利に屈服させる必要はない。毛利の次代を担う元長に心を寄せてくればそれでよかった。元長はそうさせるだけの男だ。

兵舎の間を歩く。直立する兵、整理された武具。どこからか木槌の音が聞こえてくる。吉川軍の統制は戦の後でも緩みがない。

兵舎を解体させていた。元長の交渉が終われば、大山寺本堂のある山腹へ向かうことになっている。焼いた民家を吉川軍の手で建て直すのだ。そうすることで大山に住む者の心を摑む。それともう一つ目的があった。吉川軍の兵達の中には、霊峰大山を間近で見たいという者が多くいる。戦に明け暮れる日々の中、命が今この瞬間にも尽きるかもしれないという思いを抱きながら戦う兵達は、次第に信心深くなっていた。伯耆平野に孤島のように聳える大山は、そんな兵達の心に沁みたようだ。大山を仰ぎ見る目は感嘆と憧憬に溢れていて、汚れた部分が洗い流されたみたいに澄み切っていた。

（いくらか、配慮してもよかろう）

春継は思った。元長から、

「兵達のため、大山に逗留したい」

と持ち掛けられた時だ。思案した後、了承した。

大山には五日駐留することに決まった。その後は鳥取に戻り、吉川元春を待つ。元春から、再び遠征に出る、との報せが届いていた。

次の目的地は播磨である。

備前・美作を領する宇喜多直家から援軍の要請が来ていた。

狙いは羽柴軍によって落ちた上月城である。備前・美作との国境に接する上月城を敵方に押さえられることは、宇喜多にとって、短刀を胸元に突き付けられているに等しい。何としても奪還する必要があった。

毛利本家では、宇喜多の要請を呑むことにしたようだ。今、宇喜多を見捨てるわけにはいかなかった。緩衝地帯である宇喜多はどうしても必要だ。国境に兵を配備しておかなくてもよくなる。そうした意味もあって、今のうちに織田側へ楔を打ち込むことも必要と考えられたようだ。

（逆に好機でもあるな）

春継は、そう睨(にら)んでいる。

宇喜多からの援軍要請を理由に、さらに東にまで軍を進め、一気に播磨全域を支配する。その後は、信長に徹底抗戦を続ける石山本願寺と連携して、畿内(きない)へと進軍していくのだ。

毛利本家がどのように考えているかは分からなかったが、春継の頭には織田を倒して京を制圧するところまでが描かれていた。恐らく、吉川元春も同じ考えを持っているだろう。

播磨への遠征は、織田を殲滅(せんめつ)して毛利が天下に号令をかける絶好の機会となる、春継はそう考えていた。

「春継様」

兵舎に着くと同時に、片膝をついた男に声をかけられた。一兵卒の身なりをしているが、兵にしては明らかに異質な雰囲気を纏(まと)っている。大山を吹きわたる冷涼な風が、男の周りだけ避(さ)けて通っているみたいに静かだ。それもそのはずである。男はただの兵卒ではない。忍びの権之助(ごんのすけ)だ。

「なんだ？」

春継が問うと、権之助はのっぺりとした顔を心持ち上げた。

「潜入隊は兵の編成を終えました。すぐに調練に入らせます」

先の戦で死んだ四名のことだ。すぐに代わりの兵を補充して調練に入らせる辺り、権之助は忍びの技だけではなく、兵の指揮も優れているらしい。

「分かった。だが、権之助は潜入隊を外れろ」

権之助は微動だにしない。春継の言に納得しているのかいないのか、表情からは読み取れなかった。

潜入隊の指南役としての任務を与えていた。潜入隊は騎馬遊撃隊と同じように若い兵で構成されている。短期間で忍びの技を身に着けるのだ。躰も心も育ち切っていない若者の方が伸びしろがある。その若い兵達に忍びの技を授けたのが権之助である。血反吐を吐くような厳しい調練だったと聞いている。ふるいにかけられ、その者達も幾人か調練の最中に死んだ。残った五十名で潜入隊は構成されている。

権之助は指南役としての務めをこなしながらも、忍びの頭目としての務めも果たしていた。織田を倒す道筋を明確に描くことができるのは権之助率いる忍び衆の諜報力のおかげた。誠に得難い人物である。

「お前は忍びだ。忍びの務めに専念せよ。大掛かりに動いてもらわねばならなくなった」

権之助はなにも答えない。ジッと地面を見つめている。

「今までのようにはいかぬ。厳しい相手だ」

春継は親指の爪を嚙み、しばし思案していたが、ふと気づいたように権之助に目をやった。

「ところで権之助。お前は、今日の戦に加わっていたのか？」

「加わってはいましたが、手は出しておりませぬ。全て山県に任せておりました」

「なかなか見事だった。もっとも俺の考えでは、本堂のある町に火をつけるのはもう少し早いはずだったがな」

「調練が不足しておりました」

「いつまでも騎馬遊撃隊に頼るわけにはいかぬ。潜入隊を磨き上げ、吉川軍のもう一つの武器にするのだ」

「はっ」

権之助が返事した。春継はふと眉を顰めると、頬を掻きながら権之助に言った。

「権之助。何かあったか？　以前とは雰囲気が変わった」

権之助は動かない。無駄なことは発言しない男であった。

「若い者と関わって来たからか？　お前、いくつになる」

「五十七です」

「そうか。……これからは潜入隊は山県に預ける。なにか聞いておかねばならぬことはあるか？」

「なかなかの男です。山県に任せておけば心配ございますまい」

権之助に言われて、春継は一度だけ頷いた。

「権之助、任務だ」

すぐに親指の爪を噛み始める。播磨遠征を成功させるために、打てる策は立ててある。それが有効かどうかを、もう一度頭の中で考えるのだ。

「権之助」

「は」

「播磨の三木城に向かえ。別所長治だ」

権之助の糸のような目に光が走った。のっぺりとした顔に忍びとしての冷酷さが滲み始める。

「心を揺さぶれ」

「は」

「行け」

春継が手を挙げると、すぐに権之助はその場を離れた。兵の群れに入っていくまでは追うことができたが、紛れてしまえば、どこに行ったのか見当がつかなくなる。春継は、権之助が消えた辺りを眺めながら、兵舎の幕を握り締めた。いよいよ毛利の畿内制圧が始まる。震えないわけがない。

「春継」

再び声をかけられた。

春継は騎乗の武将を振り返り、すぐに片膝をついた。

「立て。お前はどうしていつもそうなのだ」

元長だ。元長は額を人差し指で押さえると、どっと疲れが湧いたというように頭を振った。

それでも春継は低頭したままだ。あくまで臣下としての己を崩すつもりはない。

「やれやれ。まったく、寂しくて仕方ないぞ、俺は」

言うと、元長は馬から降り、手綱を杭に繋いでから、自らも片膝をついた。

「立たぬのであれば、俺もこの姿勢で話をする。目の高さを合わせて語りたいのだ」

「お立ちくだされ」

「お前がな」

春継は元長の悪戯っぽい目を見て、観念することにした。

「しからば」

と立ち上がると、元長はニッと笑って、春継に続いた。

「吉川軍では片膝で控えることをなしとする。そういう軍規を作れ」

元長が膝の土を払いながら言う。

「無理でございましょう。毛利軍と混ざったとき、吉川軍だけ片膝をつかねば、横柄だと思われます。普段から習慣にしておかねば、いらぬ内紛の種を蒔くことになります」

「……確かにそうだな。毛利の者達は、いささか礼儀にうるさ過ぎる」

「元春様と元長様が無頓着すぎるのですよ」

「違いない」

元長は白い歯を見せると、その目を春継に戻した。

「こうしてお前と話をしていると、昔を思い出す。いつも俺が無理を言い、お前がたしなめてきた。俺が笑っても、お前は頬の筋肉一つ動かさなかったな。子どもの頃からずっとだ」

「そうでしたか？」

「お前の記憶に残っていないのも、無理はない。お前が役目だと割り切っていたからだ。吉川家の嫡男である俺と共に育つ身として、適切な振る舞いをしようと心がけてきた。だからこそ、俺と過ごした日々など覚えておらぬのだ」

「元長様が初めて馬に乗ったこと。初めて弓で十間（十八・一メートル）の位置から射抜いたこと。初めて槍の稽古で浅川殿を倒したこと。初めて連歌の会に出たこと。初めて太平記を書写したこと。それから初陣。すべて覚えております」

「懐かしいな。初陣以外はすべてお前のほうが早かった。お前は厳しかったな。普通は殿の子に気を使って、先を譲るはずだ」

「元長様は奮い立った方がよく伸びる。そう言われておりました」

「父上か？」

「浅川殿です」

「勝義か……。勝義なら言いそうだ。優しいが厳しい。いや、厳しいが優しいのかな？　まぁ、どちらでもよい。だが、そのおかげで、俺は春継に敗けまいと発奮したのだ。今となっては勝義がお前に授けたという助言、感謝しかないぞ」

「何かご用件があったのでは？」

春継が尋ねると、元長はあんぐりと口を開いた。

「今、俺達は昔を懐かしんでいたのだぞ。にもかかわらずだ。用件がなにかを聞いてくるか？」

「わざわざ馬で駆けつけたからには、よほど重大なことがあるのかと思いまして」

「うむ……」

元長は八の字にした眉を人差し指で揉むと、

「そのことだが……」

と顔をしかめたまま続けた。

「大山寺との話し合いは、すべてお前の見込んだとおりになった」

「左様でございますか」

春継は胸の中のつかえが取れたように声を高くした。これで伯耆を平定することができる。後顧の憂いなく、東に兵を進めることができるのだ。

「春継には、辛い役目を負ってもらった。礼を言う」

「辛い？」

春継はキョトンとして元長を見た。元長がなにを言っているのか、本当に分からなかった。

「大山寺の座主共に憎まれる役だ。さぞかし、気が乗らなかったことだろう」

「まったく気にしておりませぬ。軍師としての務めを果たしたまでです」

「分かっておる。だが、こういう場合は、辛い役目だった、と思うものだ。そして、少しでも己の行いを己の中でねぎらうべきだ」

「はぁ……」

「此度の戦もそうだぞ。お前は勝って当然だと考えておるかもしれぬが、この勝ちは俺達にとって大きい。勝ち方がよかった。あのような鮮やかな勝利を納めれば、吉川に逆らおうとする者は現れなくなる。内側から崩されるというのは、なんとも嫌な思いを抱くからな」

「潜入隊が想定通りの働きをしてくれました。初の実戦で想定通り動くのは、なかなか骨が折れるものです」

「潜入隊に全てを預けたのはお前だ。なかなか、あそこまで腹を括った戦はできぬ。香川春継らしかったぞ」

「山県が上手く指揮してくれました。元春様が見出しただけの男ではあります」

「俺は、今、お前を褒めているのだ。それを言いたくて、馬を駆ってここまで来た」

春継は首を傾げた。元長がなにを言おうとしているのか図りかねたのだ。

そんな春継から元長は視線を外した。春継も同じ方を向く。大山の頂が、雲よりも高いところまで伸びている。

「若い力を見たからかな。ふと、お前と話をしたくなった」

「若い芽が伸びるのは吉川軍にとってよいことです」

「俺とお前も、まだ若い。これからは俺達の時代だ。俺達で吉川軍を作っていくのだ」

「私達の時代、ですか……」

「お前はいつも先を進んできた。だが、此度の因幡、伯耆の戦で、俺もお前に並べるようになったのではないかと思うようになった」

「はぁ……」

「春継。これからも頼むぞ」

元長が肩に手を置いてきた。春継はその手をチラリと見ると、

「はい」

と返事した。

「うん」

元長が小さく返す。

（俺達の時代？）

その時春継は、どういうわけか己の肩に乗っているものがみるみる大きくなっていくような気持ちを抱いたのだった。

今までは元春を戦で勝たせるためだけに働いてきた。元春という大きな存在が控えているために、目の前の戦だけに意識を向けることができた。

だが、今、元長は、己等で吉川軍を作っていく、と言った。

聞いた途端、重みが生まれた。今まで見て来なかったものが、ありありと見えるようになった気がした。

それは、吉川軍としての在り方かもしれなかった。

ただ戦に勝つだけではない。どのように勝つかが重要だ。

時には兵法に則らない戦い方も必要になるかもしれない。理に適わない戦もしなければならない。それでも戦うのだ。武士として戦い続けることこそ、吉川軍が守るべき誇りなのだから。

(その上で勝つ)

勝ち続けることで、吉川軍は吉川軍であり続ける。そのために騎馬遊撃隊と潜入隊がある。そして己もいるのだ。

(俺達で作るのだ)

己もまた鬼吉川の魂(たましい)を背負う一人だ、そのことを痛切に感じた。

春継は元長の手をゆっくりと肩から外し、地面に片膝をついた。

元長が、ひどく真面目(まじめ)な顔になって軍師を見下ろす。

「次はどこだ？」

元長が問う。

「播磨です」

「その後は？」

「京(きょう)」

「行こう！」

それだけだった。元長はなにも付け足すことはなく、杭から手綱を外し、馬に跨った。一言も告げず、

「はっ！」

と馬に気合を入れる。

草原を元長が去っていく。騎馬を駆って、風を追いかけるように。

立ち上がった春継は、馬上(ばじょう)で揺れる元長が、急に子どもに戻ったように見えた。子どもの元長が緑の中を気持ちよさそうに駆けている。

その隣にもう一騎並んでいるのが見えた。

春継だ。

幼少の春継である。

線が細く、色が白い。幼い春継は、元長を振り返りながら少し前を駆けている。

二人の子どもは声を上げて笑っていた。

二人で駆けられることが楽しくてしようがないといった様子で笑っているのだ。

緑の草原を風が吹き抜けていく。

二人の笑い声が流される。

幼い二人を眺めた春継は、ふと笑みを浮かべると、目を閉じ踵を返した。そのまま後ろを振り返ることはせずに、兵舎の幕を開ける。播磨での戦を優位に進めるにはなにをすればよいか、そのことで頭がいっぱいになっている。

四

風が匂いを運んできた。

草の匂い。

混ざり合い、溶け合い、くぐもっている。

懐かしい匂いだ、と小六は思う。子どもの頃から嗅いできた馬の匂い。

大山に来てからというもの、頻繁に近松村のことを思い出している。

空が近いせいかもしれなかった。初冬の空は薄蒼で、流れる雲はちぎれながら形を変えていく。風が吹き、見渡す限りの緑がサワサワと揺れる。草と土の匂いが漂ってき、そこに馬糞の匂いが混ざっている。辺りを流れ、包み込んでくる匂い。目を転じれば遥か彼方に海が見える。弧を描く陸地に青を閉じ込めた海だ。絶え間なく打ち寄せる波は、風の音にかき消されてここまで届かない。辺りは人の営みを忘れさせてしまうほど静謐だ。

馬の鼻息。蹄の音。そして、やはり風の音。

原野を戯れながら走る風が、温もりを運んでくる。

草原を見渡した小六は思わず息を吐き出した。

霊峰大山の山腹に広がる牧場だ。大山寺党が領し、軍馬を育ててきた場所である。馬の匂いに誘われた小六は、牧場の様子をその目で見るためわざわざ足を運んできたのだ。

戦国の世を忘れてしまうほどの長閑さで満たされていた。戦に駆り立てられることを知らない馬達は悠々と草を食み、無邪気に駆け回っている。

剝き出しの命が至るところを駆けているように見えた。

それを目にした小六は、思わずその場に腰を落としたのである。あまりに懐かしい光景に、躰中の力が抜けたのだ。

土の匂いが強くなる。小六が腰を下ろすと同時に、叢に隠れていた蝗が羽を広げて飛んでいった。

「近いなぁ」

蝗の飛翔を目で追いながら呟く。草から草へと飛んでいく蝗。そんな虫の営みでさえ、故郷の近松村を想起させる。

（でも、違う）

似ていると思えば思うほど、違いもはっきりしてくるのだ。やはり近松村と大山は別の場所だった。

唐突に悲しみが襲ってきた。騎馬遊撃隊の指揮官に就任して以来、このような悲しみを抱くのは初めてのことだ。

故郷に対する寂寥かもしれなかった。

涙を流す暇さえないほど幸せだった、あの日々への寂寥だ。

小六は己が近松村から隔たった場所に来ていることを痛切に感じた。日々の暮らしの中で思い出すことなど、ほとんどなくなっていたのに、今、急激に蘇ってくる。

武士らしく生きようと懸命になってきた。生きていくことは、近松村から遠ざかっていくことなのではないか、そう思うことがあった。たまに近松村が頭をよぎることがあっても、長くとどまっていることはない。吹きすぎ、流れていくだけだ。

それでよかった。武士として生きていくと決めたのだ。過去を引きずって生きるなど女々しいだけではないか。

だが、本当にいいのか、という戸惑いがあった。それは、己の弱く未熟な部分なのかもしれない。だが、その弱い部分を消し去ろうと躍起になってきた先で、今、悲しみに似た感情を抱いている。針のように胸を刺す、故郷への愛慕だ。

「母様、父様、初」

呼びかけた。声は広い草原をどこまでも流されていく。どこかにぶつかることもない。それでも小六は呼びかけずにはいられなかった。

「宗吉郎、藤助、甚太」

友だ。夢を分かち合った友――。

呼びかけたところで、目の前に家族と友の姿が現れることはない。温もりに触れることもできなければ、声を聞くこともない。

やはり、過去は過去のままなのだ。今は、霞の中にかろうじて見えるだけ。小六は膝に額を押し付けた。

目の前に影が伸び、獣の匂いが濃くなった。

振り仰ぐと、風花が陽を浴びながら立っていた。

「風花」

小六が呼ぶと、風花は前脚を折り、腹を地につけて横たわった。蹄の音に気づかなかったのは、草が音を消したからかもしれない。あるいは、別のことに気が向いていたからか。

風花は小六に首を撫でられると、気持ちよさそうに目を細めた。なにを考えているのかは分からない。それでも小六は、己を心配して、風花はここまで来てくれたのだと思った。優しい馬なのだ。

「見ろよ、風花。似ているだろ？」

小六が首を叩くと、風花は瞼を上げて遠くを見、すぐに首を草の上に落とした。

「お前も分かるんだな。俺達の故郷に似てるんだ」

風花は口をモグモグと動かしながら、目を半分閉じかけている。

「似ているよな、やっぱり。俺達が駆け回ったあの草原に……」

小六は急に目の裏に重たいものが込み上げてくるのを感じて、言葉を呑みこんだ。胸がキリキリと締め付けられるのを感じる。

大きく息を吸い、吐き出した。

小六は目元を掌で拭うと、

「はぁ」

と言いながら無理に笑顔を作ろうとした。風花になら、己の弱い部分もさらけ出すことができる。風花の前でだけは、村で過ごしていた頃の少年に戻っても許される、そう思った。

「なぁ、風花。俺、今でも思い出すんだ……」

小六が語り始めた時である。

急に風花が首を上げた。小六も同じ方向を見ると、右側の斜面から人が現れていた。

「おぉい！」

膝に手を当てながら一歩ずつ登ってくる。男だ。男は小六を見つけると、人差し指で鼻の下を擦ってから手を挙げた。

「政虎……」

小六の前まで来た政虎は、腰に手を当てて背中を伸ばした。大山は傾斜が一定ではなく、ところどころ平坦になったりしている。そこが、上から眺めると緩やかに起伏しているように見えるのだ。そのせいで視界が遮られ、小六は政虎がすぐ近くまで来ていることに気づかなかったのだ。

「こんなところで、なにしてるんだ？」

政虎が隣に腰を下ろす。

「ただ座っていた。ここに座っていると色々感じることがある」

「感じる？　なにを？」

「色々だ」

政虎は小六を覗いた後、

「そっか」

と頭の後ろで手を組んだ。なにかを納得したみたいに、麓に目を細める。遠くの海が青を漂わせながら輝いている。

「政虎こそ、どうしたんだ？　わざわざこんなところまで」

隣で横たわる風花の躰に手を置いた。風花は近づいてきた者が政虎だと気づくと、再び顔を地面につけてまどろみ始めている。

「軍議だ。お前も列席するようにとのお達しだ」

「分かった」

立ち上がろうとした小六の前で、政虎が手を振った。

「というのは嘘だ。さすがに驚いただろう?」

勝ち誇ったように鼻を擦る。一瞬呆気に取られたが、小六はすぐに頬を緩めた。昔もこのようなやり取りがあったな、そんなことを思い出す。

「大山寺党との戦は見事だった」

小六は再び腰を落ち着けた。先程までの感傷的な思いは、胸の内でしぼんでいる。今は、ひどく穏やかな気持ちでいっぱいだ。だからこそ、潜入隊の活躍を素直に認めることが出来たのかもしれない。

「小六にそう言われることが、誰から褒められるよりうれしい」

「俺も政虎にそう思われてうれしい。お互い様だな」

「お互い様か。そっか」

政虎が歯を見せた。過酷な任務を負う潜入隊の指揮官とは思えない、屈託のない笑い顔だ。

「しかし、あれだな」

政虎は小六を確認すると、手をついて空を見上げた。

「強くなればなるほど、その先になにがあるか分からなくなるな」

「え？」

小六は政虎を見返した。政虎が横目で窺ってき、また空に戻す。小六は頰を掻いた。政虎が抱いている思いがなんとなく分かる。それは、己が抱いてきたものと同じなのだ。

「潜入隊を任されてからだな。俺の指示一つで敵を倒す力を手に入れた。だが、本当に俺が決めてよいのか、そう思ってしまう」

「……俺も。俺も思っていた」

「そうでなければならぬことは分かっている。俺達は武士だ。敵を倒すことにこそ命を懸けねばならぬ」

政虎は自らに言い聞かせるみたいに、声を強くした。

「強くなることで守る者が増える。俺達武士は、そこに生きる意味を見出す。それでいいのだ」

小六は黙った。小六もそこを目指していたのだ。

どの軍よりも速く駆け、どんな敵も粉砕する騎馬遊撃隊を作り上げる。

だが、その思いが、ここのところ揺らぎ始めている。己は本当に最強を目指すべきなのか。千世の死を目の当たりにして以来、そのことが分からなくなっている。

　小六は足元に目を落とした。政虎の顔を直視することができない。武士の理想を疑う己はやはり弱い男なのだろう。政虎に申し訳ない。そんなことを考える小六に、

「だが、お前は違うんだろう？」

　政虎は声を柔らかくしたのだった。

「お前の強さとは、敵を打ち負かすことではないのだろう？」

「え……？」

「俺はそれでもいいと思う。人それぞれの強さがあっても別に構わない」

「どういうことだ？」

「お前にはお前の強さがある。そういうことだ」

　政虎は小六に向き直った。

「軍に入った時、お前は十四だった。最年少だ。それでも、軍での生活に溶け込もうと必死になっていた。家族と故郷を奪われ、天涯孤独の身になりながらもなお、必死に前を向こうとしていた。武士ではない、百姓のお前がそれをやっていることに、俺は衝撃を受けた。人間というものが持つ真の強さを見せつけられた気がした。それがお前の強さだ、と俺は思う」

小六は顔を上げて政虎を見た。政虎の揺らぐことのない眼差し（まなざし）とぶつかる。

「力になりたいと思った。お前のために、なにかできるのではないかと思った。俺がお前に力を貸し、その先でお前が壁を乗り越えてくれたなら、俺もお前のような強さに触れられるのではないか、そう思った。……それは、なにも俺だけではなかったはずだ。元春様も元長様も、浅川様も……。吉川軍の兵士全員がお前のためになにかできることはないかと探したはずだ。それもこれも、お前に魅（ひ）かれたからだ。十四の少年だったお前が俺達を動かしたのだ」

「俺は別に、なにもしていない」

「なにもしていなくとも、ただいるだけで、誰かに力を与えることがある。現に俺はお前がいてくれたおかげで、ここまでやってくることができた、そう思っている。何度も挫（くじ）けそうになったぞ。その度（たび）、お前の存在が乗り越えるきっかけを与えてくれた」

「政虎が？」

意外だった。いつも先頭に立って、若い兵を引っ張ってきた政虎だ。その政虎が己を励（はげ）みにしていたなんて。

「もう一度言う」

政虎は小鼻を掻いた後、再び小六を正面から見た。

「敵を討ち負かすだけが強さではない。小六、お前にはお前だけの強さがあるはずだ」

（俺だけの強さ……？）

小六はしばし考えた。軍に入った時は無我夢中だった。慣れない生活、厳しい調練。歯を喰いしばりながらでも耐え続けた。軍から必要とされなくなれば、己の居場所がなくなると思っていたからだ。

だが、果たしてそれだけだったのか？

小六は目を落とした。あの時の己を振り返る。

（なにがなんでも食らいついていかなければと思っていた）

あの時俺は、このままなにもできないままではいけないと思っていたんだ。

それは……。

（俺が近松村の唯一の生き残りだからだ）

己がなにも為すことができないままであれば、家族や近松村の人々はそのまま消えてしまうと思った。賊に殺され、そのことも含めて、誰からも忘れられてしまうのだと思った。

だからこそ、逃げるわけにはいかないと思ったのだ。皆に近松村を認めてもらいたいと思ったのだ。

(俺は、近松村のみんなを背負っていたのだ)

家族と友達と故郷を背負うことで己はどんな苦難にも立ち向かおうとしていた。だからこそ軍で暮らし、騎馬遊撃隊という居場所を得、今、ここにいるのだ。

緑の風を受けながら、故郷を懐かしく思っている己が、今、ここにいる。

「俺の中に、みんながいた……?」

小六は呟いた。その一言で、なんだか、今までわだかまっていたものが一気に取り除かれていくような感覚を抱いた。それがあまりに心地よくて、小六は顔を上げると、大きく息を吐き出した。

隣の風花が再び首を起こす。何かを警戒(けいかい)するように、耳を前後に動かす。

「どうした?」

風花の躰に手を置いたのと同時だ。

風が吹きつけてきた。

背中からだ。

なにもかもを巻き上げてしまう突風だ。

衣が靡き、風花のたてがみが逆立つ。草は前方に倒れ、吠えるみたいに木々が揺らぐ。

山裾を下りてきた一陣の風が、草原を駆け抜けたのだ。

「驚いたなぁ」

しばらくして小六は呟いた。

「すごい風だ」

政虎が閉じていた目を開ける。

風は遠くの草を倒している。麓まで吹き下りたのだ。小六は身じろぎ一つせずに、その風の行方を見つめた。

不意に、なにかに見られている気がした。

温かいのか冷たいのか分からない。それでも、なにかとてつもなく大きなものに見られている。そんな気がする。

小六は背後を振り返った。

「あ……」

山だ。

天に伸びる山があった。

真っ直ぐ走る稜線。頂だけが優しそうな丸みを帯びて空に接している。頂上付近に薄緑の草地と、黒灰色の剝き出しの岩肌が見える。柔らかい腕で包み込むように、山全体が空に抱きすくめられている。

清浄であった。

神聖であった。

（天に最も近い場所……）

まさに霊峰である。

霊峰大山だ。

小六は声を失って、ただただ、山に見惚れた。伯耆に来て以来、幾度も見てきたはずなのに、今ほど大山を近くに感じたことはなかった。己の肉体が泡のように弾けて、大地に溶け込んでいくようだ。

爽やかであった。

もう何年も感じたことのない青々とした冷気が躰中を駆け巡っていく。

恐れも憎しみも孤独も、なにもかもが消えていくのを感じた。

小六は、今、限りなく独りになった己を感じた。

だが、決して独りぼっちではない。

この世で己は己だけという感覚。
他のものには代えがたい己が、今、ここにいるという感覚だ。
小六は、再び頂上を見上げた。
「え？」
瞬間、言葉を失う。
確かに見えたのだ。
空と接する部分。大山の頂上付近に――。
いる。
家族が、いる。
（母様、父様、初）
村ごと焼き殺された家族が、大山の頂上に現れている。満面の笑みを浮かべて。
それから、友。
（宗吉郎、藤助、甚太）
賊に斬られた友も、また、笑っている。
そして、もう一人――。
（千世？）

尼子の忍びとして殺された娘。己を騙していたはずの娘が、なぜか、みんなと一緒になって微笑(ほほえ)んでいる。

現れたのは、かつて己が大切だと思っていた人達であった。それらが笑みを浮かべて見守ってくれている。

小六は、身動きすることもできぬまま、空に浮かぶ幻影に見惚れた。なぜみんながこの場所に現れたのか分からなかった。それでも、確かに感じることができる。己の側にみんながついてくれている。そのことを感じることができる。

(そうだったのか)

小六は理解した。己が見失っていたものがなにかが不意に分かった気がした。日々の暮らしの中で、知らず知らずのうちに失いかけていたもの。それに己は今、触れることができたのだ。

(感じるだけでよかったんだ……)

それが強さに変わっていた。

大切な人を大切だと思いながら生きること。それこそが、己の強さに繋がっていた。

「どうかしたか?」

政虎が下から覗き込んできた。小六は初めて政虎がいることに気づいたみたいに、慌てて別の方角を向き、乱暴に瞼を拭った。泣いてはいなかったが、袖で拭えば拭うほど、喉の奥が重たくなるのが不思議だった。

「改めて見ると、でかいな」

政虎は小六の様子を見て、それには触れずに立ち上がり、数歩進んだ。その場でしばらく空を仰いでから、

「おぉい！」

突如、口に両手を当てて叫ぶ。政虎の声はこだますることもなく、広い大地を走り、消えていく。

「でかくて、遠い」

政虎が振り返る。

「そうだな」

小六は最後にもう一度だけ瞼を擦った。政虎が少年のような笑顔を浮かべている。

「確かに遠い」

小六は再び、大山の頂を仰いだ。

天まで伸びる山を雲がかすめていく。滑るように、撫でるように。

「でも、こんなにも近い」

小六の声は力強かった。聞いた政虎が、なぜか照れくさそうに顔をくしゃくしゃにし、大げさに洟を啜った。

(そういうことだろう？)

小六は家族達に話しかける。

己が為すべきことがなにか、小六は、今、この瞬間、はっきりと分かった気がした。それは、己が心から為したいと思うものを為すということだ。簡単なことだった。最初から、そこに気づかなければならなかったのだ。己が為したいと思うものこそ、己は為すべきだと、遠回りを経て、今、気づくことができた。

一生をそれを為すために捧げることができたら、どんなに幸せだろう。別にすぐでなくともよかった。それでも、辿り着くべき場所が見える。そこを目指すことこそ、多くの者の命の上に生かされている己がすべきことではないか。

(俺らしく生きること)

それこそが、家族と友を奪われた己に与えられた使命。

大切な者を抱きながら生きる己が果たすべき使命だ。

小六は目を閉じた。頭の中に現れた風景に身を投じる。

緑を吹きわたる風。

草が靡き、木々が揺れ、雲の影が走る。
響く蹄の音。
駆け抜ける馬達。
命そのもののように駆ける馬の群れ。
小六は瞼を開けた。
「みんな……」
一面の鮮やかな緑に、目が眩む。鮮やかで、清らかで、静かすぎる緑。
風が吹く。
サワサワと歌い、小六を撫で、離れていく。
小六は再び頂上を見上げた。
先程見た家族や友は、とうに消えている。天に向かう山が、ただ聳えるだけだ。
それでも小六は笑みを浮かべずにはいられなかった。
感じる。
みんなを感じられる。
(そのことが、こんなにも胸を満たしてくれるなんて)
「小六？」

政虎が小六の顔をマジマジと見、なにかを納得したみたいに胸を突いてきた。よろけた小六は、表情を綻ばせている友を見て、満面の笑みを浮かべた。

「政虎、俺……」

「言わなくともよい」

政虎は小六を制した。腕を組んで顎を上げる。

「お前が出した答えがなんであろうと、俺はとやかく言うことはない。俺はお前の友だからだ」

小六は瞬きを繰り返した。

「政虎は優しいな」

「優しさは戦場では命取りになる。だが、お前にならば、そう思われてもいいと思う。恩を返す。今まで俺の励みになり続けてくれた。だからこそ、お前に優しさで返す。お前はお前の道を進め」

小六は言葉を呑み、グッと空を仰いだ。真っ白な岩雲がすぐ近くに浮かんでいる。呆れられるかもしれないと思っていた。詰られるかもしれないと思っていた。武士らしく生きられない己に幻滅するのではないかと思った。だが違った。政虎は己を理解しようとしてくれている。共に時を過ごしてきた友なのだ。

他の兵士達もそうだろう、と小六は思う。軍の中でお互いを高め合ってきた仲間だ。一人一人の思いを大切にすることで固い絆を生む吉川軍である。家族だと思っている。家族のように信頼している。己の中に吉川軍の兵達は確かにいるし、吉川軍の兵達の中にもまた己はいるだろう。それでいいのだ。

そうでなければならないのだ。

吉川軍の兵達の命もまた抱きながら生きていく。

(それが共に過ごした仲間達に対する責務だ)

小六は笑った。心の底から笑いが溢れてきてしようがなかった。

その声に反応したのか、立ち上がった風花が顔を寄せてきた。

「風花……」

風花の頰に手を置く。風花の温もりが掌から伝わってきて、己も風花も生きているのだと感じることができた。

小六に撫でられた風花が口先を頰に当ててきた。その状態で、モグモグと動かし始める。頰から耳、それから首筋へと。

「やめろ、風花、やめろよ」

あまりのくすぐったさに小六は身をよじった。それでも風花はやめようとしない。友達同士じゃれ合うみたいに、風花は口を動かし、小六は笑い続ける。

「まるで兄妹(きょうだい)だな」

政虎はそう漏らし、やがて小六の躰を押し倒した。

「やめろ。やめろってば」

小六が地面を転がりながら喚(わめ)く。

「いいぞ、風花。やれ」

政虎がせきたてる。

しばらく笑い合った後、不意に風花が口を離した。小六は風花を見、続いて政虎を見た後、衣の草をはたきながら立ち上がった。風花の首に手を添え、風花と同じ方角に目を向ける。

広く青い草原。

風の音が聞こえる場所。

そのくせ、誰かに抱きすくめられているような安らぎを抱くことができる。

天に最も近い山に見守られる、この地。

「やっぱり近松村と似ている」

ぽつりと呟く。

「そうなのか？」

政虎も立ち上がった。小六の隣に並んで、大きく伸びをする。

「似てるよ。な、風花」

風花はなにも言わない。ただジッと原っぱを見つめるだけだ。

「似てるんだよ」

それでも小六は、もう一度言う。

「俺達の故郷だ」

小六が首筋を叩いてやると、風花は頭を起こして一声いなないた。高く響いたいななきは、山裾を吹く風に乗って大地を滑るように下って行く。

小六は風花と政虎に挟まれたまま、麓を駆ける風を見つめ続けた。

五

遠くの小高い山に城が見える。

鳥取城だ。

（帰ってきた）

吉川元春は手綱を握る手に力を込めた。

己が安芸に退いて二年。指揮を息子に任せ、伯耆、因幡の平定を委ねた。

報せは受けている。

(よくやっている)

息子の元長は、この二年の内に、指示した通り二国の平定を終えていた。

毛利に反感を持つ小勢力が割拠する伯耆と因幡を治めるのは想像以上に難しかったはずだ。それを丁寧に一つずつ攻め、毛利領へ編入していった。そんな息子の姿には、確かな成長の跡が見てとれる。親として、うれしく思わないわけがない。

同時に、まだ敗けぬ、という思いがある。

元長が大きくなればなるだけ、高き壁として己も立ちはだかり続けなければならない。そうすることで、元長も己も高みに昇って行けるのだ。

まずは息子の元長がどれほどの男になっているか見定めなければならない。その答えは、遠くに霞む鳥取城にある。

「最後に駆けさせるぞ」

元春は手を上げた。すぐに麾下頭の熊谷信直が、駆け足、の指示を出す。組頭から組頭へ伝えられ、やがて吉川軍全体が激しく揺動し始める。

「行け！」
元春が手を下ろすと同時に、地響きが起こった。
土煙が舞う。
どこからか咆哮が上がり始める。
一万の兵だ。
元長軍五千と合わせて、一万五千で播磨を攻める。
倒すべき敵がいた。
何度もぶつかり、鎬を削った男。
難敵だった。
宿敵でもある。
山中鹿之助幸盛。
宇喜多直家からの要請により攻めることになった上月城には今、尼子が入っている。
なんとも言えない縁だと思った。
初めからこうなることが決まっていたかのような巡りあわせだ。
次の播磨遠征で、尼子と戦う。
決着をつけるのだ。

元春は愛馬黒風(くろかぜ)の手綱を押した。躰が沈み、速さが一段上がる。

(駆けている)

そう思う。

決戦に向かって、己は今駆け始めたのだ。


鳥取城下に入ると、前方から黒い甲冑姿の騎馬武者が駆けてきた。

浅川勝義だ。

浅川は元春の前で止まると、馬から降りて一礼し、再び騎乗に戻った。

「お待ちしとりました」

ニッと笑う。

「久しぶりだな、勝義」

浅川を見た瞬間、元春は心が和むのを感じた。兵に解散するよう命じると、自身は浅川と連れ立って城内へ馬を進める。

「二年ぶりですけぇのぉ。長かったような、あっという間だったような、よう分からん感覚ですわ」

「俺は長かった。やはり軍の空気はいい。久しぶりに吸い込むと身に沁みる」

「わしらは、逆に故郷の空気の方を懐かしく思っとりますがの。戦続きでしたから」

「勝義でもそう感じるか？」

元春が聞くと、浅川は少し考えた後、諦めたように首を振った。

「あいつら、の間違いですな。若い兵達といると、つい己のことのように勘違いしてしまいます」

「勝義らしいな」

元春は声を出して笑った。

「勝義も少しぐらいは休んだ方がいい。今まで尽くしすぎるぐらい尽くしてきたのだ。いくら礼を言っても足りぬ。だが、いささか時を経たようだ。躰も無理が効かなくなっておるのではないか？」

「休めなど！　元春様はわしに死ねと仰りたいのですか？」

「ま、勝義であればそうだろうな」

「まだ戦わせてください。それ以外の生き方を知らんのです」

「苦労をかける」

「なんの。老骨に鞭打つことが楽しゅうて仕方ないのです。腰が曲がって、走ることさえままならなくなっても戦場に立ち続けます。世話してくだされ」

浅川は己の胸を叩き、豪快に笑った。黄色い歯が剝き出しになる。元春は微笑を浮かべながら、すまぬな、と声に出さずに呟いた。

鳥取城は活気に満ちていた。吉川軍の闘志がそうさせているのだ。山名豊国には但馬山名と毛利が同盟を結んだ後、鳥取城から出てもらっている。但馬領内で、ある程度の領地を与えられていると聞いた。今や鳥取城は吉川の城だ。ここを拠点に播磨平定に向けた軍を進めていく。

冬にしては日差しがあたたかかった。馬上で揺られているだけなのに、腋の下や背中に汗が滲んでくる。戦の準備に励む家臣達を眺めながら、元春は先ほどから気になっていることを浅川に切り出した。

「勝義。今日はいつも以上に機嫌がよいな」

浅川が首を傾げる。

「そうでもないと思いますがの」

「いや、確かに機嫌がいい。表情がやわらかい。何かあったか？」

「はて？」

浅川はとぼけたが、元春はその理由に大体の想像がついていた。

小六だ。

浅川は若い指揮官を己よりも大切に思っている。騎馬遊撃隊のまとめ役として小六を補佐している時、今まで見たことがないほど生き生きとした表情を浮かべるのだ。それほど小六のことを思っているのだろう。

「遊撃隊がどうかしたのか？」

話を転じた。この方が答えやすいと思ったからだ。

「ご自身の目で見てくだされ」

だが、浅川は微笑んだだけで、はぐらかして来たのだ。元春は元春で微笑を浮かべて頬を掻く。

「兵達が喜びます」

付け加える浅川に、

「今から行こう」

元春は答えた。浅川の様子に、遊撃隊がこの二年で確かな成長を遂(と)げたことが分かった。それも相当な進歩のはずだ。浅川の自信ありげな表情が物語っている。

（どれほどのものか）

見てみたかった。武人として遊撃隊が達した域を目にしてみたい。

黒風の腹に鐙(あぶみ)を当てようとすると、

「ところで」

浅川が尋ねてきた。

「なんだ？」

元春は手綱を引いて、黒風をなだめる。

「日野山城はどがな様子でした？」

元春の居城である。安芸国の山間部に位置する山城だ。

「変わりない」

「それはなにより。奥方様がしっかりしとられますけぇの。できた奥方様じゃ」

「俺も感心するばかりだ」

二年前に戻った時、日野山城の空気は引き締まっていた。普通、兵が戦に出ていくと、残った者の間からは戦時の意識が薄れ、城内の気風は緩みがちになる。だが、日野山城にはそれを許さない緊張感があったのだ。むしろ、元春が戦に出ていく前よりも張り詰めているように思えた。家臣等は倹約に心がけ、衣服も薄衣で作られたものを好んで着ていた。調練も欠かさず実施していたようである。城の守備兵だけではなく、女や子ども、老人までもが一緒になって槍を振っていた。

主のいなくなった城は他国から狙われやすい。そのことを元春は嫌というほど知っている。防御が手薄になっている隙に間者を忍び込ませることはさして難しいことではないのだ。そうして忍び込んだ者に流言を流され、籠絡され、敵方に極秘情報を話したり、内通する者が現れたりした家がいくつもある。

当然、人質として妻や子どもが連れ去られることもあった。最悪の場合、暗殺も考えられる。戦国の世である。手段を選ばぬ行動を卑怯だとは思わない。

だが、元春が戻った時、日野山城はそうした敵国の忍びを全く寄せ付けない雰囲気に覆われていた。残った者が、まるで己等こそ戦場に立っているかの如く一つに纏り、付け入る隙を与えていなかったのだ。

日野山城を指揮していたのは、妻の芳乃である。

戻った元春は、芳乃がしっかりと留守を守ってくれたことに感心すると共に、改めて妻に対する愛情を感じた。

遠征後で疲れてはいた。それでも、芳乃を抱きたいと思った。幾度も重ねてきた肌なのに、芳乃の裸体を見ると、欲情は泉のように湧いてきた。芳乃の中に自分のものを入れている時、芳乃は頰に残る火傷の痣以外を赤く染める。その対比は、冷静な芳乃と欲情に溺れる芳乃を一度に抱いているような気持ちにさせ、なおさら愛おしさを募らせた。元春は精を放つと、放心している妻を、もう一度強く抱きしめた。

「芳乃も戦ってくれていた。見事だ」

「はい」

芳乃から伝わって来る温もりが心地よくて、まるで母の胎内にいるようなまどろみの中、元春はぐっすりと眠ったのだった。

城にいる時の元春はいつもの通り狩りに精を出した。大角は他の場所に移ったのか出会うことはなかったが、それでも狩りは気持ちを昂ぶらせ、山に数日こもっては鹿や猪を仕留め、持ち帰って料理させることを繰り返した。脂の乗った獣肉は、臓物が溶けるのではないかと思うほどまろやかで、兵達も喜んで食べた。

山から戻れば芳乃を抱いた。昼は書写をした。そんな毎日を過ごした。

日野山城に滞在している最中、石山本願寺支援の軍議に参加するため、何度か吉田郡山城まで足を運ぶことがあった。だが、元春に言わせたら、それは弟の小早川隆景の領分だ。水軍を利用しなければならないことは最初から分かっていた。水軍の指揮は隆景の管轄であり、己が口を挟むことではない。もし隆景が敗れれば、その時は、己が吉川軍を率いて陸路攻めればいいのだ。

木津川口での織田水軍との戦は、毛利が勝利した。

元春はその報せを聞くや、すぐに山へ籠ったのである。感覚を鋭敏にしておく必要があった。次は己の番だ、その思いがある。

こうして二年は過ぎ、再び戦場に戻る時が来た。

元春は山陰から一万五千を率いて播磨に向かう。弟の隆景は山陽路を一万だ。途中で、援軍を要請してきた宇喜多の一万と合流し、総勢三万五千の兵で播磨を攻める。

元春は出発の日、いつものように妻の芳乃を抱き寄せ、

「行って参る」

と告げた。芳乃は、

「はい」

とだけ答え、元春の胸に頬を押し付けてきた。

いつも通りの挨拶（あいさつ）だった。だが、この挨拶のおかげで、後顧の憂いなく戦に向かうことができる。

芳乃が守ってくれている。

芳乃に対する信頼は揺るぎなかった。

鳥取が近づくにつれ、元春の目はどんどん鋭くなっていった。

草原に出た。風の中に立つ二人の男が見える。

元春と浅川が近づくと、その二人が振り返ってきた。馬蹄の音を耳にしたのだろう。一人は片膝を付き、もう一人は組んでいた腕をほどいて横に垂らした。

春継と元長だ。

「立て」

元春は黒風から降りて告げた。愛馬のたくましい首筋を叩いてから、立ち上がった春継と向かい合う。

「戻った」

「お帰りなさいませ」

声は相変わらず冷ややかだった。だが、元春は春継の様子に違和感を覚えた。以前よりも一回り大きくなったような気がする。どこがどうというわけではなかった。春継は相変わらず春継だ。ただ、敢えて言うとしたら、どっしりとした重みを備えるようになっている。

（二年か……）

元春は思った。若い男達の二年がどれほど大きなものだったのか、そのことを思う。

（頼もしいな）

可能性という広大な原野を前にしているような気分になった。その原野を元春もまた若い力と同じ視点で眺めることができる。そのことに胸が躍る。

「播磨に向かう」

元春が発すると、春継は頭を下げた。

「存じております」

「いつ発てる？」

「明日には」

「分かった」

流石は春継だ。元春の帰還を事前に知り、すぐにでも進発できるよう準備を整えている。

元春は春継に退がるよう告げると、隣に立つ息子を呼んだ。

「元長」

「はい」

「大儀であった」

「ありがとうございます」

己を見据えながら答える元長。その肩に元春は手を置いた。元長が肩の手を見、再び己に視線を戻す。

「よくやった」

目の前にいるのは紛れもなく一人の大将だ。会った瞬間から分かっていた。元長は確かな成長を刻んでいるのだ。

直立したまま動かない元長に、助け舟を出さなければと考えたのだろう。浅川が、

「元春様、見てくだされ。騎馬遊撃隊ですわ」

草原を指さした。元春は息子の肩から手を外すと、草原に視線を向けた。元長が一礼して離れていく。その様子が目の端に少しだけ映ったが、敢えて気づかないふりをした。

「ほう」

目を細めた元春は、一声唸った。

一団となって駆ける騎馬の群れ。ただ駆けている。それだけなのに胸をざわつかせるほどの迫力がある。迫力と同時に品位。巨大な流星が夜空を切り裂いていくような神々しさがある。

先頭を駆けているのは葦毛だ。白い馬体は午後の陽ざしを浴び、自ら光っているように輝いていた。

不意に、葦毛に乗った男が手を上げる。

一塊(ひとかたまり)になっていた群れが四つに分かれ、それぞれの方向目指して散っていく。その群れは二隊ずつでぶつかり合い、互いの間を速力を落とさず抜けていく。

交差したのだ。

馬一頭分を開けて隊列を組み、そこを別の群れが同じように列を組んで抜けていった。

舌を巻く。あっと驚くほどの動きだ。

馬と馬の間を別の馬に通過させるなど、どれほど高度な技を必要とするのか。それを隊列を組んで行っているのである。一人一人の技量と、相当な調練を積まなければできない芸当だ。

すれ違った四つの群れは、それぞれ反転した。

再び中央に集まったかと思うと、再び一つの群れにまとまり、颯爽(さっそう)と草原を駆け始める。

遊撃隊の疾駆(しっく)は意志を持っているようだった。

なによりも速く。

その思いを誰もが共有している。

先頭の白馬がさらに走力を上げた。

単騎抜け出す。他の馬はついて行けない。風のように速い。

風花だった。

その風花が、駆けながら首を高く持ち上げた。なにをしたのかは分からない。それでも、置いてけぼりにされた馬達が速力を増し、徐々に風花に迫っていった。

いなないたように見えた。風花は単騎駆けながら、後ろの騎馬達を呼んだのだ。

ここまで来い、と。

その声に後続の馬達が応(こた)えた。風花に追いつこうと、限界を超えた走りを繰り出す。

再び一つの塊になった遊撃隊は、今までにはない疾駆を見せ始めた。

吉川軍騎馬遊撃隊は大将吉川元春の想像を遥かに超えた騎馬隊へと昇り詰めている。

元春は背中を汗が流れるのを感じた。

(風を追い越してしまいそうだ)

無意識に拳を握りしめていた。

乗り出した躰が小刻みに震える。

元春は目を見開いたまま、騎馬隊の先頭を見つめた。

風花を駆る青年は前だけをひたすら見据えている。

小六だ。

風花の首に上半身を埋めるうず小六は、かってないほど精悍せいかんな顔つきをしている。

精悍であり、自由だ。

風を目の前に見ているような、そんな気持ちになる。

小六がなにかを叫び、他の兵達が呼応した。

「うぉおおおお！」

馬達と同じように、兵も小六を大将として認めている。

地面が割れるのではないかと思えるほど大きくなる馬蹄の響き。騎馬遊撃隊は天に突き抜けそうな勢いで草原を駆けた。

辿（たど）り着いた場所

一

松明（たいまつ）が燃えている。橙（だいだい）の火影（ほかげ）が男達の顔を闇夜（やみよ）に浮かび上がらせる。山中幸盛（やまなかゆきもり）はその男達をぐるりと見渡した。

皆、一様に顔を輝かせている。

望みを得たのだ。

織田（おだ）軍に入って戦場を駆け回ること二年。己達の戦は本当に出雲（いずも）に続いているのか疑念を抱く時期もあった。それでも、戦い続ける以外に道はなかった。

今、上月城（こうづきじょう）という、己達が拠（よ）って立つ場所を得ることができた。この城を足掛かりとし、出雲を窺（うかが）うことができる。

兵も増えていくだろう。織田軍の中で尼子（あまご）再興軍が認められたことはそれほどに大きい。現在、三千の兵は半年もすれば五千を超えるはずだ。

集まった兵達の前に尼子勝久が進み出る。幸盛はその隣だ。若いと思っていた勝久も、もう二十六。立派な大将に成長している。幸盛は唇を嚙みしめながら勝久のピンと伸びた背中を見守った。

（ここまで来た）

いや、ここから始まるのだ。織田と共に毛利を駆逐し、出雲を奪い返す。己等の道はまだ半ば。それでも確実に出雲が見えている。

勝久が武将達を端から端まで見渡し、一度大きく息を吸った。

「長い道のりだった」

声はいつもの通り柔らかだ。柔らかだが重い。胸の奥にずっしりと響いてくる。並んだ将達は一声聞いただけで、表情を変えた。すでに涙ぐんでいる者さえいる。

勝久が手を上げる。

「布部山の戦で多くの仲間を失ってから八年。浮草のような日々だった。尼子は未だ死なず、と因幡で宣言し、織田の軍門に入ってからは屈強な織田軍の中でも最も勇敢に戦ってきた。その間、従ってきてくれた同志を数多失っている。出雲の地を踏ませてやることができなかった。俺達の出雲を見せてやることができなかった。それが無念だ。無念だが感謝している。彼等の死もまた、俺達の背中を押してくれる。出雲のために戦い、散ってくれたこと。有り難く思う」

勝久は、膝に手をつき頭を垂れた。感謝を表したのだ。しばらくして顔を上げた勝久は、燃え立つような目に変わっていた。

「そしりを受けてきた。侮蔑されもした。いつまで無益な戦をする。なぜ無駄な血を流す。尼子はもはや過去の栄光。今となっては巨大な毛利に挑むなど馬鹿げている。そう言われ続ける日々だった。因幡でも織田でも、俺達は冷笑されてきた。だが、一つだけ言っておく。それら嘲りは俺に向けられた言葉だ。高潔な魂を持つお前達を侮れる者など一人もいない。お前達のように気高く戦う者はどこにもいないはずだ。そしりや侮蔑は大将の俺が全て受ける」

勝久が言葉を切った。武将達がざわつき始める。己等が耳にし、それでも勝久の耳にだけは入れさせまいと固く口を閉ざしてきた噂話がいつの間にか伝わっていたのだ。そのことが不可解だった。しかも、勝久はそれを己の責任だと宣言している。家臣としてそのことを許してよいのか。動揺しないはずがない。

「俺は思う。本当に無益な戦なのか？　俺達が戦うのは過去の栄光に縋っているがためなのか？　……違う。断じて違う。俺達が戦うのは夢のためだ。祖先の汗と誇り、そして魂が宿る出雲の地を、俺達の手でどこよりも豊かな国にする。その夢のために戦っている。そうだ！　……夢がある。だからこそ歩んで来ることができたのだ。……夢がある。だからこそ多くの仲間と出会うことができたのだ。……夢がある。だからこそ俺達は毛利に立ち向かうことができるのだ！」

勝久が拳を握る。その場にいる全員が、胸を射貫かれたみたいに息を呑む。

「侵略者毛利を打倒する！　俺達の出雲を取り戻す！　俺達の命を捧げるのだ！……出雲へと続く道、お前達は見えているか！　確かに出雲はこの上月城の先にある！　この城を手に入れたこと、お前達に礼を言う。いくら言っても足りないくらいだ。だが、わがままを言わせてもらうなら、最後まで付き合ってもらいたい。俺はお前達と共に、出雲を創りたいのだ。お前達と共に、夢をこの手で掴みたいのだ！」

一瞬静まりかえった後、男達が叫び声を上げた。昂ぶっている。勝久の夢を頭に描き、自らの夢と重ね合わせている。

「打ち破る。敵は毛利だ！　尼子武者の力、天下に見せつける時が、今訪れたのだ！」

勝久が拳を上げる。

「おぉおおお！」

山が吠えた。城のある山そのものが吠えたのだ。

幸盛は奥歯を噛みしめて、拳を振り上げる男達を見守る。

尼子を慕い、従ってきてくれた男達。それぞれに抱えている思いは違う。境遇も違う。家族がある者もいるし、独り身の者もいる。子どもと戯れることが好きな者もいれば、ひたすら武芸に励むことが好きな者もいる。皆、それぞれの事情を背負い、関わってきた者達の魂を握りしめて、尼子の旗の下に集っている。

負けるわけにはいかないのだ。

彼等もまた、出雲を、その身に宿している。

当然、布部山で散った兵達の思いも混ざっている。共に戦場を駆けた兵達の思いだ。

そして、新宮谷の者共の思い……。

目の前の兵達の中には、かつて新宮党に対して憎しみを抱いた者もいるだろう。当主に槍を向けた集団だ、と蔑んだ者もいるはずだ。それでも、共に理想の出雲を目指していたことには変わりない。それぞれが理想を目指す中で、新宮党は計略にはめられ、滅亡した。新宮党の滅亡は決して忘れてはならない過去だが、目を向けなければならないのはそこではない。皆、これからに思いをはせながら生きていたということ。その一点のみでしか繋がっていないのだが、その一点はなによりも太い絆になる。新宮党の者共が夢見た毎日が、どのような形であれ、己等の間に決して切れることのない絆を生んでいるのだ。

いや、尼子兵だけではないだろう。出雲の民全てと繋がっている。

同じ国で同じ時を過ごした。

その事実は果てしなく大きい。

だからこそ、負けるわけにはいかないのだ。

毛利への恨みは未だに残っている。新宮党の者を皆殺しにし、出雲を侵し、多くの尼子兵の命を奪った。多くの者が毛利のために散っていったのだ。

だが、己が戦う理由はそこから先に進んでいる。

新宮谷の者共、散っていた同志達の夢を、己の手で実現すること。そうすることこそ、彼等の無念を晴らしてやることだ。

だからこそ出雲なのだ。

出雲こそ、彼等の夢だったたではないか。

出雲は俺達の夢そのものだ。

（この戦、負けるわけにはいかぬ）

厳しい戦になるのは分かっている。毛利は目の色を変えて播磨制圧に向かってくるだろう。本気になった毛利の力は圧倒的だ。

確かに織田軍も強い。だが、やはり毛利軍だ、と幸盛は思っている。織田軍のような切れ味の鋭い強さとは別の、どっしりとした強さがある。毛利が本気で播磨を攻めてくれば、そのあまりの強さに織田軍も辟易するに違いない。撤退も考えられる。

(俺達が受け止めねばならぬ)

撤退などあり得ないのだ。ここで退けば、出雲への道が途絶えてしまう。

だからこそ戦う。

毛利からの攻撃がどれだけ激しかろうと、この上月城を死守し、織田軍の士気の低下を防ぐのだ。己等が上月城を死守しさえすれば、毛利の勢いも削がれる。そこを織田と叩くことで、敗走させることができるはずだ。

(厳しいのは元々承知の上)

幸盛は拳を握った。全身に震えが走る。

(そのうえで戦ってきた)

これが尼子軍の戦だ。

「うぉおおお!」

幸盛は吠えた。月まで届きそうな大音声だ。

場が静まり返る。普段、表情を全く崩さない幸盛が、突如我を忘れたかのように吠えたのだ。兵達が驚くのも当然である。

その中で、一人だけ穏やかな目をしている者がいる。

勝久だ。

勝久は振り返って幸盛を見ると、身じろぎせずにそっと口の端を持ち上げた。

「うぉおおお！」

勝久の視線には気づいていた。それでも幸盛は吠えた。吠えずにはいられなかった。

「うぁあああ！」

隣で声を張り上げる者がいる。

「敗けねぇぞ！　絶対に敗けねぇ！　俺達で毛利を倒す！」

新十郎だ。鼻の下を手で擦ると、さらに大きな声を出して、天に向かって声を張り上げた。

もう一人加わる。

「あぁあああ！」

久綱が生真面目な顔をしわくちゃにして吠えている。幸盛と目が合うと、さらに大きな声を出して咆哮した。

それを見た勝久が、笑みを大きくする。なぜか、はにかんだような、幼さの残るような笑みを浮かべて三人を見守っている。

再び振り返り、兵達を見据えた勝久は高らかに告げた。

「出雲へ帰る！」

男達が一斉に雄叫びを上げた。どこまでも響く雄叫びだ。星降る夜空を突き抜けて、尼子兵の思いを乗せた叫びが出雲まで飛んでいく。

二

三日月が蹴上げる力で放り出されそうになる。耐えながら乗っていると、すぐに巻き込まれた己に気づく。

（風だ）

幸盛は感じる。

風の真中を突き抜ける感覚。

そうして風を抜けた時、視界が開けた。

足元の草。流れる雲。目の前に広がった騎馬の群れ。

すべてが際立って見える。

（あの騎馬隊を止める）

幸盛は腕に力を込めた。目の前を塞ぐのは吉川軍の騎馬遊撃隊だ。

戦いの火蓋が切られていた。天正六年（一五七八年）二月。吉川軍一万五千対尼子軍三千。後方には織田からの援軍、羽柴軍一万が控えている。緒戦だ。

敵は鶴翼に広がった陣形を組んでいる。あの陣形が尼子軍が近づくと同時に変化する。まずは一塊にまとまるはずだ。その後、二つに割れるかもしれないし、縦長に連なって尼子騎馬隊の後尾に食らいついてくるかもしれない。予想がつかない。予想がつかないからこそ、吉川軍騎馬遊撃隊なのだ。

あの騎馬隊があるために吉川軍は最強を謳うことができる。現れただけで相手を畏怖させる騎馬隊だ。

（遊撃隊を止める）

やらなければならなかった。勝つ必要はない。ただ、止めるだけでいいのだ。そうすることで、吉川軍を前にした際の味方の士気の低下を防ぐことができる。なんとか立ち向かおう、そう思い込ませることができる。戦の前から敗けることだけは許されなかった。防ぐには遊撃隊を一度、止めておかなければならない。

（尼子しかいない）

と幸盛は思っていた。織田はまだ、本気の吉川軍を知らない。あの騎馬隊の夢幻のような動きに翻弄され、早々と敗北するはずだ。だが、尼子軍なら堪えることができる。何度も立ち向かってきた相手だ。

遊撃隊に鉄砲が通じないことは分かっていた。撃っても避けられてしまう。どのような目をしているのか訝しくなるが、弾を込めて撃とうとした瞬間、それを察知して射程外に躱すよう指示する男がいる。

当然、弓も役に立たない。射程が短い上に、鉄砲より遅い。槍で備えても隊列の隙間を見つけられ、突破されてしまう。

吉川軍の遊撃隊に当たるには同等の力を持つ騎馬隊でなければならなかった。

尼子軍はそれを手に入れた。

大山寺党から譲り受けた馬を中心に良馬を揃え、血を吐くような調練を重ねて鍛え上げてきた。尼子騎馬隊だ。

指揮は己が執っている。副将は亀井新十郎茲矩だ。新十郎には歩兵隊を任せるつもりでいたが、今の戦力では副将をやってもらうしかない。新十郎は馬の扱いも巧みだ。

こいつらと共に、毛利を一度叩く。

山陰と山陽から攻め込んでくる毛利軍は怒濤の勢いで進軍している。反抗する諸勢力を赤子の手を捻るように潰し、呑み込みながら進んでくる。このままの勢いであれば、播磨もすぐに取られてしまうだろう。最近、播磨の中に、毛利への寝返りを画策する者が現れたと聞いている。織田と毛利が激突すれば、それらは一気に増えるはずだ。

（そうはさせない）

遊撃隊だけを標的に播磨から美作まで遠征してきた。背後には羽柴の援軍も控えているが、戦うのはあくまで尼子軍だけ。久綱の鉄砲で誘い出し、正面から尼子騎馬隊をぶつける。

幸盛は三日月を励ました。さらに走力が増す。背中から轟いてくるのは、同志達が駆る馬蹄の響き。それらは胸の鼓動と同調している。吉川軍が近づくにつれ、高まっていく。

敵は思った通り一塊にまとまっている。先頭にいるのは白い葦毛だ。戦場を川魚のように駆け回る、あの葦毛馬だ。

「いくぞ！」

隣から吠え声が上がった。新十郎だ。気持ちを抑えつけられなかったのかもしれない。胸を反らせ、槍を頭上に掲げている。

幸盛は手綱を押した。

（正面から蹴散らしてやる）
敵が身構えた。
迎え撃つつもりだ。
きっと山中鹿之助幸盛が先頭を駆けていることに気づいている。
にもかかわらず、やり合おうというのだ。
全身が震えた。
筋肉が何倍にも膨らむ。
「うらぁあああ！」
ぶつかった。
正面。葦毛に乗った男。
振った槍が唸りを上げて、男の顔に伸びる。
金属音。
防がれた。槍を下から撥ねられている。
（やるな……）
相手を睨んだ。
男も睨み返している。

若い男だった。新十郎と大差ない。それなのに、幸盛はこの男の佇まいに冷や汗を覚えた。

戦場とは思えぬほどの落ち着きがあった。敵を前にしても全く臆していない。槍を両手で扱っても体勢が崩れない強靭さがある。手綱から手を離しても、芯が通っているように躰が鞍に固定しているのだ。まるで馬と人が一つになっているみたいだ。人馬一体どころの話ではない。馬と人が一つの生き物のようにピッタリと意思を通わせている。

（これは……）

強い。

それなのに、睨みつけてきた男の目には全く曇りがなかった。森の中の池のように底まで見通せそうだ。動物と対峙しているみたいだと思った。邪心が一欠片もない。ただ生きるためだけに戦っているような、そんな男だ。

途端に寒気に包まれた。

呑み込まれるのではないか、そう思う。

「うりゃぁあ！」

横から槍が突き出されてきた。黒い甲冑を着た老兵だ。老兵だが、槍は速い。その速さに幸盛は我を取り戻した。槍を引き寄せて撥ね、逆に突きを入れる。

柄（え）で防がれた。

「ちっ！」

舌を打つ間に、敵の二人は後方に流れている。騎馬で戦っているのだ。馳（は）せ違う一瞬しかやり合う暇（ひま）はない。

次々、すれ違う。

力の限り槍を振るうが、どれも致命傷（ちめいしょう）を与えていないことは分かっている。手ごたえが伝わってこない。

兵一人一人が、よく訓練されている。

まさに最強の騎馬隊だ。

新十郎も奮戦している。大振りではあるが、後先考えず振り回す槍は、騎馬の勢いを得て脅威（きょうい）的だ。新十郎の槍を正面から受けようとする者はおらず、皆、進路を変えて離れようとする。

その時、幸盛は視界の端をよぎる影を見て、顔を右に向けた。

横に走っていく土埃（つちぼこり）が見える。

「まさか！」

左も確認する。同じように土埃が流れている。

（まずい）

幸盛は手を挙げて合図を出した。自身も躰を低くし、三日月の走力を上げる。

すぐに前が開ける。敵の騎馬隊を突破したのだ。

だが、ここからだ。

ここからが危険だ。

こんなに早く突破できるわけがない。相手は五百の騎馬隊だ。数合打ち合っただけで前が開けるはずはないのだ。

「間に合ってくれ！」

幸盛は奥歯を嚙みしめた。敵は、正面からぶつかると同時に、後ろに控えていた隊を二つに分け、左右に走らせていた。尼子軍が突破したところを両側から包み込もうとしているのだ。

祈った。祈る以外なにもできなかった。尼子軍の後続が、一刻も早く敵を突破することをただただ祈る。

だが、祈る必要はなかった。

信じればいいだけだった。

尼子騎馬隊は敵の群れから即座に出てきた。すかさず幸盛は指示を出す。騎馬を一つにまとめ、右に曲がる。兵達が必死の形相でついてくる。易々と敵の挟撃を許すなど、そんなやわな鍛え方はしていない。

今度はこちらが追う番だ。吉川軍の二つに割れた片方を追う。敵はこれほど早く攻撃に転じてくるとは思っていなかったはずだ。後尾に取り付けば、一気に崩すことができる。

敵のしんがりに迫った。槍を掲げ、全身から気を放つ。

「なにっ？」

後ろに衝撃を受けた。

横から突っ込まれている。

先頭を駆ける葦毛が見えた。あの若い指揮官だ。尼子軍に突破させた後、騎馬隊を即座に反転させ、横腹をついてきた。

騎馬の動きではなかった。蛇のしなやかな動きに近い。

だが、駆けているのは紛れもなく騎馬隊だ。目を疑うような動きを、いとも簡単にやってのけるのが騎馬遊撃隊だ。

（まだだ）

幸盛が合図を出すと、突破されたところを境に、尼子騎馬隊の後続が向きを変えた。若い指揮官の進行方向とは反対側に移動し始める。

このまま葦毛率いる一団をやり過ごすと共に、幸盛が追っている一隊の前方に出て挟み撃ちを仕掛ける。一か八かだ。それでも絶対に間に合わせてくれると信じている。

幸盛は三日月を叱咤した。風が耳の中で唸りを上げる。

このまま一隊を壊滅させてやる。その後に葦毛の本隊を攻めるのだ。

「突き抜けるぞ！」

隣で新十郎が槍を回す。新十郎は分かっているのだ。この戦、勝つことができる。止めるだけではない。葦毛の指揮官の首を取ることができる。

その時、再び全身に寒気を覚えた。

顔を向けると、土煙の向こうで一つに纏まった騎馬の群れがジッとこちらを窺っていることに気づく。

「退却だ！」

幸盛は咄嗟に手綱を引くと、配下に退却の鉦を鳴らさせた。急に進行方向を変えられた三日月が、鋭く鼻を鳴らす。それでも口を割ったりせず、幸盛の指示通り馬首を転じた。

幸盛は、崩そうとしていた遊撃隊の一隊をすり抜けるようにして、馬を走らせた。

「なぜだ！　なぜ突撃しない！」

新十郎が喚いている。倒せるはずだった敵をみすみす逃して退くのだ。納得できるはずがない。

確かに倒せる敵だった。

だが、倒した後に己等は全滅していただろう。

幸盛は騎馬遊撃隊の横を通りながら目を転じた。

若い男が葦毛を駆けさせながら、こちらを窺っている。

目が合った。

先ほどと変わらない、見ているだけで躰の奥まで見透かされそうな透き通った眼差しだ。

幸盛は指揮官を見つめた。葦毛の男もこちらを見たまま視線を外さない。

若い指揮官は、二手に分かれたもう一つの隊、幸盛達が追いかけなかった別働隊の近くに馬をまとめていた。速力を落とし、全員が尼子軍を見守っている。

（やはりな）

あの指揮官の狙いは、一隊を捨てて、尼子軍が合流したところに突撃を仕掛けるというもの。尼子軍は一隊を倒すことができても、倒すと同時にぶつかられ、散々に蹴散らされていた。味方と合流した一瞬の隙をつかれて、突っ込まれるところだった。

（こんな男が、この世にいるのか）

驚愕していた。相手の強さを素直に認めることができた。

「おい、なぜ退かねばならぬ！」

新十郎が喚いている。幸盛は新十郎に馬を寄せると、

「敵の指揮官を見たか？」

尋ねた。新十郎が頷く。

「葦毛に乗っていた」

「若かった」

「俺も若い」

「そんなことは知っている。だが、お前より大きい」

「どちらかというと小柄に見えたぞ」

「お前より強いということだ」

「俺を愚弄するつもりか！」

「事実だから愚弄したことにはならぬ。すごい男がいたものだ」

「……それほどか？」

新十郎が真顔になる。

「騎馬隊では敵わぬ。引き分けに持っていくのがやっとだろう。あいつがいる限り、吉川軍は最強だ」

「最強？」

「だからと言って、敗けるわけにはいかぬ。最強を打ち破って、尼子がその座を奪う」

緊張した面持ちだった新十郎が、ホッとしたように肩の力を抜いた。幸盛は新十郎から視線を外すと、三日月の横腹を蹴った。戦場から離脱した途端、全身に粟が立つのを覚えている。そんな状態に己がなっていることが信じられなくて、早く一人にならなければとだけ考えた。

戸惑いを胸に抱きながら原野を駆ける。

「この戦は引き分けでいい」

尼子軍の本陣が見えたところで、幸盛は己に言い聞かせるように呟いた。

目的は最初からそこにあったのだ。騎馬遊撃隊を止めたことで、その目的を達することができた。

（だが、次はそうはいかぬ）

あの遊撃隊を破る術を見つけなければならない。それを見つけない限り、出雲へ帰ることは敵わないのだ。

幸盛の頭の中では、先ほどの戦が繰り返されている。振り返る度、あの葦毛に跨った若い男に出会った。若い指揮官は、やはり澄み切った瞳を一瞬たりとも動かすことなく、葦毛と一緒に幸盛を見据えていた。

三

「やぁ、なかなかに見事な戦じゃった」

手を広げて出迎えたのは、羽柴秀吉だ。皺の多い顔をさらに皺くちゃにして顔中を輝かせている。

「おみゃぁらのおかげで、勢いが出るぞ。信長様にもいい報告ができそうじゃ」

力強く手を握って来る。秀吉は心底うれしそうだった。まるで子どものようにはしゃいでいる。こうしたところが、人の心を摑んで離さないのだろう。

「吉川の騎馬遊撃隊はやはり強い」

幸盛が呟くと、秀吉は大げさに頷いた。

「そうであろう、そうであろう。あれが噂に名高き鬼吉川の騎馬遊撃隊だな」

「ちゃんと見ていたのか、サル吉殿。尼子だって負けてなかったんだぞ」

新十郎が進み出る。秀吉は目を大きくすると、戦場で友を見つけたかの如く頬を綻ばせた。

「見ておったわ。おみゃぁの戦ぶりも、この目でちゃんと見た。益々強くなっていくようだで」

「あったりまえだ。なんの為に鍛えていると思ってる」

「頼もしい限りじゃ」

秀吉が声を上げて笑った。新十郎と秀吉は、どういうわけか馬が合う。秀吉は己のことを「サル吉」と呼んでくる新十郎の無礼をおおらかに受け止め、そればかりか新十郎と顔を合わせる度、弟のようにかわいがる。突拍子もない考えをする者同士、互いの中に似たところを見つけているのかもしれない。二人は一緒にいると、心底楽しそうだ。

「それにしても、あの騎馬隊を止めぬことには、戦はむずかしくなりそうじゃなぁ」

秀吉が己の首を揉む。

「俺が止めてやる！」

と握りこぶしを作る新十郎を押しのけて、幸盛は秀吉の前に進み出た。

「正面から渡り合おうとすれば無理だ」

「尼子騎馬隊をもってしても難しいか？」

「難しい。五年前に鳥取でぶつかったことがある。あの頃より強さが増していた。戦うことに全く迷いがない。騎馬隊そのものが、一匹の獣のようだ」

　秀吉は頷き、同意した。

「意志を持っているようじゃった。武田の騎馬隊を見た時も全身に震えが走ったが、今日の騎馬遊撃隊も負けず劣らずといった具合じゃ。小便をちびりそうになったぞ」

「実際に槍を交えれば、もっとすごいことが分かる」

「長篠で武田を討ったように鉄砲を用いればどうじゃ？」

「尼子も試みている。だが、当たらぬ。あの久綱の腕をもってしてもかすりもせぬのだ。おそらくあの中に怖ろしく目のいい者がいるのだろう。撃っても避けられる」

「三段撃ちでも駄目か？」

「駄目だな。左右へと自在に駆け、的を絞らせない。狙いを定めている間に、突撃を食らう」

「馬防柵は？」

「こちらが籠(こも)れば騎馬隊は出て来ない。吉川軍は歩兵もまた優秀だ」

「歩兵隊に柵を破られたところを、騎馬隊が襲い掛かってくるか。打つ手なしじゃな」

「想像を超えるなにかを考え出さねばならぬ。今までの戦では勝てないことは目に見えている。早急に考える」

幸盛の深刻な表情を見た秀吉が、ちらりと小姓(こしょう)に目をやった。それを見た小姓がどこかへ駆けて行く。

「黒田(くろだ)官兵衛(かんべえ)という男がおる。最近、わしに従うようになったのだが、こいつが中々頭が切れる男での。あいつにも考えさせてみようと思うが、どうだ?」

味方の兵を掻(か)き分けて進んでくる小柄な男が目に入った。剃刀(かみそり)のような目、意志の強そうな太い眉(まゆ)。黒田官兵衛孝隆(よしたか)だ。

秀吉が官兵衛を手招きすると、その横から新十郎がぼそりと呟いた。

「俺も考えている。だが、なかなか妙案が出て来ぬ」

眉間(みけん)に皺を寄せる新十郎に、

「お前の頭には期待しておらぬ。槍の稽古(けいこ)でもしておれ」

幸盛は言い捨てた。

「なんだと！」

新十郎が顔を真っ赤にし、秀吉が手を叩いて笑う。秀吉は新十郎のことがとことん好きなようだ。

官兵衛が走って来た。息を弾ませている。いや、それだけではない。ひどく憔悴した表情をしている。官兵衛は幸盛に目礼すると、秀吉の耳に口を近づけた。

「なんじゃと！」

笑顔を浮かべていた秀吉の顔が、みるみる蒼ざめていく。

「どうした？」

幸盛は聞いた。新十郎も口を噤み、不思議そうな眼差しを向けている。

腕を組んで考え込んだ秀吉は、顔を上げると、まるで初めてそこに幸盛がいたことに気づいたみたいに、力ない笑みを浮かべた。

「三木城の別所長治が謀反を起こした」

「別所が？」

その場が凍り付いた。誰も動けない。誰も声を発せない。その足元を、落ち葉がカサカサと転がっていく。

かすかに風が吹いたのだ。

温かくも冷たくもない、ひたすら乾ききった風だった。

別所長治の謀反に呼応して東播磨の諸勢力がこぞって毛利に寝返った。泡を食った秀吉はただちに兵を差し向け、三木城攻略に当たり始めた。この戦、尼子は新十郎に百の兵を預けて出陣させている。羽柴軍に合流した新十郎は直（ただ）ちに三木城包囲軍に編入された。

兵力では圧倒的に羽柴軍が有利だった。ただ、別所の覚悟は凄（すさ）まじく、容易（ようい）に突破することを許さない。羽柴軍は攻め手を見つけることさえ困難な状況に陥（おちい）った。八日かけて支城を一つ落としたが、成果はそれだけで、三木城を前に手をこまねく有様だ。そこに毛利軍が播磨へ侵入したという報（しら）せが入った。

吉川軍一万五千。小早川（こばやかわ）軍一万。毛利と同盟を結んでいる備前（びぜん）の宇喜多（うきた）軍を合わせて三万五千の大軍は上月城を取り囲むように着陣した。

毛利軍が上月城の周りに支城や砦（とりで）を築いて包囲を開始したのを見るや、秀吉は東播磨に展開していた兵を引き上げ、上月城の東側に位置する高倉山（たかくらやま）に布陣した。ただし、布陣したはいいが圧倒的兵力を誇る毛利に対して打って出ることもできず、その場から日に日に包囲されていく上月城を見下ろす状況が続くばかりである。

毛利軍の包囲が完成に近づく中、ついに織田信長が動いた。嫡男信忠を総大将とし、丹羽長秀、滝川一益、明智光秀をつけて三木城攻略に当たらせたのである。織田の軍勢は二万だ。

だが、三木城の守りは依然として固く、また、隙あらば毛利が背後から襲う気配を窺わせていたため、織田軍は三木城を攻め切ることができなかった。そんな状況に業を煮やした信長は、秀吉を高倉山から離れさせ、三木城攻略軍に加わるよう指示した。

秀吉はわざわざ京に赴き、己が離れれば尼子軍が孤立することを説いた。山中幸盛の武勇を称え、これから織田軍の先鋒として戦わせればひとかたならぬ戦功を上げるだろう、そう訴えた。信長からの回答は一言。

「惜しい男であった」

信長が重きを置くのは一人の英雄ではない。数多の民が欲する利を、最大限実現することなのだ。

こうして、秀吉の三木城攻略軍への参加は逃れられないこととして決まったのである。

秀吉は高倉山の陣を払い、居城としている姫路城へ退いた。それを機に、上月城の周りから織田の兵は消えた。残ったのは見渡す限りの毛利兵だ。幸盛が毛利と対抗するために密かに育ててきた織田からの支援は、花を咲かす直前に刈り取られたのである。尼子軍は、もはやどこからの支援も期待できない孤立した状況に陥った。

天正六年六月二十六日のことである。

山全体が震えるみたいに蟬が鳴きしきる、そんな暑い日だった。幸盛達は額から滴る汗を顎先に集めながら、地平を埋め尽くした毛利兵を呆然と見下ろした。

四

煮炊きの匂いが鼻の奥に流れ込んで来た。

どこかで誰かが歌っているらしい。耳を澄ませる幸盛の下に、歌声がかすかに届いて来る。

女の声だ。

歌は最初小さかったのに、やがて他の者も唱和し始め、大きくなっていった。

出雲の歌だった。

子どもの頃に聞いたことがある。

夕風に靡く稲穂。西日を弾いて輝く飯梨川。山と山の間を縫うようにして開かれた新宮谷の夕暮れでは、幼子の泣き声と男達の笑い声、それに女達の歌声がよく聞こえていた。今、耳にしているのは、一日の終わりに誰もが知らず知らずのうちに口ずさんでいた歌。新宮谷中を心地よく包んでいた出雲の歌だ。

だが、己等がいるのは新宮谷ではなかった。新宮谷から遠く隔たった播磨の小城だ。うつつに戻される。

女達の歌声はどんどん大きくなっていく。城のいたるところに響いていてもおかしくない。兵達は、この歌に耳を傾け故郷を懐かしんでいるだろう。もう、帰ることが叶わぬ故郷を。

兵達の家族を城に入れたのは、上月城を与えられてすぐのことだ。上月城を拠点に出雲を奪還するという決意を固めさせるために許可を出した。飯の用意など細々した家事をこなす人手が必要なことも影響した。京や近江でばらばらに暮らしていた家族を呼び寄せ、城内に住まわせたのだ。ある者の家族は城に入ったし、ある者の家族は畿内に残ったままだった。それでよかった。幸盛としてはあくまで戦略として家族を城に入れることを決めただけで、それぞれの家の事情まで考える必要はなかった。ただ、その中に意外な人物を見つけて、眉をひそめたのは確かである。

妻の綾だった。

幸盛は、綾に家族の入城を許可したことを伝えていなかった。九つになる長男の新六（ろく）と共に摂津鴻池（せっつこうのいけ）村に在る親戚（しんせき）の家に預けていたのだ。家族を呼び寄せるとなった時、綾が来る必要性はどこにも見当たらない気がした。

己に家族はない。

そう思い込んでいた。

だからこそ、幸盛は城に入った綾を見て、

（邪魔だ）

と憤（いきどお）ったのである。綾は息子の新六を連（つ）れず一人で来ていた。それでも邪魔なのは間違いない。幸盛は尼子軍の指揮官である。その妻である綾は、他の女房（にょうぼう）達とは立つ位置が異（こと）なる。周りの女共も綾に遠慮（えんりょ）するだろうし、綾の世話のために何人かが割（さ）かれるかもしれない。

世話に割かれる人数など、ほんの些細（ささい）なことだ。

些細なことだが、己の立てた戦略が狂わされたことを思うと、幸盛は腹立たしさを抑（おさ）えることができなかった。

だが綾は、幸盛の想像とは全く異なり、女房連中に混じって一緒に飯炊きを始めたのだ。城の掃除（そうじ）も率先（そっせん）して行っている。幸盛が起居する部屋に姿を見せることはなく、他の女房達と共に台所近くの大部屋で寝起きした。いつの間にか綾は、女子（おなご）どもを束（たば）

ねる存在になっていった。二月を超える籠城で食糧が乏しくなる中、台所をうまくやり繰りし、尼子兵の腹を満たし続けた。

幸盛は綾を見て見ぬふりした。好きなようにさせておけばいい。なにを考えているのかは分からないが、邪魔にならないのであれば文句を言う必要もないのだ。

それよりも……。

（聞こえる）

歌は依然として聞こえている。出雲の肥沃な大地を思い出させる優しい歌声だ。綾の声も混じっているかもしれない。舞いの名手である綾は、歌も上手だと、どこかで聞いたことがある。

故郷の歌を、毛利軍に囲まれ、手も足も出せない状況で聞くことになるとは思わなかった。

出雲への思いは、もはや叶わない。

誰が見ても明らかだ。

尼子は敗ける。

敗け戦だ。

（本当か？）

幸盛は唇を震わせる。城の突端だ。眼下に平地を一望することができる。人がひしめいている。全て毛利兵だ。

(ここまで戦って来て、結局、なにもできないまま終わるのか?)

籠城を続ける道もあった。三木城を秀吉が落とせば、織田軍が再び援軍を差し向けてくれる望みもある。尼子軍が戦意を保ち続けることができれば、毛利に再度戦を仕掛けることも可能だろう。

だが、それは難しいのだ。

ここ数日、城兵が何者かに斬殺(ざんさつ)されるという事件が起こっている。最初は門を守る兵が殺され、次は廓(くるわ)内の兵士と、徐々に本丸に近づいている。手口からいって、忍びではなさそうだ。毒矢や小刀ではなく、ちゃんとした太刀(たち)で、しかも一撃のもとに殺されている。そもそも、忍びに易々と殺されるほど、やわな鍛え方をしていないのだ。それでも暗殺が続くとなると、不可解さは極まってくる。

何者かが忍び込んでいると考えた方が自然だった。しかも、相当の手練(てだ)れだ。兵法に熟達した者が城内に潜(ひそ)んでいるのだ。

いつまで籠城すればよいか見通せぬ中、己より腕の立つ者が城内に隠れているかもしれないとなると、兵達の精神状態は確実に悪くなる。それが内部からの崩壊を招く原因になる。固い結束を誇り、諸国を転々としながらも戦ってきた尼子兵の内部崩壊は、あまりに悲惨でむごい結束を呼ぶ。

（回避せねば……）

己についてきてくれた者共に失礼だ。

そう思った。

己を信じ、託してくれた者共に対して失礼だ。尼子軍が尼子軍らしくない形で崩れるなんて、なにより己に対して失礼だ。

（俺は一人ではない）

亡くなった者達を背負っている。その家族の思いも背負っている。出雲の民全てを背負っているのだ。

今、毛利に囲まれ、もはや勝ち目がないことを悟っている。毛利元就を恨み、戦場を駆けて来た。仲間を失い、いつしか理想の出雲を目指す戦いに奔走するようになった。その道は遂にここで途絶えてしまうのだ。

あまりに悔しかった。

敗けることはもちろん悔しい。だが、それ以上に敗けることで己達の生きた一瞬一瞬を無意味なものにされてしまうことがたまらなく悔しかった。

（俺達は、今、なにを為すべきなのか？）

毛利の軍勢を睨みつける。上月城のすぐ下を流れる熊見川を背に、丸に三つ引両紋を配した旗が密集している。吉川の本陣だ。あそこに吉川元春がいる。幾度もぶつかってきた仇敵だ。

吉川の旗印を見つめながら、どのようにすれば勝てるだろう、と考えた。その考えはやがて推移し、どのように負ければよいか、と変わる。だが、また再び元に戻って、勝てる方策がないかを探し始める。

己でも頭の中を整理することができなかった。焦燥と絶望が代わる代わる現れて混乱している。

「山中様」

突然、声を聞いた。低い声だ。目を向けると、至る所に刀傷の走った異相の男が控えていた。

「影正？」

忍びの影正だ。影正は百姓の身なりをしていた。全身が泥で汚れている。相当険しい道を進んできたに違いない。頬や手に、できて間もない生傷が走っている。

「どうしてここに？」

幸盛は影正に向き直った。有り得ないものを見たかのように目を開く。

「毛利に悟られていない間道が一つだけ残っていました」

影正が抑揚のない声で答える。幸盛は影正を美作に派遣していた。毛利に囲まれる数日前である。国境沿いの上月城を手に入れた織田軍が、次に攻めるのは美作だ。その戦を優位に進めるため、あらかじめ工作を仕掛けておこうとしたのだ。影正にはその任を与えていた。

「間道があるのか！」

声が大きくなった。そこから何人かを逃がすことができるかもしれない。いや、一人だけでいい。尼子勝久を逃がすことさえできればそれでいい。尼子の象徴勝久を逃がすことができれば、尼子の火は消えないのだ。

「我々が通った際、毛利兵に追われました。今は塞がっているに違いありません」

「そうか……」

影正の頬や手の甲についた傷を見ればすぐに分かるはずだった。敵に斬り込まれながらも、無我夢中で走ってできた傷だ。

「我々と言ったな？」

幸盛は目頭を揉みながら聞いた。

「亀井様が一緒です」

「新十郎？　このたわけ！　なぜ連れてきた？」

「山中様の思いは知っておりました。ただ、何度諭しても聞く耳を持たず……」

「当たり前だ。あいつが己以外の言い分を聞くわけがなかろう」

「申し訳ございませぬ。羽柴軍の状況を確認するため姫路に赴いた際、見つかってしまいました」

幸盛は舌打ちした。それでも、大きく息を吐き出して怒りを押さえ込み、影正の方に躰を向ける。

「……とにかく、新十郎はどこだ？　案内しろ」

影正が頭を下げて背中を向ける。その後を幸盛が小走りに追う。

やがて人だかりが見えてきた。二の丸だ。頭上を覆う木々から蟬しぐれが降っている。その蟬の声にも負けぬほど大きな笑い声が輪の中心の白具足から上がっている。

「新十郎！」

大口開けて笑っていた新十郎は、幸盛を見つけると大げさに手を振った。

「幸盛様。戻ってきてやったぞ」

「馬鹿者！」

「小だぬき殿と同じことを言っている。俺は馬鹿と言われるために帰って来たのではない」

「なにをしに来た！」

「毛利を倒すには俺の力が必要だろう？」

「馬鹿か！　お前は秀吉殿の下で戦うよう指示したはずだ！」

「また馬鹿と言った」

「阿呆（あほう）！」

「俺は別所などという小物とは戦いたくない。毛利を相手にするぐらいがちょうどいいのだ」

「どういう思いでお前が秀吉殿に託されたのか分からぬのか？」

「毛利に勝つためだろう？」

新十郎が鼻を指で弾いた。声も表情もふざけていたが、目だけは底光りしていて力強かった。

「それは……」

幸盛は思わず口を噤（つぐ）んだ。若い新十郎だけはせめて生きてもらおう。昨日、勝久とそんなことを話したのが思い出される。

（だが、こいつも一緒に戦ってきた尼子兵だ）

新十郎の全身からは強い意志が溢（あふ）れていた。たとえ命が尽きようとも最期まで尼子兵であり続けたい。そう願う意志だ。

幸盛が黙していると、

「新十郎の覚悟は固い」

肩に手を置かれた。久綱が真面目な顔をして立っている。

「久綱……」

幸盛が言うと、久綱は鼻から息を出し、

「なにより、来てしまった以上、追い返すわけにはいかぬだろう？ 今ある兵力でいかに戦うかを考えねばならぬ。山中鹿之助幸盛は、それができる男のはずだ」

肩を二度叩いてきた。

「……そうだな」

幸盛は新十郎に向き直った。新十郎は頬を掻いている。

「もう心細くないぞ。俺が吉川だろうが小早川だろうが、一網打尽（いちもうだじん）にしてやる」

新十郎が拳を手に打ち付ける。

「お前が一番心配だ。無理に突っかかったりするなよ。足手まといになるだけだ」

「ようやく、幸盛様らしくなってきた」

新十郎は再び大口開けて笑った。つられて久綱が吹き出す。その笑いはどんどん広がっていき、新十郎を取り囲む尼子兵全員が、声を上げて笑い始めた。まるで今笑わなかったことを後悔するのを怖（おそ）れるかのように、皆、腹を抱えて笑ったのだ。

「そういえば……」

しばらくして、新十郎が思い出したように、自らの背後に顎（あご）を向けた。

「サル吉（よし）殿から、お届け物だ」

「秀吉殿から？」

見ると、地面になにかが置かれ、その上に筵（むしろ）がかけられている。丸太を五、六本重ねたほどの大きさだ。

「これを運ばなければならなかったから毛利兵に見つかった。俺一人なら、こんな苦労はしなくて済んだのによ」

「これだけのもの、どうやって運んだ？」

「一人二本ずつだ。十五名で運んだ。うぬ様が幸盛様に渡せとサル吉殿に託したのだそうだ」

「織田殿が？」

幸盛は荷に近づいた。歩を進めるたび、ひんやりとした冷気が増していく。

荷の前で止まった幸盛は、上にかかった筵をそっとめくった。

「これは……」

息を呑んだ。

茶色い胴体。黒光りする細筒。引き金から火縄穴まで、鈍い金色で輝いている。

鉄砲だ。

普通の鉄砲より大きい。倍近くありそうだ。

「堺の鉄砲鍛冶に作らせた大鉄砲だそうだ。まだ完成して間のない代物らしい。幸盛様に渡してくれ、とのことだった。世に三十挺しかない貴重なものだそうだ」

「これを？」

「うぬ様がそう言っていたと、サル吉殿が言っていた。通常の鉄砲の二倍は飛ぶらしいぞ」

「久綱！」

呼ぶとすぐに久綱が駆けてきて、一本を手に取った。

肩に鉄砲の尻を当て、片目を閉じて真っ直ぐ睨む。

やがて久綱は構えを解き、大鉄砲を片手で持って重さを確かめてから幸盛を振り返った。

その目が物語っている。

幸盛が頷くと、久綱も頷き返してきた。覚悟を決めた者の硬い表情だ。

「……そういうことか」

幸盛は呟いた。

「さすがは織田殿だ」

信長という男の大きさを改めて実感させられた。この大鉄砲を己に預けることがなにを意味しているのか。幸盛は即座に理解した。

(決まったな)

己がなにをすればよいかが決まった。

いくら毛利が強かろうと、己は尼子を背負って戦ってきたのだ。

決して逃げるような真似(まね)はしない。

幸盛は拳を強く握りしめた。全身が盛り上がり、奥から奥から熱い血が湧(わ)いてくるような気がした。

五

酒の給仕から女が戻ってきた。

「ありがとう」

綾が声をかけると、盆の水が零れるみたいに、こらえていたものを溢れさせた。綾は女の肩を抱くと、もう一度礼を言って背中を撫でた。

（いよいよ私の番だ）

綾は女を見送り、唇を引き結んだ。

男達から、酒宴を張ると伝えられたのは夕方のことだ。突然の達しが意味するものを綾も他の女達もすぐに理解した。城に残っている食材を掻き集め、できるだけみすぼらしくならないよう拵えた。調理をしながらすすり泣く者が何人もいた。綾はそれらを励ましながら、決意を固めていったのだ。

（私の一生を、この舞に込める）

衣装は白衣に緋袴。巫女装束である。上月城に入る際に一揃えだけ持って来ていた。家臣の女共と働くことを決めたため、使うことはないはずだと思っていた。ただ、持っていなければどことなく落ち着かない気がして、こうして荷の中に紛れ込ませていたのだ。

胸のざわつきを感じてよかった、と今になって思う。これを着なければならない瞬間が訪れるなんて。

侍女の菊は先に出雲に帰らせていた。一緒に付いて行く、と主張する菊を、後で向かうから、と説得して送り出した。

これもまた運がいい、と綾は思う。

菊は綾の舞を正統に引き継ぐ唯一の女だ。縁故を頼って仕えることに決まった出雲大社で、自分の舞を伝え残してくれるだろう。優雅で力強い綾の舞は、多くの人々の心を打つはずだ。綾にはその自信がある。出雲の中でこれからも舞は育まれ続け、やがてそれは戦とは違う、女も、男も、あらゆる人を慰め、励ますものになるはずだ。

（私が、幸盛様の奥の純なるものを見た時のように）

それは、あくまで望みだった。

だが、目を閉じればありありと見ることができる。舞を披露する娘に熱狂する群衆の姿を。

（でも、私は今から、ただ一人のためだけに舞う）

最後だということは分かっていた。人生、最後の舞だ。

だが、悲壮感はない。胸の内に湧いてくるのは伝えたいという思いだけ。先ほどまで全身が緊張していたが、それも抑え込むことができた。今、躰はかつてないほど軽やかになっている。後は自分が持っている力を解き放つだけだ。

(一世一代の晴れ舞台)

綾は胸に手を置き、大きく深呼吸した。

目を開けると、男達が待つ酒宴の場へと足を踏み出した。

しなやかに力強く。

指先まで神経を通してたおやかに。そのくせ、足捌きはあくまで情熱的に。

男の舞のように見えるかもしれない。女が舞うような小股ではなく、時に大股に裾をからげて大胆になる。それでも優艶さは失わない。女の舞手が足を高く上げることで、色気と力強さを伝えることができる。

(これが私の舞)

酒宴を張っている尼子の武将達の前。綾は、汗を飛ばしながら舞っている。

この舞に行き着くため毎日研鑽を積んできた。何度も悩み、挫折しかけてきた。一度、遠ざかったこともある。それが、幸盛のおかげで光が射した。その光の中で試行錯誤し、自分の求める舞にようやくたどり着くことができた。その舞を今、披露している。

綾は地面すれすれに躰を傾けた。地を撫でるように手を伸ばした後、伸び上がりながら両足で飛ぶ。躰から溢れる体臭が、周囲の空気の中にまき散らされる。着地と同時に汗が弾け、髪が背中に落ち掛かる。

（お前様と作った舞だ）

綾は思っている。

もっと幸盛に見てもらうにはどうしたらいいか。

壁にぶつかっていた時だ。備前の天神山城で幸盛が百姓の舞を披露したと聞いた。見てみたいと思った。

幸盛が舞った舞とはどのようなものだったのか。探し回り、幸盛と一緒に舞ったという尼子兵を見つけることができた。忍びだとのことだった。その忍びに幸盛の舞を実践してもらった。

衝撃を受けた。

豊かな出雲の風土が目の前に迫ってくるような気がした。

民の思いが根底に流れている舞だ。民の暮らしが宿った舞だ。

それを自分の舞に取り入れた。

滑稽なようにも見える大胆な足捌き。

しっくり来た。激しいのにあでやか。

今までにない舞だ。

舞うのがどんどん楽しくなった。自分でも舞いながら涙を流しそうになる。それほど魂を込められた。

(神は民と結びついていなければ遠い存在のままだ)

今までの舞は神にささげる舞から発生したものだ。だがそれは、崇め奉られるための舞で、人々の心からは遠かった。今、新しい舞に出会ったことで一気に近づけた。民の息吹を感じながら、命の鼓動を聞きながら舞うことができる。見る人の心に寄り添いながら舞うことができる。

(これが私の目指した舞)

生涯を懸けて目指した舞だ。

尼子の家老を務める亀井家の娘として生まれた。鳥籠の中の鳥を愛でるように大切に育てられてきた。窮屈だと感じることさえなかった。周りが自分を丁寧に扱うのは当たり前だと思っていた。そんな時に舞と出会ったのだ。数ある稽古事の中で、舞だけが綾を惹きつけた。

　舞は、自由な生き方があることを教えてくれた。今までの丁寧に扱われるばかりの生活が、途端に窮屈だと感じるようになった。自分は政略の道具としか見られておらず、自身の生に意味がないことを初めて知った。

　だが、舞っている間だけは自らの羽で飛んでいるという感覚を抱くことができたのだ。

　自由だった。力の限り羽を広げることができた。舞えば舞うほど、閉じ込められた籠の中の生活に疑問を投げかけることができた。

　のめり込んだ。自分を見失うぐらい打ち込んだ。苦しい時期もあった。涙を流したことも、もちろんある。それでも舞っている間は楽しかった。生きていることを実感できる気がして、純粋なる生を感じられる気がして、舞に没頭していった。

　ようやく自分の舞らしきものを掴みかけた時だ。

　突如、舞うことを禁じられた。舞に没頭しすぎる娘に、父の亀井秀綱が危機感を抱いたのだ。

　舞はあくまで習い事の一つとして終わらせるべきだ、と父は言った。他家に嫁いだ後も自分の趣味を極めようとすれば家庭をないがしろにする。そうさせないためにも、今のうちに、己の命令で綾の舞をやめさせる。

目の前が暗くなった。

舞こそすべてだったのだ。

それをいきなり取り上げられた。

悔しかった。

涙が止まらなかった。

それでも、受け入れざるを得なかった。

所詮、女は政略の道具。

他家に納まることで、その価値を発揮する。

道具は、持ち主に逆らうことは許されていないのだ。父の命令は絶対で、父の意志に従って操られることこそ、女の自分に課せられた使命だった。

以降、自分ではない自分を生きるようになる。深い地の底に本当の心を置き去りにし、容れ物だけの自分が地上を歩いているような感じだ。

そうした日々が三年も続いた。

そんな時だった。愛したい人に出会った。

突然、目の前に現れ妻にされた。父が毛利に殺され、亀井の娘という縄が解けた時だ。

夫は冷たかった。目は常に他のものを見ていた。

だが、そこに惹かれたのだ。

どれだけ無謀だと言われても、どれだけ敵が強かろうとも己の生を貫くため戦い続けることを決意している。

生に意味を求めている人だった。

自分にはない強い意志を持っている人だった。

自分は、愛する舞を諦めた。でも、夫は諦めるという思いを抱いたことさえない。強く、一途な人なのだ。

そんな夫は妻である自分に興味を示さなかった。常に己の目的を達するためだけに生きている。そこにしか目が向いていないようだった。

それでもよかった。

舞を否定されなかった。父が死んで半年経った頃だ。ようやく悲しみから立ち直りかけた綾は、出雲へ舞を見に行きたいと夫に相談した。社で巫女が舞うという報せを侍女が聞きつけてき、夫がちょうど出雲の情勢を探るために帰ってきている時のことだった。

「勝手にしろ」

そう言われた。

巫女の舞に感動して、自分も再び始めたいと言った時は、

「好きにしろ」

と言われた。その明くる日、夫は甲斐と越後の軍法を己の目で確かめるため、東へ旅立っていった。

なにをしようが夫には関係がないのだ。夫が見ているのは、常に綾以外のものだった。

それでもうれしかったのである。

舞をしてもいいと言ってくれたこと。

それだけではない。

夫は自分に選ばせてくれたのだ。自分の意志で舞うことを選ばせてくれた。

ひょっとすると、そう解釈するのは勘違いなのかもしれない。

それでも、切ないくらいに胸が熱くなり、涙が零れるのを止めることができなかった。

綾は再び舞い始めた。

遠ざかっていた時を取り戻すかの如く、どんどん熱中していった。

舞っている間は、自分を生きている。

その思いが日に日に高まっていった。

舞えば舞うほど、夫に対する恋慕も募っていった。

いつからか、舞う自分と戦う夫を重ね合わせていたのかもしれない。

幸盛のことが愛しくて恋しくてしようがなくなった。

夫は、いつもはかなげにしていた。壊れそうなほどの狂気を抱えてもいた。

激しい気性をしていた。

だが、綾の目には、その更に内側にしまわれている白くて傷一つない純粋さが、確かに見えていたのだ。貝の襞に包まれて育ったような美しい純粋さ。それ故の、狂気。

夫の心に触れたいと思った。

普段は私のことを意識してくれなくていい。

ただ一瞬でも、夫が私を見てくれたなら、それだけで天にも昇る思いを抱くことができる。

そう思い始めてからだ。夫の生に貢献することができれば、自分の生にもまた意味を見出すことができるのではないか、と思い始めた。

一段と舞に取組んだ。

自分には舞しかなかった。夫の生に貢献するためにできること。それは夫の心を励ますことだ。それだけだ。そのために自分にできることは、やはり舞しかないのだった。

舞を追求するうち、人々の心に届く舞こそ求められているのだと気づくようになる。夫は誰よりも人間味のある男だ。

冷徹で残酷だと思われているが、誰よりも人間臭い男だ。

そのことを綾は知っていた。だからこそ、人の心を震わせる舞を舞わなければならないと思った。それを夫は求めているのだ。

夫が求めている舞は、自分がずっと目指してきた舞と同じ姿をしていた。

(一生をささげた舞を今、見てもらっている)

尼子兵最後の酒宴の場だ。幸盛も連なっている。そのことを知っているからこそ、こんなにも胸が高鳴る。

綾は両足を曲げて、宙に飛んだ。まるで雲雀(ひばり)が一直線に天を目指すように高く羽ばたく。

着地と同時に背中を反らす。指先まで伸びた手で空気を撫でるようにしながら屈みこむ。

呼吸が苦しくなる。女が舞うにはあまりに激しい舞だ。だが、この苦しさこそ自分が目指した舞。苦しければ苦しいほど舞が自分の理想に……。いや、人々の理想に近づいていることを感じられる。

綾は舞った。

一心不乱に舞った。

（これが……）

最後の舞だ。

でも、悲しくはない。怖くもない。幸盛の前で舞えること。自分の理想としていた舞は、幸盛に見てもらうことで完成の域に達する。

綾はそのことがうれしくて、誇らしくて、舞いながら、自分は今、本当の自分を生きている、と確かに感じることができた。

酒宴の間から退いて小部屋に戻った綾は、床に頽れたまま息を喘がせた。呼吸の仕方を忘れてしまったように全身をわななかせる。それほど激しい舞だったのだ。

女が椀に水を入れて持ってきた。一緒に上月城に入り、台所で出雲の歌を歌いながら働いた女だ。女は綾の手が震えるばかりでまったく力が入らないのを見て、椀を口許に当ててくれた。

口が湿り、喉に冷水が流れ込む。

一滴落ちてしまえば、後はすぐだった。全身に力が通い始める。綾は椀を受け取ると、貪るように飲んだ。

飲み干し、放心したように上の方を見ながら呼吸を繰り返していると、すぐ側で洟を啜る音が聞こえてきた。

水を与えてくれた女だ。綾は目を向け、

「おかげで人心地つきました……」

椀を手に握らせた。女が泣いている。濡れる頰を拭くのも忘れたように、ひたすら涙を流し続けている。

「感動いたしました……。これほど胸を打たれたことはございません……」

涙でくぐもった声で、そう言ってくる。

「よかった。あなたの胸に、ちゃんと届いてくれたのですね。それだけで私は満足です」

女の頬を親指で拭う。女がまたしゃくり上げ始めた。乙女のように懸命な泣き方だ。しばらく背中をさすってやっていると、

「あっ……」

女が急に口に手を当てて嗚咽を呑み込んだ。綾の向こうに視線を固定している。

（来た）

綾は大きく息を吐き出すと、背後を振り返った。

ずっと思い続けた人が立っている。

幸盛だ。

幸盛は拳を握りしめて、口を真一文字に結んでいる。

（怒られる）

綾は咄嗟に理解した。男達の宴に勝手に飛び込んで舞を披露したのだ。女の出る幕ではなかった。幸盛達にとっても特別な宴だったのだ。邪魔されたと思われても仕方ない。

綾は女に、

「……退ってください」

と囁くと、自らも立ち上がって幸盛と向かい合った。幸盛の目が綾を追い、下から

上に動く。

　女が去ったのが足音で分かった。幸盛はそちらに一瞬だけ視線を向け、もう一度綾の目を両目でとらえた。

「お主……」

　夫の声は静かだった。綾は全身から力が抜けていくのを感じた。

　いちばん届けたいと思っていた人に自分の舞が届かなかったことは残念だが、それでも見てもらうことはできた。舞っている間だけは、幸盛の視線を自分に集めることができたのだ。

　それだけで充分だった。

　綾は怒鳴られることを覚悟して、きつく瞼を閉じた。

　だが、幸盛の口から零れたのは、綾が考えていたものとは全く別の言葉だった。

「よき舞であった」

　目を開けた。夫は無表情であった。なんの感情の変化も現れていない。それでも、その黒い二つの瞳には綾が確かに映っている。

「えっ……」

　虚を突かれて、綾は立ち尽くした。なにを言われたのか分からなかった。それでも躰が反応した。不意に頬を一筋の雫が伝っていく。

涙は次から次へと溢れた。止まらなかった。泉のように湧き、零れていく。綾は目を見開き、幸盛を真っ直ぐ見返した。

「すまなかった」

幸盛が続ける。綾は慌てて首を振った。

すまないことなど一つもない。自ら望んだことなのだ。幸盛の側に居られるだけで、自分は満たされた思いを抱くことができていた。

「お主はずっと俺の妻であり続けてくれた」

言うと、幸盛は綾の頭を摑み自らの胸にトンと載せた。

「……苦労をかけた」

幸盛の鼓動が聞こえる。

トクントクン。

（あぁ……）

涙で顔はグシャグシャだ。舞い終えたばかりで、全身気怠くて、頭の中は真っ白で、なにがどうなっているのか分からない。

それでも綾は思っていた。

（これこそ私の人生だ）

一人の男を愛し抜くことができた。

ただそれだけの人生。

それだけの人生なのに、こんなにも悦びを感じることができるなんて。

（もし過去に戻って……）

人生を選択し直すことができたとしても、私は同じ人生を選ぶだろう。

幸盛と出会い、幸盛のために生涯を捧げる。

幸盛を心の底から愛し抜くことこそ、私の人生だったのだ。

「綾……」

幸盛が肩を摑む。胸から引き離して覗き込んでくる。

「はい……」

綾は泣きじゃくりながら幸盛を見上げる。幸盛をしっかりと見返したいのに、涙が邪魔をして視界が滲む。それでも幸盛にだけはちゃんと自分の顔を見せたかった。綾は涙を拭くことも忘れ、幸盛を正面から見つめた。

「女達のことを頼んでよいか？」

幸盛の声は今まで聞いた中で一番優しい。そっと心を包み込んでくれるような柔らかさがある。

「かしこまりました」

綾は表情を引き締めた。幸盛が綾の頬に手を添える。

「最後まですまぬ」

「務めを与えられたこと、うれしく思います」

「そうか……」

幸盛は綾を見据え、唇を少しだけ動かしたが、結局何も言わずに背を向けた。

「さらばだ」

「お前様っ！」

歩き出そうとした幸盛を綾は呼び止めた。幸盛が立ち止まり、ゆっくり振り返ってくる。

綾は幸盛の顔を瞼に焼き付けるみたいにジッと見つめると、手を腹の前で結んで深々と礼をした。

「今まで、ありがとうございました」

少し間が空いた後、幸盛の声が降ってきた。

「こちらこそ礼を言う……。綾でよかった」

胸が弾けた。

こんなにも切なくて、こんなにもうれしい。

こんな思いを抱くことができるなんて、私は紛れもなく幸せだ。

誰にでも胸を張って言うことができる。

（私の一生は幸せだった）

綾は頭を下げたまま嗚咽した。熱いものが込み上げてきて止まらなかった。

ようやく落ち着き、顔を上げた時には、幸盛の姿は部屋から消えていた。

綾は誰もいない板敷きの廊下(ろうか)を眺(なが)めながら、小さく笑みを浮かべた。

人生で一番やわらかい微笑が、今、洩(も)れたのだ。

綾は、真顔に戻ると、もう一度廊下に向かって礼をした。

六

広間に戻った幸盛は尼子の将兵達に顔を上げて迎えられた。幸盛は無表情のまま上座近くに向かうと、尼子勝久と立原(たちはら)久綱の間に腰を下ろした。

「よいのか？」

久綱が躰を寄せてくる。

「よい」

答えた幸盛の前に銚子が現れた。勝久が差し出している。幸盛は杯を取って受け、一息に飲み干した。胃の腑に重たい液体が流れ込んでくる。

「女達は大丈夫です。綾が導きます」

幸盛は勝久に返杯した。受けた勝久は杯を口に付けて喉に注ぎ込むと、頭を下げた。

「二人には世話になる。かたじけない」

幸盛は勝久の顔を上げさせた。

「我らにとっては当然の務め。むしろお心配りいただけたこと、ありがたく思うばかりです」

「左様か……」

勝久は杯の中の酒を眺めながら少しの間黙った。しばし考え込んだ後、顔を上げると、観念したような表情を浮かべた。

「すまぬが、もう一つだけ頼みたいことがある」

幸盛は勝久を見た。勝久の目は、この期に及んでもいまだ死んでいない。そこに浮かんでいるのは悔恨ではなく、いつも通りの慈悲深さだ。

「承知しております」

幸盛は杯を置いて立ち上がった。

「久綱、新十郎」

常に前線を共にしてきた二人を呼ぶ。呼ばれた久綱は目を伏せた。膝に手を当てて重たそうに立ち上がる。

「お、なんだなんだ」

新十郎がおどけながら続く。

「少し話したいことがある」

幸盛は二人を連れて広間を出た。将兵達の間を歩く時、燈明に浮かぶ男共の顔に悲壮感が一つも漂っていないことに気づいた。尼子武士最後の宴だ。それでも、己達の歩んで来た道に、皆、誇りを持っている。だから悲しくはない。己の無茶につき合わせたのかもしれない。だが、彼等も選んでついてきてくれた。それを誇ってくれている。そのことが痛いほどに伝わってきて、胸が震えた。


外に出た幸盛は、夜空に浮かぶ月を見て立ち止まった。

三日月だった。

夜空一面に撒き散らされた星達。その煌めきの中で、三日月は一際凛とした輝きを放っている。他の星々を圧倒するような光ではない。周りの星達を一層輝かせようとするかの如く、細く、冷たい光を投げかけている。

吸い込まれてしまいそうな星空だった。一つ一つがチラチラと瞬いている。三日月の周りで、自らを燃やし、煌めいている。

（俺はあの三日月を目指してきたのか）

三日月と星は、一枚の絵に収められているかのように調和している。お互いがお互いを際立たせるような、補完し合う美しさだ。

一人でも戦い続けることを最初に誓った。毛利への復讐を果たすためなら心を鬼に食われてもよいと思っていた。それがいつの間にか、こうして仲間に囲まれている。勝久と会い、久綱や新十郎、それから秋上宗信、横道政光と共に戦場を駆けた。己一人ではここまで来ることはできなかっただろう。己が目指していたのは、最初から、仲間達と出雲のために戦うことだったのかもしれない。今ならそう思うことができる。

「どうした。こんなところまで連れて来て」

新十郎の声が夜のしじまを破る。空に上げていた目を戻すと、幸盛は二人を振り返った。

「なんだ？　今さら礼でも言いたくなったか。それなら受けてやる。俺に感謝したいことがたくさんあるだろうからな」

新十郎が腰に手を当て、ガハハ、と笑う。幸盛は頬を掻くと、

「そうだな」

と呟いた。

「ありがとう」

「お、なんだ？　酔っぱらってるのか？」

新十郎は心底驚いているようだ。幸盛と久綱の顔を交互に見、ばつが悪そうに後頭部を掻きむしった。

「新十郎」

久綱が進み出てくる。幸盛の言いたいことを久綱は理解してくれているようだ。

「よく戻って来てくれた。毛利の陣を破って、ここまで来るのは至難だったはずだ」

「……お、おう。……いや、それほどでもない。俺にかかれば、毛利の包囲を破るなど朝飯前だ」

「お前は尼子一の槍の遣い手だ。今では鹿之助よりも遣えるかもしれぬ」

「励んだのだ。ただでさえ強いのに、さらに励んだ。幸盛様を超えるのは当然だ」

「……その槍をもう一度、毛利の陣を破るために使ってくれぬか？」

「……戦か？」

「いや……」

　久綱は言葉を切った後、新十郎の目を正面から見据えた。

「逃げろ」

　それはあまりに単純な一言だった。単純すぎて新十郎は理解するのが難しかったらしい。目を丸くして久綱を見、しかし、すぐに顔を紅潮させて怒鳴り始めた。

「な、なにを言っている！　馬鹿も休み休み言え！」

「冗談（じょうだん）ではない」

「ふざけるな！　俺も戦う！」

「ならぬ！」

　厳しい声だ。久綱の全身から有無を言わせぬ気概（きがい）が放たれている。たじろいだ新十郎は、すがるような目を幸盛に向けて来た。

「小だぬき殿が血迷われたぞ……。俺に逃げろなんて、寝ぼけたことをぬかしている。俺が居なけりゃ毛利に勝てないことを分かってるくせによぉ」

　幸盛は唇を結んで首を振った。

「おい、なんとか言えよ。毛利に勝つんだろ？　そのために戦ってきたんじゃないか」

「新十郎、尼子をまだ恨んでいるか？」

幸盛は唐突に聞いた。新十郎が口ごもる。視線を落として一歩下がり、少し考えた後、ぼそぼそと口を開いた。

「……もう恨んでなどいない。一緒に戦っているうち、俺も尼子の再興を見たくなった」

「俺とお前は似ている」

幸盛は新十郎の肩に手を置いた。

「俺も最初は尼子に思い入れはなかった。逆に尼子を利用してやろうとさえ思っていた。毛利への復讐のためだ。お前が家族を殺されたのと同じように、俺も大切な人達を殺されている。毛利元就の計略にはまって、俺が殺すよう仕向けられたのだ」

「……聞いている。新宮党の乱だな」

「新宮谷の連中に罪はなかった。それなのに戦の駆け引きのためだけに殺されたのだ。俺は許せなかった。だからこそ、尼子の中で地位を得、尼子軍を率いて毛利を倒そうと考えた」

「だが、敗けた。布部山の戦いだ」

「同志が何人も死んだ。戦の前日まで、同じ夢を見ていた仲間達だ。その敗けで俺は変わったのだと思う。尼子を求める者がいるのなら、尼子を再び出雲の覇者にするために力を注いでもよいのではないか、そう考えるようになった。尼子による出雲を創るために仇敵毛利を倒すのだ。それが散っていった者達への供養になるのではないかと思った」

幸盛の言葉に新十郎が唾を呑む。ゴクリと喉仏が動き、追い詰められた獣のような眼差しに変わる。

「戦ううち、俺はいつしか尼子の魂を背負うようになっていた。俺の中で、尼子はどんどん重く、巨大なものになっていった。尼子再興こそ俺の人生だと思う己が居ることに気づいた。尼子軍の山中鹿之助幸盛こそ、俺が俺の人生を歩み、辿り着いた場所なのだ」

「お、俺もそうだ」

新十郎が慌てて己を指さす。まるでなにか喋らなければ忘れ去られてしまうのではないかと、そのことだけを恐れるみたいに。

「俺も尼子が好きだ。尼子兵として戦いたい」

「だからこそお前なのだ」

幸盛は新十郎の肩を摑んだ。

「俺達はやられても、尼子の魂は残る。お前の中に深く刻み込まれているもの、それが尼子の魂だ。お前がお前らしく生きる限り、尼子は決して死なん」

「馬鹿言うな！」

新十郎が唾を飛ばす。

「何のために帰ってきたと思ってる！　一緒に戦うためだ！　幸盛様達だけ勝手に死ぬなんて許さない！　最後まで戦わせろ！　尼子兵として俺も戦わせろよ！」

「亀井新十郎茲矩！」

幸盛の大喝に新十郎が背筋を伸ばす。辺りの空気が一瞬の内に張り詰める。音も風も、夜の冷たさも消えた。

「死より辛い道だ。なにがあっても生き延びなければならぬ。それは、どの道よりも険しい。……俺もかつて通ったことがある。苦しみ、悶え、己を疑う毎日だった。それでも歩みを止めることは許されなかった。俺自身が許さなかったのだ。……歩み続けた。そして、今、俺はここにいる。……ここが俺の道の果てだ。悔しいが……。歯嚙みしたいぐらい悔しいが、しかし、ここでしかなかったのだ……」

唇が震え始めた。こんな思いを抱くなんて想像したことさえなかった。悔しい。狂おしいほど悔しくて仕方ない。

「この先にも進みたかった……。だが、叶わぬ……」

幸盛は星達に囲まれた三日月を見上げた。

「新十郎。お前になら託したい……。お前は俺を越えていく男だ。この先にも進むことができる」

新十郎は唇を嚙みしめて黙っている。何度も瞬きをし、必死に目を擦り続ける。

「尼子を後の世まで生かしてくれ」

幸盛が胸を拳で突くと、新十郎は、

「はぁ」

とため息を漏らしながら、首を乱雑に搔きむしった。

「結局、俺に頼るしかないんだな」

声は清々しいものに変わっている。

「しようがない。引き受けてやる！　俺が幸盛様達を背負って生きてやる。後の世まで尼子を伝えてやる。だからさぁ……」

新十郎の目からとめどなく涙が流れ始めた。

「無様な死に方だけはするなよなぁ！」

「承知した」

幸盛は新十郎を胸に抱いた。声を上げて新十郎が泣きじゃくる。

(こいつがいたから……)

幸盛は背中を強く叩く。

弟みたいな存在だった。

似た境遇を抱えていた。

構ってやらずにはいられなかった。

己が今、ここという場所に立つことになったのは無念だが、新十郎がいなければ、もっと早くに終わりを迎えていたかもしれない。

次を託すことができるのは、僥倖だ。

「立派になったな」

呟く幸盛の隣に久綱が並んだ。新十郎の震える背中に手を添える。

「一人前の尼子武者だ」

新十郎の嗚咽が激しくなる。満天の星の中に抜けていきそうなほど大きな声だ。

「出陣の支度をせよ、新十郎。ここからお前の戦は始まるのだ」

新十郎が頷く。何度も何度も。頷きながら幸盛の胸を叩き続ける。幸盛は新十郎の頭に手を置き、ほのかに輝く三日月を見上げた。

夜中、突如現れた百騎の騎馬隊が毛利軍に突撃を仕掛けた。馬は手綱と手綱を結び付けられ、一つの巨大な塊となって駆け抜けた。

前にしか進めない騎馬の群れは圧倒的に強かった。

ほとんどが空馬だ。

だからこそ速い。

風のように駆けた騎馬の群れは、毛利の最も包囲陣の薄い部分に突っ込み、そのまま抜けた。

亀井新十郎茲矩と十五人の尼子兵は、その中に紛れていた。

包囲を突破した騎馬隊は、毛利の追手を尻目に、どんどん速力を上げていった。

夜の闇をひたすら駆けた新十郎達尼子兵は、やがて馬をなだめると、百騎を連れて徒歩（かち）で街道を進んだ。

目指すは姫路城だ。

羽柴秀吉が尼子騎馬隊を迎え入れたのは、あくる日の陽（ひ）が昇り始めてすぐのことだった。

上月城の戦い

一

なだらかに連なる山。その突端に視点を固定する。隆起したみたいに平原に突き出た小山の上に館が見える。

上月城だ。

播磨と美作、備前。三国の国境に位置する要衝は、今、怖ろしいほどに静まり返っている。

(尼子が墜ちるか)

吉川元春は唇を結んだ。

夜明けと同時に使者が来た。使者は尼子勝久の助命を嘆願してきた。

本意はそこにはない、と最初から分かっていた。勝久はいわば、交渉の材料。そのことを分かっていたから、敢(あ)えて厳しく突っぱねた。平伏した使者は、しばし考え込んだ後、別の嘆願を申し出てきた。

勝久の命と引き換えに助命を申し出た者を助けてほしい。

聞けば城内には女子(おんなこ)どもも混じっているという。尼子の出雲に対する思いが伝わってくる気がした。全員で戻るつもりだったのだ。

(助命を申し出た者か)

そこにこの交渉の真意が隠されていることに、すぐ気づく。助命を申し出ない者が城にはいるのだ。尼子兵として最後まで戦う決意を固めた者が。

元春は使者からの申し出をそっくりそのまま呑(の)んだ。

「助命を申し出てきた者は、なにがあっても吉川軍で守る」

使者は動きを止めた後、目を潤(うる)ませながら深々と礼をした。

使者を見つめながら元春は、ここからが勝負だ、と思った。

確かに、勝久を殺してしまえば、尼子の血は途絶(とだ)える。頭領を失った軍に、再起するだけの力が残っていようとは思えない。

　だが、本質はそこにはないのだ。

男と男の戦いは、勝ち負け以外のところにある。

決する時が迫っているのだ。

雌雄を決する時だ。

本来であれば弟の隆景にも相談して決めなければならなかったのだろう。だが、この件だけは己で判断したいと思った。尼子と戦ってきたのは吉川軍だ。吉川軍の頭領である己が最後まで責任を負うのが相手に対する礼儀だ。

交渉が終わり、上月城に戻ろうとする使者に、元春は一つだけ質問をした。

夜半に騎馬隊が吉川軍を突き破った。

凄まじい突撃だったと聞いている。逃亡者が出ないか常に警戒していた中での出来事だ。一塊になった空馬に突っ込まれた。

あの時、十名ほどの兵が馬の中に紛れていたとの報せが入っている。潜入隊の政虎からだ。誰かが軍馬の群れと共に逃げたのだ。

人を逃がすには会心の策だった。突然、現れた騎馬の群れに吉川軍は為す術がなかった。逃がしたかったのはそれほど重要な人物だったということになる。

「あの時、逃がしたのは誰だ」

使者に聞いた。

尼子勝久かもしれない。

一方でそんなはずはないとの思いもある。

山陰を競ってきた相手だ。命と命のせめぎ合いを繰り返してきた。尼子がどのような軍かは知っている。この期に及んで大将を逃がし、交渉条件を違えるなど、そのような軍と戦ってきた覚えはない。

使者の答えを待つ元春は、胸の内で葛藤した。勝久ではないと答えてくれと願う己と、勝久かもしれないと疑ったことを恥じる己とが戦っている。

使者はあっさりと答えた。

「亀井新十郎茲矩」

（芽を残したか）

すぐに納得した。亀井茲矩のことは知っている。戦場で常に幸盛が側に置き、縦横の働きをしてきた猛者だ。尼子が健在であれば、今後、軍を担っていく男に育っていただろう。そんな男がいたからこそ、尼子は行く末に小さな光を見出すことができた。光を消さないため、軍馬と共に駆けさせたのだ。

（逆の立場だったなら……）

俺でもそうするな、と元春は思った。だからこそ、使者の言葉をなんの疑いもなく受け入れた。今も政虎率いる潜入隊が逃げた者が誰なのかを探っている。だが、上月城の本丸はやはりと言うべきか守りが硬く、なかなか近づけずに手こずっているようだ。

その探索も必要がなくなった。

尼子勝久はまだ、上月城の中にいる。

それが、尼子を尼子たらしめる所以なのだ。

使者を帰した後、元春は全軍に戦闘準備を命じた。

尼子勝久が死ぬからといって、気を抜くわけにはいかない。

最後まで戦う姿勢を示す。

それもやはり相手に対する礼儀だ。なにより、山中幸盛がなにをしてくるかわからない。

（首だけになってでも襲い掛かって来る男だ）

そう思っている。最後の最後まで吉川軍に食らいつこうと狙っているに違いない。

こちらも全力で立ち向かう。

それこそが戦だ。

「そろそろか」

朝陽を全身に浴びた城内で、今、なにが行われているか想像はついた。辺りはしんとした静けさに包まれ、蟬の鳴き声ばかりが響いている。

（別れか）

上月城では今生の別れをそれぞれが嚙みしめているはずだ。主君と家臣の別れ。仲間同士の別れ。己とこの世の別れ。

元春は鼻から大きく息を吐き出した。

吉川軍にも近づきつつある別れを思う。そのことを考えるとやはり胸が塞ぐ。

（小六……）

幾度も吉川軍に勝利をもたらしてきた遊撃隊指揮官との別れが刻々と迫っているのを意識する。

吉川軍の先頭を駆け抜けてきた騎馬遊撃隊。

（小六には小六の生き方がある）

それを尊重してやりたいと思った。軍に入ってくれたことをむしろありがたいと思わなければならなかった。

まだ子どもだった。だが、馬を操る術は特別なものを持っていた。そのために子どもであることを意識から外してしまった。能力だけを見るようにした。

戦場を疾駆する小六と風花の姿には、夢に色を付け足してくれる力強さがあった。

目にする度、期待はどんどん膨らんでいった。西国を統治することが可能なのではないか。その事を、ありありと思い浮かべることができた。

今、五百まで増えた騎馬遊撃隊は、まさしく吉川軍の精鋭になっている。そこまで育ててくれたのは小六だ。

だが、それが小六にとってどれほどの事だったのかと問われると自信がない。己のように武士として生まれてきた者からしたら間違いなく誉だろうが、小六は百姓の出だ。百姓として生きてきた小六にとっては、なんとも思えないものだったとしても仕方ない。

(当然だ)

人は一人一人、その者にしかない思いを抱えている。それを尊重してきたからこそ吉川軍は吉川軍であり続けたのだ。

小六を失えば騎馬遊撃隊は今のままではなくなるだろう。戦力が大きく落ちるわけではなかろうが、それでも今までのようにはいかなくなる。遊撃隊の一人一人は相当鍛えられている。どの騎馬隊にも負けない強さを維持し続けるはずだ。だが小六がいるのといないのとでは明らかに違う。馬を操る能力、咄嗟の判断力、騎馬隊を自在に動かす指揮力。すべてが他の者を上回っている。小六がいなくなれば、遊撃隊は鮮やかさを失うだろう。見ていて心が鼓舞されるような強烈な魅力は消え失せてしまう。だからこそ元春は自分でも驚いたのである。軍を辞めるよう小六の背中を押したのは、ほかならぬ元春なのだ。

鳥取城で元長軍と合流した時だ。調練を終えて引き上げてきた小六と話をした。今までより更に一段登った遊撃隊になにがあったのか聞きたいと思ったのだ。

小六は遊撃隊が変わった理由を、己が兵達と共に強くなりたいと感じたからだと語った。指揮官である己を敬い過ぎるのではなく、己も一緒に育っていく同志だと認識してもらうよう努めたという。そう意識を転換した途端、意志が通じるようになった。小六の意志こそ遊撃隊の意志であり、遊撃隊の意志こそ兵一人一人の意志になった。

聞いた元春は、小六が指揮官としてさらに進んだことを悟った。兵と同じ位置に己を立たせることができる。群を抜く馬術の腕を見せつけるだけではなく、兵の側に下りていく意識を持つことこそ肝要だったのだ。

小六の吹っ切れた様子に、元春は将来に対して望みを抱いた。小六はきっと立派な将へと育つだろう。若い将兵の成長は吉川軍の強さを押し上げる。

そのようなことを考えていたからかもしれない。元春は小六に、

「将来どうなりたい？」

と尋ねたのだ。元春の考えでは、一軍の将になりたいとか、城持ちになりたいとか、そうした答えが返ってくるのだとばかり思っていた。だが、小六の返事はというと、元春が予想もしていなかったものだった。

「牧場を開きたいと思っております」

　迷いがなかった。昔から決めていたように、サラリと答えた。

「牧場？」

　尋ねる元春に、

「伯耆大山で馬を育てたいと思っております。そこで育てた馬を吉川軍に入れます。草原を吹き抜ける風のような、そんな馬をたくさん育てたいです」

小六は答えた。喋っている間も、小六は元春の目から瞳をそらさなかった。

（なんだ？）

その時、元春は全身に震えを覚えたのである。小六の瞳の中に、どこまでも広がる草原を見た気がしたのだ。

　手が届きそうなほど近い空。草を倒しながら吹く風。鈴のような音を発して揺れる樹。土と陽の混ざった匂い。その中を、十数頭の馬が駆けている。息遣い。馬蹄の響き。胸の底に届いてきそうな生命の鼓動。馬達は風の中を駆けている。草原を一直線に、風そのものになって駆けている。

意志が伝わって来た。

どこまでもどこまでも駆けて行きたい、その意志が確かに伝わって来た。

元春は放心したように立ち尽くした。このような美しい光景を見られたことを、心から幸せだと感じてしまった。

「そうか……」

気づいた時には、そう零していた。

「であれば、すぐにやれ」

深く考えて出した答えではない。ただ、己が見た風景の中に、小六は絶対に居なければならない、そう思っただけだ。遠い将来の小六ではない。今、目の前で己を見つめ返している小六がいなければならない、そう思った。

元春に告げられた小六は、驚いたように瞬きを繰り返した。そのようなことを言われるとは思ってもいなかったようだ。だが小六は、押し黙る元春を見返すと、

「はい」

と返事をしたのだ。元春はなぜか底知れない感動に打たれて、声を発することも出来ずに、小六の頭に手を乗せた。

小六は、次の戦が終わるまでは騎馬遊撃隊として戦いたいと申し出てきた。育ててもらった恩を返したいというのだ。元春は了承した。そう思ってくれたことが、うれしかった。

軍に拾われた時は雛鳥のように弱々しかった小六が、己の想像を超えて大きくなり、そして自らの居場所へと羽ばたこうとしている。

誇らしかった。

頼もしかった。

大きな戦力を失うことになるが、この際どうでもいい。ただ、小六のこれからを見てみたい。翼を目いっぱい広げた姿をこの目で見てみたい、そう思えた。

「この戦が最後だ」

元春は上月城を睨みつける。

小六は播磨遠征のことを次の戦と考えているようだが、播磨遠征の最大の戦は今だ。

尼子と全力でぶつかる。それを叩き潰すのだ。命より大切なものを背負う男達が、最後の戦いに挑んでくることだろう。

織田軍本隊との戦こそ本番だと考えている者は多い。

だが、歴史が違う。重みも違う。

尼子軍との戦は、他の軍との戦とはまったく異なる意味合いを持っているのだ。

(尼子を倒して、俺達は高みに昇る)

怖れるものはない。どんな敵であろうと打ち負かしてみせる。

その自信を今から得る。

「決着をつけようぞ」

元春は山城に向かって拳を突き出した。風が吹き、山の木々が一斉に揺れ、少しの間だけ蝉の声が消えた。

二

家臣達への挨拶は終わった。皆、尼子の最期に涙を流していた。本当に悔しかったのだと思う。尼子のために一生を捧げることを誓った男達だ。滅亡を己が目にすることになるとは思ってもいなかったに違いない。

(俺は最後まで大将であり続けることができたか?)

尼子勝久は足早に城の広間に向かいながら、その思いを噛みしめている。

伝えなければならないことは伝えたつもりだ。

己が果てても尼子の魂は生き続けること。

そのために、後の世を生きたいと願う者には、ぜひとも生きてもらいたいということ。

皆が己の声に耳を傾けてくれた。人を惹きつけると言われた声だ。

(声しかなかった)

だからこそ磨き上げた。仏典、四書五経、軍記物。なんでも声に出して読み、何度も繰り返して質を高めた。

己が語ることで兵達の心を震わせることができるのであれば、誠意をもって語らなければ失礼だと思った。

命を預けてくれているのだ。

誠実に語らなければ己は人間以下だ。

それが、僧から尼子軍の大将になった勝久の覚悟だった。

十年前。東福寺に幸盛と久綱が現れた時、勝久は尼子の大将の任を断ろうと思っていた。先に横道政光に会い、己が知らない尼子のあらましを聞いていたためだ。

(思いは分かる……)

だが、毛利に勝とうなど到底無理だ。

戦国の世だった。いくつもの勢力が勃興し、同じ数だけ消えていく。その中で、毛利だけは特別だった。既に中国の覇権を掌握し、九州への侵攻も企てていると聞く。数多の家々が没落していく中で、毛利は燦々とした輝きを放っているように見えた。足利幕府を担ぎ、天下の趨勢を決めるようになるのは毛利に違いない、そうした声を幾度も聞いた。僧籍に身を置き、世間の風聞から離れて暮らしている身であっても、毛利の強さは耳に入ってきたのだ。

(敗けると分かっていて引き受ける者がどこにいよう)

僧として生きてきた。確かに生まれた時は尼子一門の子だったかもしれないが、そこにどれほどの意味があるかは分からない。武士の子であった時代の記憶など微塵も残っていないのだ。己はずっと僧であり続けたし、これからも僧であり続けるつもりだ。

勝久は僧として生きていくことが嫌ではなかった。仏と常に寄り添い、自分を律しながら生きる。清廉で深遠な場所に己を置きながら過ごす暮らしを勝久は気に入っていた。風が吹けばその音を聞き、月が照れば銀色の光に目を細める。そうした花鳥風月を肌で感じながら過ごす毎日は、勝久の心を落ち着かせてくれた。

いささか野心がなさすぎる。

誰もが思うだろう。己でも思う。だが性格なのだ。

齢十六だった。己の腕だけを頼みにひとかどの男になってやろう、そういう思いを抱くのが普通かもしれない。だが、まったくそうした思いが湧いてこないのだ。

(私はあくまで僧として生きる男だ)

そのような男が世の中に何人かいてもいいだろう。目立たず、争わず。他者を蹴落としたりすることもなく、己の内面に映る様々な思いを大切にしながら生きていく。そうすることが己の人生だと思っていた。

だが、山中幸盛と会って変わった。

(これほどまでに激しい男がいるのか)

圧倒された。同時に、躰の中から湧いてくるものを感じた。

情熱だった。

生まれて初めて抱いた感情だ。だが、戸惑わなかった。幸盛が側に居たからだ。幸盛の思いに呼び覚まされた感情だと分かっていたからこそ、己がこの激しい思いに身を震わせているのもごく自然なことなのだと思えたのだ。

幸盛は語った。声には出さず胸の内へ語りかけてきた。

「このままでいいのか？」

毛利に大切なものを奪われたまま終わってもいいのか？

幸盛と向かい合っているだけで、平穏な場所で生きていることに罪悪感を覚えてしまう、そんな気がした。

（いや、それでもいいのだ）

勝久は自らに言い聞かせた。そうした穏やかな人生も、また一つの姿であり、否定されるべきものではない。

（だが、私は違う）

幸盛に見つめられていると、その思いが溢れ出た。

私は尼子一門、新宮党の子として生まれた男だ。

毛利元就の策略によって消された新宮党の忘れ形見だ。

それだけではない。

尼子が毛利によって滅ぼされた今、尼子の血を引く己は、己が己であるというだけで特別な存在になっている。

背負っていた。

新宮党の乱で生き残った幸盛の思い。尼子に尽くした久綱や政光の願い。いまだ目にしたことがない出雲の民や自然。そこに受け継がれる歴史、汗、希望。

全てを己は背負わなければならない存在なのだ。

(敗ける可能性がどれだけ高くても……)

人には起たなければならない時がある。

それが今だ。

引き受ければ恐らく死ぬだろう。だが、たとえ死ぬことになったとしても、己の使命から目を背けて暮らすよりはよほどいい。自らの手で己を殺す、そんな人生よりよほどいい。

与えられた命を生きぬかない限り誰に対しても失礼だと思った。命の限り戦うことを決めた男達に対して、懸命に日々を生きる民に対して、恥ずかしいくらいに失礼だと思った。

いや、それだけではない。

動物や昆虫に対しても、流れる川に対しても、深い緑を抱く山々に対しても失礼だと思った。自然も確かに生きている。そのことを己は知っている。だからこそ、与えられた命を真摯に生き抜こうとしないのは、あらゆる事物に対して失礼なのではないかと思った。

（なにより、この者共の思いだ）

目の前に座る幸盛と久綱には、勝久しかいない。勝久でなければならないのだ。これからへの望みを勝久を通してしか見つめることができないのだ。

断るわけにはいかなかった。断れば、幸盛や久綱、政光達の思いはどこに向かえばよいだろう。

男達の夢を前に、己の身の安全を考える。

そんな情けない男にだけは成り下がりたくない。

「分かりました。大将になりましょう」

答えていた。自然と口からこぼれ出ていた。

還俗（げんぞく）して名を改めた勝久は、尼子軍の大将として出雲から伯耆、因幡（いなば）、そして播磨へと転戦する日々を過ごすようになる。

毛利に勝てそうな時期もあった。だが、そのほとんどは苦しく、土にまみれるばかりの日々だった。

（だが、生きていた）

確かに俺は生きていたのだ。

戦の指揮はできなかったが、兵の士気を高めることはできた。それが己に求められていることだとすぐに気づいた。だからこそ、全力を注ぎこもうと誓ったのだ。声を磨いていこうと誓った。尼子の将兵達の思いに触れたおかげで、己が高みに昇っていける場所を見出すことができた。

(この方達にどこまでもついて行く)

勝久は戦に明け暮れる日々の中、そのことばかりを思い続けてきた。

窓から陽が零れている。斜め（なな）に差し込む筋は帯のように広がり、陽射し（ひざ）の白さを際立たせる。辺りはしんと静まり返り、ほの暗い。

板の間、壁、柱。上座に置かれた脇息（きょうそく）、刀架（とうか）。

この部屋にあるすべてが息づいている。窓からの光を浴びて命を吹き込まれたみたいに、一つ一つが重みを持って、そこにある。

存在することに対する重みだ。この世にただあるという、たったそれだけで得ることを許された重みである。

(このような景色が好きだった)

勝久は目を閉じ、己が見た風景を瞼（まぶた）に焼き付けようとした。一つ一つの存在に息吹（いぶき）を感じることができる。そのような場面にふと出くわした時、勝久は無上の幸せに包まれてきたのだ。

（最期に見ることができてよかった）

そう思った。死に怯（おび）えることも、取り乱すこともなかった。心を落ち着けたまま逝（い）くことができる。そのことを誇らしいと、自分勝手ながら思ってしまう。

己がそうした心境に至ることができたのは尼子軍の頭領として、やるだけのことはやったという思いがあるからだ。だからこそ、死が怖くない。むしろ、かつてないほど穏やかな気持ちの中で己の人生を受け入れ、愛することができている。

（この方達のおかげだな）

目の前に山中幸盛と立原（たちはら）久綱が座っている。二人とも硬くなったりすることなく、ひどく静かだ。

勝久は二人を見ると、ホッとした気持ちを抱かずにはいられなかった。

（見届けてくれる人がいる）

最も信頼した男達だ。その男達が今、側にいてくれる。己はなんと恵まれているのだろう。

「別れの時だ」

二人に向かって告げた。幸盛も久綱も、一瞬だけ肩を強張（こわば）らせた後、すぐに目を伏せて勝久の膝あたりに視線を固定した。勝久はそれを見て手を開きかけ、また閉じた。

「苦労をかけた。俺の器が小さかったがために、天は尼子に味方をしてくれなかった。お前達は最善を尽くしてくれた。本来なら織田の助勢を得て、毛利を蹴散らし、再び出雲の地に帰ることができていたはずだ。叶わなかったのは、ひとえに大将としての器量が乏しかった俺のせい。すまぬ」

「お顔を上げてくだされ」

久綱だ。膝立ちになり、押しとどめようと手を前に出している。勝久は顔を上げて二人に目を向けた。久綱は勝久が顔を上げたことで元の姿勢に戻り、幸盛はジッと一点を見つめたまま身じろぎ一つしない。

(これでいいのだ)

そう思う。兵達に別れを告げている時、僧籍にあったころの己が出そうになった。今も、ふとした拍子に出てしまいそうになる。だが、尼子家臣にとって己は尼子家の総大将尼子勝久以外の何者でもない。何者であってもならないのだ。だからこそ、最期まで勝久で居続ける。それが、せめてもの恩返しだ。

「法衣を着て過ごす身だった俺を尼子の大将にしてくれた。決して見ることのできなかった景色を見させてくれた。目を閉じれば、お前達と駆け抜けた日々が蘇って来る。

戦に勝って喜んだあの日。同志の死に涙を流したあの日。今もありありと蘇って来る。かけがえのない日ばかりを俺達は生きていた。当然、先に逝った者も同じだ。尼子の魂が俺達を一つに結び付けていたのだ。……このように感じられるのも、俺を誘い入れてくれたからだ。僧のままの生涯では無感動に生きるだけだったろう。一瞬一瞬が胸を締め付けるほどに清冽だった。感謝する」

勝久はもう一度頭を下げた。二人の肩が震えていることに気づく。幸盛は相変わらず下を向いているが、久綱は天井を見上げて唇を噛みしめている。勝久は熱いものをグッと呑み込むと、更に続けた。

「……なにより、出雲を教えてくれた。優しくて、豊かで、母のようにいつでも……、どんなことがあっても俺達を迎え入れてくれる出雲だ。……帰るべき故郷がある。そのことがこんなにも人を強くするとは思っていなかった。俺は出雲に出会えたことに心から感謝している。ただただその気持ちしかない。出雲こそ俺達の夢であり、俺達の魂だったのだ」

「勝久様……」

久綱の声が濡れている。それでも絞り出すようにしながら、己の思いを発しようとしている。尼子軍をどんな時でも、どんな場合でも冷静に支え続けてくれた男だ。尼子が誇る名参謀立原久綱だ。

「お供いたしたき思いは山々なれど、我等には為さねばならぬことがございます故。最後に不忠を働きますこと、何卒ご容赦くだされ」

四角の顔を真っ赤にして言う久綱に、勝久は頷きを返した。

「それでよい。それでよいのだ、久綱。今まで付き合ってもらった。不忠などと誰が思うものか。これほどの家臣に恵まれて、俺は天下一の果報者だ」

久綱が押し黙って、四角い顔を俯ける。勝久は、己も喉の奥が重たくなるのを感じながら、息を大きく吸い、ゆっくり吐き出し、顔を上げた。

「最後に一言だけ付け加えさせてくれ……。けっして命を無駄にするな！ 主君としての命令だ。命を無駄にすることは絶対に許さぬ。……お前達ならこの言葉の意味が分かるだろう？ 先に行って待っているとは言わぬ。お前達はお前達の命を生きろ」

一息に告げると、今までじっと黙っていた幸盛と視線がぶつかった。真っ直ぐ己を見つめて来る。鋭い眼差しだった。でも、優しく温かい。この男の内側に潜む純粋さを、勝久は痛いほどに知っている。

（幸盛……）

孫四郎であった時から、俺は幸盛の中にずっといた。当然俺の中にも幸盛はいた。

俺達はずっと繋がったまま生きてきた。二人一緒にこの場所まで歩み続けてきたのだ。

幸盛は勝久の両眼をしっかりと捉え、やがて口を開いた。

「……お世話になりました」

一言だった。一言なのに、あまりに多くのものが含まれている。

勝久は膝の拳を握りしめた。手が震える。全身がわななく。尼子家総大将尼子勝久の生涯を、今の一言に込めてくれた。

「こちらこそ、礼を言う……」

勝久は胸を反らすと、手を上げた。

「行け。お前達が生きたいと願う場所へ」

声はくぐもっていた。だが、己の耳に届いた声は今までで一番柔らかく、重たいものだった。ただ一つの武器として磨き上げてきた声だ。最後に発した言葉が尼子勝久の声で発せられてよかった、心からそう思った。

幸盛と久綱が礼をして立ち上がる。後ろを振り向かず、部屋から出ていく。逞しい背中に見えた。ずっと己を守ってきてくれた背中だ。己が想像する以上のものを背負ってきた背中。今、見慣れてきた後ろ姿が二つ、部屋の暗がりから眩い光の中に飛び出していく。

「……さて」

しばらくして立ち上がった勝久は隣の部屋に行って、用意していた松明に火を灯して戻ってきた。

（最期は一人で逝く）

そう決めていた。家臣の中には己に殉じて死ぬ者もいるだろう。無理に止めようとは思わない。それが生き様なのだというのであれば、否定するのはかわいそうだ。ただ、己の目の前で死ぬことだけは許さない。

最期は一人で……。

それが尼子の大将に据えられた己の生き様だ。家臣達に対する感謝の印だ。

障子や壁に火をつけて回った。たちまち焔は激しさを増し、部屋中が赤い火で包まれる。

勝久は松明を床に放り投げると、熱せられた空気の中、歪んで見える上座まで歩き、腰を下ろした。

刀を抜き、呼吸を整える。

（俺は焼け落ちる館から抱えだされたのだったな）

新宮谷での話だ。ようやく乳離れしたばかりだった勝久は、家族が焔に焼かれていく中、ただ一人生かされたのだ。

（これ以上ない一生を過ごさせてもらった）

死にゆく命だった。そこを生かされ、こうして激しく燃え尽きることができた。満足せぬわけがない。

「俺は焔の中から生まれ、焔の中に死ぬ」

辺りは既に火の海である。このままいけば、館全体が焼失するまでさほど時間はかからないだろう。尼子の最期の火が、出雲から遠く離れた播磨の地に、今、燈ったのだ。

勝久は上半身裸になり、刀の切っ先を腹につけた。

「さらば！」

力を込めて差し込む。

「ぐっ……」

痛かった。あまりに痛くて意識が飛びそうだ。

だが、勝久は腹を割く手を止めなかった。むしろ、さらに力を込めて、動かしていく。

（これが……、武士の、痛み……）

武士として死ねることがうれしかった。れっきとした武士になることができた。そのことが生涯を通して一番の誇りだ。

勝久は腹を斬り終えると、刀を首筋に当てた。血の管を探り、真っ直ぐ立てる。呼吸を喘がせながら目を閉じる。闇に呑まれるような禍々しい痛みが腹にあったが、それでもなんとか心を落ち着けようと試みた。

やがて目の裏に、ある光景が浮かび始めた。

その光景に気づいた勝久は、唇の端を持ち上げて、今までにないくらい柔和な表情になった。

「出雲に光を！」

刀を一気に引く。血が迸り、目の前に暗がりが広がり始める。

それでも勝久は笑っていた。

勝久の閉じた瞼にはある光景が映っていた。それは、かつて僧籍だった頃に好んだ、静寂の中に潜む美しき花鳥風月ではなく、戦場を駆け抜ける男達の咆哮する姿だった。

三

赤々と鬼の手のように伸びる火の柱。快晴の空に濛々と立ち込める黒煙。

上月城から焔が上がっている。

小六は洟を啜った。臭いが流れ込んできた気がしたのだ。胃の腑をひっくり返してしまいそうな、強烈な異臭だ。

(この臭いから始まったのだ)

人が焼ける臭いだった。近松村で夜駆けから帰ってきた時に丘の上まで吹き上げてきた。

あの時、己は躰の中がどんどん汚されていく気がして、激しい悪寒に襲われたのだ。

今も、躰が小刻みに震えている。

火を見るとどうしてもあの日を思い出してしまう。全てを失ったあの日を。

小六の異変に気付いたのかもしれなかった。風花が耳を伏せ、苛立たし気に前脚を掻き始める。

実際は、小六達まで臭いは届いていない。ただ、空に向かって燃え上る焔を見ると、それまでの暮らしを一瞬で失った、あの日を思い出さずにはいられないのだ。

「大丈夫じゃ」

腿に手を置かれた。躰をビクリと跳ね上がらせた小六は、恐る恐る右に顔を向ける。

「お前はもう乗り越えとる」

「浅川様……」

浅川勝義だった。馬を並べた浅川は燃え盛る上月城に向かって険しい眼差しを向けている。

初めて会った時から八年が経過していた。

時に温かく、時に自らの背中を示すことで導いてきてくれた老武将。軍における小六の親代わりだった。反発した時も、ふさぎ込んだ時も、いつもただ側にいて見守り続けてくれた。疑うことをせず、己を信じ続けてくれた。

小六はもう一度上月城を見た。浅川が大丈夫と言ってくれるのなら大丈夫、そんな気がした。己のことを誰よりも理解してくれている男が言うのだから間違いない。

「お前は、もう火を怖れんでええ」

浅川が黄色い歯を剝き出しにする。歯が何本か抜けていた。浅川は歳を取っている。出会ってから随分時が経過しているのだ。

「人も怖くなくなっとるじゃろう?」

小六はコクリと顎を引いた。確かに火も人も怖くなくなっている。

かつてであれば、過去を忘れていくことに戸惑いを覚えていたはずだ。だが、今は誇らしく思える。吉川軍で己を己らしい形で成長させることができた。その証が今の己だ。

「小六。お前は、お前が行きたいと思ったところに行くことができる。なにも恐れる必要はない。己が行きたいと思っている場所を、ただひたすら目指せばええんじゃ。いや、目指してほしい。それがわしの願いじゃ」

浅川は腿に置いた手を二回叩いた。小六が目を丸くすると、老武将は無理に笑みを作ってみせた。

惜別(せきべつ)だったのかもしれない。

騎馬遊撃隊の面々には、播磨遠征が終われば伯耆大山の守備兵に就(つ)くことを告げている。吉川元春がそうするようにと言ったのだ。いつかの話ではなく、今すぐ取り掛かるようにと言ってくれた。吉川軍はなにがあっても小六のやりたいことを支持する。元春はまるで軍議の場であるかのような強い口調で告げた。それで小六は決心したのだ。これからの人生を馬と、故郷の者達と共に過ごそうと決めることができた。

小六は遊撃隊の仲間達に大山で牧場を開きたいと考えていることを伝えた。困惑する者は、やはり何人かいた。小六がいなくなれば騎馬遊撃隊の動きは、どうしても落ちる。そのことを不安に思って心が騒いだのだ。動揺する兵達を鎮(しず)めてくれたのは浅川だ。

「小六の巣立ちじゃ。己が一生をかけて取り組みたいことを見つけた。わしらは小六がおらんでも立派に戦に臨(のぞ)めるところを見せねばならぬ。それが、わしらを率(ひき)いてくれた指揮官への恩返しじゃ」

浅川の言葉で兵達はハッとなった。それぞれが頷き、口々に、頑張れ、や、頼むぞ、といった励(はげ)ましの言葉を投げかけてくれる。

命を預け合った仲だ。戦場でお互いを信頼し合うことで、他の軍にはない動きを発揮することができた。だからこそ、重い。仲間の言葉はなによりも重く、胸に響く。

小六は声を失って棒立ちになった。様々な思いが溢れて来て、胸が苦しくなる。そんな小六に浅川が気づいた。浅川は小六の肩を抱いて自らに引き寄せると、

「ようやった」

一言だけ呟(つぶや)いた。小六の中でなにかが破裂(はれつ)した。とめどなく涙が溢れ、小六は浅川の胸にしがみついて泣いた。八年前の少年に戻ったみたいに、ただひたすら声を上げて泣きじゃくった。

（あの時は……）

小六は浅川を見る。浅川は馬上から上月城を凝視(ぎょうし)している。吉川軍で最も尊敬を集める老将浅川勝義だ。

（あの時は言えなかったけど今なら言える）

小六は浅川の横顔を見ながら、そう思った。あの時は泣いてばかりで言葉にすることができなかったけど、今なら言える気がする。どうしても伝えなければならない言葉がある。

「浅川様」

「なんじゃ？」

浅川が振り返る。浅川の顔を正面から見ながら、小六は口の中を唾で潤した。途端に、今までの情景が蘇って来る。

槍の稽古をつけてくれたこと。自らの過去を語ってくれたこと。尼子軍の中に取り残された己を救ってくれたこと。

なにより、風花と一緒に駆けてくれたこと。

そうだ。

いつも、己のすぐ側を駆けてくれていた。

どんなに心強かったことか。

浅川こそ己の支えになり続けてくれた存在だ。誰よりも己のことを思い続けてくれた男だ。

小六は唾を呑み込むと、騎乗したままの姿勢で礼をした。

「今まで……、ありがとうございました」

時が止まった気がした。浅川がなんの言葉も返してこなかったからだ。気になって顔を上げると、上唇を噛みしめた浅川が小六とは全く別の方向を向いていた。しきりに瞬きを繰り返しながら、空の彼方に目を注いでいる。

「浅川様？」

声をかけると、浅川は更に顔を背けて、

「まだじゃろう？」

とぶっきらぼうに言った。

「まだ戦は終わっとらん。礼を言われるのはそれからじゃ。この戦はなんとしても勝たにゃいけん」

「はい」

小六は表情を引き締めた。確かに浅川の言う通りだ。戦はまだ終わっていない。気を抜くなど絶対に許されないのだ。

（それでも言えてよかった）

浅川にちゃんと感謝を伝えた上で戦に臨む。そうすることで、この戦に向かう気持ちがさらに高まる。

節目の戦だった。

尼子との戦に勝つために編成された騎馬遊撃隊が、尼子を討つために、今から駆ける。


小六には分かっていた。

城が落ちても、あの人の心は落ちない。

ついこの間、槍を交（まじ）えたばかりだ。

背筋がビリビリと痛むほどの圧力を感じた。同時に、あの人の背後に別の人間が浮かび上がっているのを見たような気がした。

執念かもしれなかった。

怨念（おんねん）かもしれなかった。

いや、違う。

あれは、もっと透（す）き通っていて、美しかった。

いうなれば、これからに向けた思い。

あの人は、あの時、夢を背負いながら、突撃してきたのだ。

「小六、お前の目なら見えるはずじゃ。奴（やつ）は、絶対に出てくる。絶対にわしらに襲い掛かって来る。降るなど考えられん男じゃ。最後まで尼子の意地を見せてくるじゃろう」

浅川が普段の己を取り戻そうとするかのようにゆっくりと言う。目を鋭くすると、轟々と燃える城に視線を定める。

「小六、見えんか？」

「まだです」

目を凝らす。山は森閑としていた。どっしりと鎮座している。

だが、どこかに潜んでいるはずだった。浅川の言う通り、絶対に出てくる。八年も戦い続けた相手だ。このまま終わりというわけには、絶対に行かない。

蝉の声がひときわ大きくなり、額から流れた汗が首筋を伝った。風花が鼻を鳴らしながら躰を震わせ、その場で足踏みを始める。陽はちょうど真上にあり、降り注ぐ光は火焔を吸いこんだみたいに熱っぽい。辺りが一瞬暗くなったと思ったら、それは千切れ雲が空を流れていたためだった。

小六は待った。ひたすら待った。永遠にこの状態が続くのではないかという思いに包まれる。それでも堪えて、待ち続け。

突如、風花がいないた。いななくと同時に、躰を低くする。闘志を漲らせたのだ。

「あっ！」

確かに見た。

山の麓。小高い丘の上。木々の間から人影が現れている。

武士だ。

一騎で進み出てきた武士。

陽の光を浴びている。金色に輝く馬体。首に垂れた白銀のたてがみ。筋肉の盛り上がった見事な体軀の栗毛。それに跨っている、一人の男。

赤糸縅の甲冑。青く光る槍。三日月の前立に牡鹿の角の兜。兜の下の顔は吉川軍本陣に据えられたまま動かない。

山中幸盛だ。

尼子再興軍の指揮官。毛利とギリギリの戦を繰り広げてきた山陰の麒麟児、山中鹿之助幸盛だ。

「浅川様！」

幸盛を指さすと、浅川が唾を呑み込んだ。

幸盛の後ろから兵が現れる。一歩、二歩。前に出た尼子兵達が一列に並ぶ。

両手に木の棒のようなものを抱えている。遠くからでも分かる。鉄砲だ。

鉄砲隊の後ろに、また影が現れた。進み出てくる。騎馬隊だ。

馬達は並んでいる。脚を踏み鳴らしたり、首を振ったりすることなく、ただ整然と並んでいる。

(百騎……)

小六は目を細めた。丘の広さからして、それぐらいだろうと想像がつく。降伏する者もいる中、選り(よ)すぐられた精鋭だ。

「小六!」

浅川が呼びかけた。

「あいつこそ尼子じゃ」

その時、小六は浅川の全身が小刻みに震えていることに気づいた。歴戦の兵(つわもの)である浅川をもってしても、幸盛達の堂々とした威容に震えを覚えずにはいられなかったのだ。

それでも浅川は、

「勝つぞ!」

小六に向かって叫(さけ)んだ。あるいは自分に対して言ったのかもしれない。小六は手綱(たづな)を引いて、風花の頭を丘に向けた。

「勝ちます！」

断言する。浅川は小六を見て、フッと表情を緩めた。

「立派になったもんじゃ」

お前はわしの誇りじゃ、そう付け加えてきた。小六は浅川の顔を真っ直ぐ見返して、それから尼子軍に視線を固定した。

「手綱を絞れぇ！」

浅川が右手を掲げながら声を張り上げる。背後から、ドッと喚声が湧く。遊撃隊が戦闘態勢に入ったのだ。

小六は一度振り返って、五百名の兵を見た。

皆から真っ直ぐな視線が注がれている。

小六は口を真一文字に結ぶと、視線を丘の上に戻した。金色の馬の上。山中幸盛が、ゆっくりとこちらに顔を向けてくる。

ぶつかった。視線。

「吉川軍騎馬遊撃隊、突撃！」

手を振り下ろすと同時に風花の腹を蹴る。

「行けっ！」

風花が地面につきそうなほど前屈みになる。

同時に周りの景色が後ろに消える。

風に包まれる。

風の中を疾駆する。

風花と小六は、今、風へと姿を変えたのだ。

「うぉおおお！」

後ろから雄叫びが上がる。騎馬遊撃隊の雄叫びだ。五百騎の武士が腹の底から叫んでいる。

小六は風花と共に駆けた。己を支え続けてくれた五百の同志を引き連れながら、駆ける。

幸盛が槍を上げ、後ろに並んだ百騎が幸盛を追い越し下りてきた。

まとまっている。しかも速い。精強な騎馬隊だ。

だが、怖くはない。

もう、俺は大丈夫だから。

なにがあっても、俺は大丈夫だから。

なぜなら、俺にはみんながついてくれているから。

「突き抜けろ、風花！」

小六は叫んだ。応えるように風花が後ろ脚を蹴上げる。

小六達騎馬遊撃隊は、緑の原野を一直線に駆ける。風の唸りさえ聞こえない。まったくの無音の中を疾駆する。

四

ずっとこの背中を見てきた、そう思う。ピンと伸び、伸び切ったまま微動だにしない。いつまで見ていても飽きない、男が憧れを抱かずにはいられない凜々しい背中だ。

（この背中を見送るのも最後か）

立原久綱は左前の幸盛を窺った。表情は引き締まり、憑き物が取れたような目で前方を見据えている。

（覚悟を決めているのだ）

そう思った。いや、覚悟は新十郎を逃がした時から決まっていた。今、幸盛は、覚悟を闘志に変えている。静かだが、熱い。己の命をこの一戦で燃やし尽くすつもりだ。

「騎馬隊、進め！」

幸盛が槍を挙げた。後方に控えた騎馬達が己等鉄砲隊の間を縫って丘を駆け下りていく。

前方に広がる原野には砂塵(さじん)を上げる騎馬の群れが見える。

吉川軍の騎馬遊撃隊だ。

五百の騎馬が一つの塊になって、一直線にこちらに向かってくる。

丘を下りた尼子騎馬隊が二つに割れた。左右に広がりながら、騎馬遊撃隊を包み込もうと移動し始める。

(吉川の遊撃隊はどうする?)

真っ直ぐに突き進んでくる。速さがさらに増したようだ。

よい指揮官だ、と久綱は思う。

戦のなんたるかを知っている。この戦は幸盛を倒さない限り決することはない。そのことを理解しているからこそ、敢えて百騎の尼子騎馬隊には目もくれず、真中を進むことを選んだのだ。

若い指揮官だと聞いていた。馬の追い方といい、度胸(どきょう)の据(す)わり方といい、大した男だと久綱は思う。それでも、幸盛には敵(かな)わない。その思いはどうしても変わらなかった。

幸盛は、

「あの指揮官は必ず俺の元に突っ込んでくる」

と断言していた。そこまでを見抜いたうえで、己に頼んできたのだ。

「あの葦毛だ。あの葦毛を止めてくれ」

すべては言わなかった。言わなくても汲むことができる。長年、幸盛の側で仕えてきたのだ。幸盛の考えを聞き、幸盛が戦に集中できるように為すべきことを為す。それが己の役目であり、生き方だった。

今、幸盛は原野を駆ける遊撃隊を見つめている。

張り詰めていた。

鬼気迫るものがあった。

（やはり……）

久綱は唾を呑み込んだ。

吉川軍に囲まれた状況に陥ってなお、幸盛は更に高みに昇ったようだ。神々しい眩しさを全身に纏っている。

まさに、物語に出てくる英傑そのものだ。

幼い頃から書物が好きだった。

中でも軍記物は大好きで、特に楠木正成には憧れた。父から受け継いだ太平記は手垢で黒く変色するほど読み返した。

（いつか俺も正成のようになる）

幼少期の久綱は、そう意気込んでいたのだった。

だが、すぐに、その願いは叶えられないことを悟る。

持って生まれた気質が違い過ぎた。小男で器量も冴えない久綱は、人を惹きつける魅力が乏しかった。考え方も理屈っぽく、むしろ人々から疎まれることの方が多い。槍や刀も上手くはならなかった。着実に上達する同世代の者達と比べ、いつも落ちこぼれたままだ。そもそも、闘志を全面に出して戦うということが苦手だった。相手と向かい合っていると、気合がどんどんしぼんでいく。呑まれやすい性質なのかもしれなかった。いくら己を励ましても、相手を怖れる気持ちは克服することができなかった。

ただ、そんな久綱にも、一つだけ得意なことがあった。

弓だ。

熱することの少ない性格は、照準を定めて的を射ることに向いていた。鉄砲が伝わってからは、更に才能が発揮されるようになる。

狙いを定めて撃つ。

　遠くから敵に深手を負わせることができる武器の出現に、久綱は歓喜した。これが己の生きていく道だと思った。久綱は鉄砲の腕を磨いた。

　そんな時に出会ったのが幸盛だった。甚次郎と名乗っていた幸盛は齢十一であった。甥であるため幼い頃に会ってはいたが、久綱が初めて出会ったと感じたのは、やはり十一の甚次郎だ。

　甚次郎は既に英傑然とした風格を備えていた。大人と立ち合っても敗けない膂力。物怖じしない性格と、よく回る頭。端整な顔立ちと真っ直ぐ伸びた背中は、思わず目を引いてしまうほどの魅力で溢れていた。

　久綱は悟った。

（これぞ物語に出てくる男だ）

　自らが英傑になることを夢に見、そのために励んできたが叶うことは許されなかった。だからこそ、瞬時に分かったのだ。まさに己が理想としていた男を目の前にしている。

　自ら輝きを放つ男だった。そのことに嫉妬を抱く反面、久綱は底のない興奮を覚えたのである。

（甚次郎は月だ）

そう思った。

煌々と輝き、地上を光で満たす月。

（一方で俺は空に漂う闇だろう）

月の周りを浮遊し、誰も目を向けない闇だ。

だが、月は闇がなければ輝くことができない。

昼の月は薄白く儚い。夜になって闇が空を塗り潰すことで、月は本来の輝きを発することができるのだ。

（そうだ）

久綱はその時決意したのである。甚次郎を輝かせてやろう、と。支えるだけではない。月を迎える闇のように、甚次郎が最も輝く場を俺が作るのだ。

久綱は甚次郎を弟のように扱い始めた。気持ちを腐らせれば励まし、思いが溢れすぎれば諭し、うれしそうにすれば共に喜んだ。いつも一緒だった。甚次郎の思いこそ、己の思いだと思おうとした。そうして月日は流れ、二人は、叔父と甥という関係ではなく、友人や同志といった間柄に近づいていった。甚次郎は久綱に遠慮することがなくなり、久綱は甚次郎のことを対等に扱うようになった。

新宮党の乱が終わった後、甚次郎は幸盛と名を改めて尼子軍に入ってきた。二人揃って近習組に所属が変わり、月山富田城の戦い、布部山の戦いへと続いた。いつも側で支え続けたのは久綱だ。

それが久綱にどれほどの誇りを植え付けたことだろう。

幸盛が活躍すればするほど、自らも一緒になって成長しているような気持ちになれた。

（鹿之助に命を預ける）

己は英傑でなくていい。英傑を生かすために己の命を燃やすのだ。

久綱は、幸盛が活躍できるように陰から支え続けることこそ己の使命だと思っていた。そのためにこそ、己は生まれてきたのだ。英傑を補佐することこそ、地味で生真面目な男の本懐だ。

今、上月城が落ち、出雲へ帰る道は断たれたように見える。

だが、そうではないのだ。

そのことを、幸盛に伝えなければならない、そう思う。

友としては辛さがある。叔父としてもやはり辛い。だが、それを伝えることこそ己の務めだ。

「鹿」

呼びかけると、幸盛が振り返ってきた。清々しいほどにさっぱりとした表情をしている。目に見えない、だが決して超えることができなかったものを乗り越えているように見えた。その上で、腹を括ったのだ。

（あぁ）

幸盛の顔を見て、久綱は語りかけようとしていた言葉を呑み込んだ。握りしめていた拳を開き、同時に全身の力を抜く。

幸盛は、もう分かっている、そのことを悟った。

（これ以上、なにも言う必要はない）

幸盛は、いつの間にか真の英傑へと昇りつめていたのだ。

「久綱」

幸盛が呼びかけてくる。久綱はハッと我に返ると、幸盛の指示を聞くため近づいた。恐らく幸盛と交わす最後の会話になるだろう。だからこそ、一言も聞き逃したくない。

だが、幸盛の口から発せられたのは意外な言葉だった。

「昔、俺が小さかった頃……。確か、十かそこらだったはずだ。お前は新宮谷の俺の家に来ては、太平記を語ってくれた」

久綱は面食らった。この緊迫した場面で昔の思い出話をされるなど思ってもみなかったのだ。

「いや……。まぁ、そうだな」

幸盛は戸惑う久綱をよそに己の話を続ける。

「楠木正成の活躍には胸が躍った。俺もいつか正成のような男になりたいと思った」

「……もう、なっている」

久綱が答える。

「……なぁ、久綱。俺達の戦も、いつか……、何年後か後の世で語り継がれることがあるのだろうか？　尼子の再興にかけた男達が、出雲に帰ることを夢見て駆け回った戦いの日々が」

久綱は奥歯を噛みしめた。幸盛と過ごした月日が、一時に頭の中に流れ込んできた。怒りも悔しさも経験した。不安ややるせなさも経験した。だが、楽しかったという思いが最後には残る。幸盛と過ごした日々は、ただひたすらに楽しかったのだ。

「語り継がれるだろう。きっと、語り継がれる」

久綱は必死に答える。

「お前が言うのであれば間違いない。俺は久綱をずっと信頼してきた」

「俺はお前以上にお前のことを信じている」

「久綱。もう一度聞かせてくれ。俺達の思いは出雲にも届くだろうか？　出雲の民の誇りとなってこれからも生き続けていく。出雲の民の中に俺達尼子軍は残り続け、民が明日を生きるための拠り所となる。そう思ってもいいのだろうか？」

「届く……。届くに決まっておるではないか！」

「そうだ。……俺達の戦は無駄ではなかった。出雲の地に俺達の思いは届き、出雲と共にあり続ける」

「鹿。お前は人々の胸に残り続ける男だ。出雲が生んだ英傑として、日本中の人々の間で語り継がれる」

「英傑か……」

幸盛は少し遠くを見た後、そのまま顔を前に向けた。握った槍に力を込める。全身が大きく膨らむ。

「久綱、お前もだ。向こう見ずで自分本位な山中鹿之助幸盛をよく支え、尼子再興軍を毛利に匹敵するほどの軍に仕上げてくれた。お前もまた、英傑として語り継がれる男だ……。だから……」

幸盛は肩の力を抜き、乗っている馬の腹に鐙を当てた。三日月が一歩ずつ歩き始める。

「だから、泣くな！　英傑に涙は似合わぬ！」

久綱は手のひらで目を拭(ぬぐ)った。ビショビショだった。すぐに腹に力を込めて涙を押しとどめた。最後まで幸盛の背中を見続けると決めているのだ。涙で英傑の背中を滲(にじ)ませるわけにはいかない。

「久綱、最後まで頼む」

「……分かった」

久綱は鼻から思いきり息を吸った。胸に水溜(みずたま)りができたような重さは残ったが、それでももう涙は出て来ない。

「鉄砲、狙いを定めろ！」

久綱は兵達に指示を出した。すかさず鉄砲の先が平原に向けられる。狙いは騎馬遊撃隊の先頭。葦毛の指揮官だ。

騎馬遊撃隊は平原の真ん中まで進んでいる。新たな鉄砲の射程に入るにはもう少しだ。久綱は兵から鉄砲を受け取り、両手に抱えた。

ズシリと重い。

重さだけはなく、存在感がある。鉄砲自体が呼吸をしているようだ。

鉄砲には筵がかぶせられている。三十挺すべて筵で覆っているのだ。信長から送られてきた大鉄砲だ。鉄砲隊の中でも腕のよい者を集めて周りに配置している。他は普通の鉄砲。合わせて百挺だ。

尼子軍鉄砲隊、最後の戦。

己が唯一自信を持っている鉄砲で最後を迎える。補佐役の誇りとして、絶対に仕損じることは許されない。

幸盛が丘を下っていく。見続けてきた背中が少しずつ小さくなっていく。

「久綱、長い間、世話になった」

幸盛は最後まで振り返らなかった。

だが、それでいい。

背中越しの幸盛の言葉を聞いてきた。最後の言葉もその方が、しっくりくる。

「引きつけろ！」

兵達に緊張が走る。久綱自身もしゃがんで、照準を合わせた。

先頭を白い馬が駆けている。

とても巨大だ。あまりの迫力に圧倒されそうになる。この恐怖といつも戦ってきた。

鉄砲とは、どんどん大きくなってくる恐怖にどれだけ耐えられるかにかかっている。

そうだ。

俺はずっと耐えてきた。

耐えて耐えて、ギリギリまで耐えて、一気に放つ。

それが今だ。

「撃てぇ！」

久綱は叫んだ。炸裂音が一斉に轟く。大鉄砲の衝撃に兵達が後ろに転がる。

恐るべき破壊力。凄まじい轟音。

耳が遠くなり、幸盛が丘を下る馬蹄の音が途絶えた。

幸盛の背中はもう、見えない。己は今、一人になったのだ。久綱は誰もいなくなった前方を見て、そう思った。

五

丘の上の兵が鉄砲を構えているのが見えた。その中の何人かが茶色の布で腕をすっぽりと覆っている。そこまで見えた。

（筵？）

どうして筵を？　小六は一瞬考えたが、すぐに意識から外すことにした。今は戦に集中すべき時だ。尼子軍との最後の決戦に臨んでいる。他のことを考える余裕はない。

騎馬遊撃隊はまだ鉄砲の射程外にいた。ならば尼子軍がなにを企(たくら)んでいようが、弾が飛んでくることはない。注意すべきは左右に分かれた尼子騎馬隊だ。

さすがにいい動きをしていた。まとまって駆けているのに、一糸も乱れたところがない。騎馬遊撃隊に匹敵する動きをしている。

それでも迫力は以前戦った時より劣(おと)っていた。尼子騎馬隊には山中幸盛の姿がない。あの、鬼が生まれ変わったような男がいないだけで、ただの騎馬隊に成り下がってしまう。であれば崩すのは簡単だ。数もそれぞれ五十程度しかいない。射程に入って鉄砲を撃たれても、左右どちらかに進路を変えれば躱(かわ)すことができる。襲い掛かって来る尼子騎馬隊は、最初の衝突で壊滅させられるだろう。

問題は幸盛だった。

幸盛は金色の馬に跨ったまま、一人ゆっくりと丘を下っている。

なぜ幸盛だけが別行動をしているのか、小六には分からなかった。

だが、敵はあくまで幸盛である。

幸盛を討たない限り勝利はあり得ない。

だから、真っ直ぐ駆ける。

「行けっ」

風花と呼吸を合わせる。

後続の遊撃隊の兵士達と思いを合わせる。

風の中を……。風に身を溶かして……。

駆け抜ける。

「え？」

その時だった。

丘の上で無数の煌めきが起こった。

（鉄砲だ）

瞬時に分かった。が、躊躇した。

（まだ射程外だ）

にもかかわらず撃ってきた。その意味が分からなかった。

一瞬生まれた逡巡が判断を遅らせた。

遅れて火薬の爆ぜる音。

もう遅い。本来であれば、煌めきを目にした時には左右どちらかへ進行方向を変えていなければならないのだ。

辺りに静寂が立ち込める。

駆ける馬も、風に揺われた草も、空を流れる雲も全てが止まったように見えた。

時の静止した中を己と風花だけが駆けている。

靡くたてがみ。低い息遣い。一定の間隔で伝わって来る鼓動。

二人きりになったような気がした。

二人で草原を駆けている。

ずっと望んで来たことだった。望むたび風花は応えてくれた。己を背に乗せ、風になってくれた。

これからもずっと続くのだ。

己と風花はずっと一緒に居続ける。これまでも、これからも。ずっと一緒に駆け続けるのだ。

「風花……」

小六が風花の首に触れようと手を伸ばした時だ。

風花が突然前脚を上げて棹立ちになり、甲高い叫び声を上げた。

「風花？」

後続の馬達からもいななきが上がる。風花が立ち上がったことで、無理に止まろうとしたのだ。あちこちから馬体がぶつかり合う音が聞えてくる。
その時、小六の頬を小さな風がかすめた。
前脚を下ろした風花が、再び叫声（きようせい）を発する。
同時に、小六の左肩を衝撃が襲った。
続いて右肩、胸、腹。
手綱を放した小六は、弾（はじ）かれるように空中に放り出された。
（風花……）
手を伸ばした。
だが、届かない。
風花が、白い馬体から鮮血を噴き出しながら、前のめりに倒れていくのが見える。
背中に衝撃を受けた。
「ぐぁ……」
目の前に薄青の空が広がる。己が落ちたのだと初めて気づく。
全身のいたるところが熱い。痛いよりも、熱い。
なにかが躰を貫いた。
鉄砲だ。

でも、どうして鉄砲が……。
いや、今はそんなこと……。
風花は……。
風花は無事なのか……？
小六は上半身を起こそうとした。だが、躰が言うことを聞かない。激しく痙攣する
ばかりで、腕を持ち上げることさえできない。
目が霞んで来た。白っぽい靄がかかり、それがだんだんと黒に変わっていく。
(死ぬのか……？)
風花と過ごした日々が頭の中に蘇って来る。
生まれたばかりの風花が温かかったこと。母馬の乳を呑む風花を飽くこともなく見
守ったこと。初めて厩で風花と眠ったこと。初を乗せて走ったこと。友と一緒に遠乗
りに出かけたこと。軍の生活に慣れない己に顔を押し付けてくれたこと。伯耆大山の
牧場で一緒に海を眺めたこと。緑の草原をただひたすら駆けたこと。
いつも一緒だったのだ。
俺の側にはいつも風花がいた。
(風花……)

風花を一目見たかった。肌に触れたかった。匂いを嗅ぎたかった。
そう思う小六の目の前が不意に暗くなる。どういうわけか小六は、冷静に、
（来たか……）
と思うことができた。
怖くはなかった。
不安もなかった。
ただ、寂しかった。
この世から離れてしまうことが、ひたすら寂しかった。
風花と別れてしまうことが、胸が張り裂けてしまうほどに寂しく、辛い。
それでも闇は確実に押し寄せてくる。
小六は瞼を開けていることに耐えられなくなって、そっと目を閉じた。
「……くっ」
頬になにかが触れている。
呼吸を感じる。匂いを感じる。
（これは……？）
小六は再び目を開いた。そして……。

笑った。

「かざ、はな……」

風花だった。小六の頬に唇をつけ、動かしている。

右前脚がちぎれていた。腱だけで繋がっているみたいにぶらぶらしている。全身が血まみれだ。呼吸をするたび赤い血が噴き出している。

立っていられるはずがなかった。

それでも風花は来てくれたのだ。

小六の下に歩を運び、小六に寄り添おうとしてくれた。

「かざはな……」

小六は手を伸ばした。先ほどは全く動かなかったのに、今度は真っ直ぐ風花の鼻面に手を置くことができた。

「いっしょ……」

風花は目を閉じると、その場で前脚を折って、躰を横たえた。小六の胸の上に自らの顔を乗せ、小六を黒い瞳で見つめる。

小六は風花の頬を撫でた。

「ずっと……」

風花の呼吸がどんどん小さくなっていく。胸の上の温かさがどんどん失われていく。

「いっしょ……」

小六が鼻の先に手を置くと、風花は小六を見ながら、静かに瞼を閉じた。

やがて、その息が止まった。

小六はそれを見て、もう一度微笑(ほほえ)んだ。風花の頰に手を添えると、小六もまた、ゆっくりと瞼を閉じた。

六

「小六ぅううう！」

元春は叫んでいた。叫ばずにはいられなかった。

「槍だ。槍を持って来い！」

麾下(きか)の兵が慌てて取って来る。差し出された槍を摑(つか)むと、元春は一騎駆けてくる騎馬に視線を向けた。

金色の馬。赤糸縅の鎧。三日月と鹿角の兜。

「幸盛ぃいいい！」

歯を喰(く)いしばる。己だけを目指して単騎突っ込んでくる。凄まじい形相(ぎょうそう)だ。全身から気が放たれている。

このためだけに幸盛は騎馬遊撃隊を撃ったのだ。己と戦うためだけに、鉄砲隊を使って遊撃隊を撃破した。ただ、この吉川元春と槍を交えるためだけに。

槍を握る手が震える。激情が沸き立ってくる。

それ以上に本能。

宿敵を前に本能が吠えている。熱く、狂おしいまでに叫び続けている。

幸盛は丘の上から鉄砲を撃たせた。

遊撃隊より突出して駆けていた小六と風花がその鉄砲に撃たれた。

いや、先に風花が立ち上がったのだ。

それを見て後続の馬達が驚き、止まろうとした。さらに後ろから駆けてきた馬が止まり切れず、ぶつかり、一気に崩れた。

同じ頃、風花に乗っていた小六が後方に吹き飛ばされた。まるで枯葉が舞うみたいに、空中で躰を躍らせながら……。

弾が小六に命中したのだと、すぐに分かった。

小六は地面に落ちるとそのまま動かなくなった。そこに白い馬体がゆっくりと近づいていった。右の前脚を上げたまま、ケンケンするみたいに小六の下に行き、そっと躰を沈めた。

静かだった。

風がずっと吹いていた。二人の周りの草が揺れていた。

それでも、やはり静かだった。

次の瞬間、元春は叫んだのだ。

小六が死ぬなど信じられなかった。

今まで兵士の死を何度も見てきた。その度、受け止め、胸に刻みつけてきた。

だが、小六は違う。

戦の最前線をいつも当たり前のように駆け回る小六は、なぜか死とは最も遠い場所にいるような気がしていた。

いつまでも小六は生きていて、ひたむきに己達の前を駆け続ける。そう信じていた。

その小六が撃たれた。

叫ばずにはいられなかった。声の限り叫ばずにはいられなかった。

「黒風！」

元春は短く発した。股の下の黒風が鼻を鳴らして、躰を低くする。

黒風の目も前方を睨みつけている。

金色の矢となって駆けてくる騎馬。

山中鹿之助幸盛だ。

「行くぞ！」

元春が鐙で蹴ろうとしたちょうどその時。

「元春様！」

呼び止められた。凛とした声だ。軍師の香川春継だ。

「止めるな！」

「元春様！」

「春継っ！」

元春が振り返ると、春継は元春の視線を真っ直ぐ受け止め、やがて馬上で静かに頭を下げた。

「よろしくお頼みいたす！」

（春継……）

ガチャガチャと具足の音が重なる。周りを見渡すと、吉川軍の兵士達が皆、頭を下げていた。

「よろしくお頼みいたす！」

子ども達が頼んでいる。

この俺に頼んでいる。

「うぉおおお！」

元春は天に向かって咆えた。

前方を睨みつける。黒風の腹に鐙を入れる。

鼓動が速くなる。黒風のものか、己のものか。既に一つになっている。

駆ける。

兵達が空けた道を、ただ前だけを見て疾駆する。

平原に出た。

気配……。右からだ。

騎馬の群れ。

尼子騎馬隊は遊撃隊が崩れたのを機に、方向を転じてどこかへ消えている。今、この平原にいる尼子の将はただ一人。

前方の男。

幸盛だ。

右側の騎馬の群れの馬印は丸に三つ引両紋。

吉川軍。

先頭を駆けているのは見なくても分かる。

「元長（もとなが）」

元春が視線を向けると、馬上の男が右手を横に広げて大声を発した。

「止まれぇええええ！」

騎馬の群れが一斉に止まる。

「元長……」

躰中の血が沸き立つ。元長が軍を止めた意味を理解する。

元長、お前はもう一人前の武将だ。

吉川軍を背負う大将だ。

「はっ！」

黒風の後ろ脚が地面を抉（えぐ）るように強くなる。

丘の上が騒がしくなる。尼子の鉄砲隊が崩れている。背後から襲われたのだ。

政虎だ。

潜入隊が山を下り、尼子兵に襲い掛かった。

これで敵は確実に一人になった。

「幸盛！」
元春は視線をただ一人の男に固定した。
風を割って駆けてくる。
槍を構えている。
金色の馬。鹿角の兜。
決着をつける時だ。
己がこの戦に決着をつける。
槍を右手に持った元春は、黒風と共に風の向こうへと抜け出した。
幸盛は槍をかざした。躰中の血が沸き立っている。
真っ直ぐ向かってくる男。
低い姿勢。胸を震わせる威圧感。
黒い風だ。
吉川元春だ。
この状況で大将が単騎で駆けてくるか。
（さすがだ）

相手が吉川軍でよかった。

いや、生涯の敵が吉川元春でよかった、心から思う。吉川元春でなければ、今の己はいない。

決戦だ。

尼子再興軍旗揚げ以来、十年かけてようやく槍を交えるに至った。

いよいよ決戦なのだ。

愛馬三日月に鐙を入れようとした時、背後から物音が響いた。金属がぶつかる音。男達の叫び声。鉄砲の炸裂音。

それらに混じって、声が幸盛の元まで飛んできた。聞き間違えるはずがない。ずっと背中で聞いてきた声だ。久綱が叫んでいるのだ。

「行けぇ！　鹿之助、行けぇ！」

幸盛は奥歯を噛みしめた。丘でなにが起こっているのかは分かっていた。

だが、振り返らない。

己の敵は前にしかいない。

「吉川元春！」

睨み据える。獅子みたいに大きい。周りの空気そのものを引き連れているようだ。

いや、引き連れているのは吉川軍大将としての自覚だ。

多くの兵、多くの家族、多くの民の思いを引き連れている。

過去も、これからも、全てを引き連れて駆けてくる。

だからこそ、大きい。

吉川元春は、空の高くまで聳える山のように、ただひたすらに大きい敵だ。

（敗けるわけにはいかない）

己にも背負っているものがある。譲れない思いがある。

戦場を共にした仲間達。突然殺された新宮谷の者共。彼らが大切にしようと決めていた出雲での毎日。そして出雲の明日。

なにより、俺は俺を背負っている。

山中鹿之助幸盛を俺は背負って戦うのだ。

幸盛は元春を見据えながら、過去に身を投じた。

勝久から真っ直ぐ見つめられた日。綾の舞に心打たれた日。新十郎を槍で相手した日。横道政光や秋上宗信と言い合った日。厩で三日月の首を叩いた日。久綱と酒を酌み交わした日。新宮谷で助四郎と百合と笑い合った日。

「うぉおおお！」

吠えた。腹の底からの咆哮だ。己という存在そのものが吠えたのだ。

粟(あわ)が立つ。熱くなる。毛が逆立(さかだ)ち、手足に力が漲っていく。

（俺達の命を届ける）

遥(はる)かなる出雲へ。

何十年、何百年先の人々の心へ。

俺達は生きていた。確かにこの世に俺達は生きていた。

そのことを届けたい。

届けるために最後まで生きる。

この槍を振り抜く。

元春は目前まで迫っている。鋭い目、筋の通った鼻、髭(ひげ)に囲まれた口。もう、見分けることができる。

生涯の敵。

生涯の友。

「うぉおおお！」

もう一度吠えた。槍を上段に構え、突進する。

元春は口を結んでいる。槍を下にし、射るような目を幸盛に向けている。

三日月が低くなる。さらに速力が増す。

槍を振りかぶる。

（この一振りこそ……）

俺達の生きた証だ。

百合……。

俺は確かに生きたぞ。

お前と一緒にここまで生きたのだ。

「うらぁあああ！」

幸盛は叫びと共に目の前の百合を掻き消した。消える直前、百合が微かに微笑んでくれたような気がした。控えめだが、あの頃と変わらぬ可憐さで笑ってくれたのだ。

「だぁあああああ！」

渾身の一撃を振り下ろした。

そして――。

右手に衝撃が走った。

弾かれるように左手が槍を放す。

少しだけ駆けて三日月が止まる。

右肩が一気に軽くなる。

目を向けると腕がなくなっていた。斬り飛ばされている。

頭がふらつき、景色が揺れる。そのまま、目の端へと流れていく。

左肩がぶつかった。草の匂いが鼻につく。三日月から落ちたのだとすぐに分かった。

首を捻(ひね)って後方を見る。

己の槍が緑の大地に突き立っている。その向こうに黒くて大きな影。

吉川元春は槍を振り上げた姿勢のまま固まっている。

幸盛はそれを見て、微かに微笑んだ。新宮谷が焼かれて以来、初めて心から安らいだ気持ちになれた。

「あっぱれだ……。吉川元春……」

呼びかけた。

「後を……頼むぞ……」

そっと瞼を閉じる。閉じる前、元春が槍を振って、構えを解く姿が映った。

それと、もう一つ。

元春の後方にひっそりと浮かんでいる。

三日月だ。

蒼天（そうてん）の白い三日月だ。

幸盛はもう一度微笑むと、深い闇の中に自らを沈ませていった。

七

目を開けると、凄惨（せいさん）な光景が飛び込んできた。

馬が倒れ、兵が放り出されている。馬の弱々しいいななきと、兵達の呻（うめ）き声があちこちから聞こえてくる。

浅川は躰を起き上がらせると、顔を歪（ゆが）めた。背中に猛烈な痛みを覚えたのだ。

（地面に叩きつけられたときじゃ）

駆けていた馬が急に立ち上がり、その拍子に背中から落ちた。後続の騎馬に踏みつけられなかったのは不幸中の幸いだと言っていい。

「他の者は？」

辺りを見回した。浅川同様気を失っていた者が、身を起こしつつある。見た所、敵から攻撃を受けたわけではなさそうだ。血を流している者は一人もいない。

それでも壊滅した。

騎馬遊撃隊は間違いなく壊滅させられたのだ。敵からの見えない攻撃によって。

（見えない攻撃？）

浅川は胸のあたりが急に冷たくなるのを感じた。思い出したのだ。己が馬から投げ出されたのは、前方を駆ける風花が急に棹立ちになったからだ。後続の馬は指揮官の突拍子もない動きにつられて、無理に止まろうとした。そのために雪崩が起きたように、次々と倒れていった。

浅川は顔をこわばらせた。

本当に見えない敵だったのか、そう思う。確かに己の目では見ることができなかった。丘の上の尼子兵達が鉄砲を構えているところまでは把握できた。それから先、なにが起こったのかは分からない。だが、耳はとらえていた。平原中に鳴り響く火薬の爆ぜる音を己の耳は確かにとらえていた。

「小六……？」

辺りを見渡した。草原は静かだ。遊撃隊の兵や馬の呻きが聞こえてはいるが、それ以外は、音を音として感じることができないほど静かだ。

浅川は息を呑んだ。すぐに見つけた。上月城へ少し行った場所に白い塊が横たわっている。風花だった。

腹を下にしたままピクリとも動かない。まるで草原に一本だけ立つ木のように、昔からずっとそこにあるように臥せっている。

「小六……？」

浅川は立ち上がった。背中に痛みが走ったが構ってはいられない。風花が倒れているということがなにを意味しているのか、答えはすぐに導き出されるような気がした。だが、それでも浅川はなにが起こっているのか全くと言っていいほど理解できなかったのだ。信じることができない。頭がついて行かない。理解することが怖くて仕方ない。

よろよろと歩き始めた浅川は、やがて走り始めた。風花の顔の下に小六が仰向けに倒れているのが見えたのだ。

「小六！」

走り寄った浅川は小六にしがみついた。

触れた小六に実態はなかった。

躰だけがそこにある。置物のように意志を持たない小六は、それなのに、なぜか笑顔を浮かべていた。

「また……」

浅川は歯を食いしばった。ひたむきに純粋に、ただ生きることに真剣だった小六。風花と共に、己等を見たことのないような場所へ導いてくれた小六。子どものように思っていたのだ。

「守ることができんかった……」

喉の奥からこぼれた。全身が震えた。鼻の奥に熱いものが込み上げてきた。

(わしの一生とは……)

一体なんだったのだ。

戦い続けた挙句(あげく)、大切なものを失ってばかりだ。失うばかりの人生ではないか。

浅川は小六の頬に触れた。肌は柔らかく、それだけに小六が少しも動かないことが切なく思えた。

「浅川様」

声をかけられた。浅川は瞼を手の甲で拭うと、

「なんじゃ」

背中で聞いた。

「遊撃隊は全員無事でした」

兵の一人だ。

「そうか……」

「奇跡的だと言っていいと思います」

「そうだな……」

小六も風花も血にまみれていた。鉄砲で撃たれたのだ。あのまま己等も突っ込んでいたら、弾に当たっていたかもしれない。前方を単騎で駆けていた風花が立ち上がったおかげで、己等はその場に崩れるだけで済んだ。

「小六は……？」

兵が聞いてきた。声が緊張しているのが伝わる。

「撃たれた……」

兵は息を呑むと、浅川の隣に膝をついた。

「小六……」

兵は小六の手に己の手を重ねると、肩を震わせ始めた。小六の甲冑に水滴が滴(したた)る。

「わしのせいじゃ……。わしが、しっかりと側に居てやれたなら……」

うなだれる浅川の横で、具足がガチャガチャ鳴る音がした。目を向けると、兵が太陽を背にすっくと立ちあがっている。

拭っても止まらない涙を諦(あきら)めた兵は、直立の姿勢を取ると、己の腰に手を当てた。

刀を抜き、真っ直ぐ立てる。

その刀を天に向かって、勢いよく突き立てた。

「えい、えい、えい」

三度だ。

「お前……」

浅川が呟くと、離れた場所から同じようにガチャガチャと音がし始めた。いくつもの音が重なって聞こえてくる。

「お前達……」

吉川軍騎馬遊撃隊の全兵士が刀を抜いて真っ直ぐ立てている。やがて彼らは、一斉に天に向かって刀を突き上げた。

「えい、えい、えい！」

唇を噛みしめている者がいる。泣いている者もいる。それでも彼らは小六のために刀を天に向けるのだ。

「浅川様」

隣の兵が浅川に言った。振り返った浅川に、涙で赤くなった目を向けてくる。

「小六をお願いします」

頭を下げられる。

「ぐっ……」

浅川は押し黙った。これが騎馬遊撃隊だ。小六、見ているだろう？　お前が率いた騎馬遊撃隊はこんなにも素晴らしい隊に育っていたのだ。

「すまぬ……」

浅川は腰をかがめると、小六の肩に手を置いた。

「風花。少し、小六を借りるぞ」

風花の顔を撫で、そっと小六の胸からどける。風花は小六から離れても穏やかな顔をしたまま眠り続けていた。

「戻るぞ、小六」

浅川は小六を抱えて立ち上がった。小六の全身はだらりとしている。腕から伝わる重みが意外に思えた。

（いつの間にか、こんなにも大きくなっとった）

少年だった小六はいつの間にか立派な青年へと成長していた。吉川軍を最強たらしめた遊撃隊を率いた青年は、今、吉川軍の元へ帰還する。

浅川は歩いた。草原を小六と二人きりで。

長い長い道のりに思えた。だが、この一歩こそが己等の家族へと繋がっているのだ。

草原の途中で、遠くから、

「えい、えい、えい」

という掛け声が聞えて来た。元長軍だ。騎馬から降りた元長を先頭に、全員が刀を天に突き立てている。

涙が溢れた。最後だから、小六と一緒にいられる時を噛みしめなければと思うのに、涙で視界が滲んでしようがなかった。

馬が駆けて来る。

浅川の隣で止まり、黒い馬から男が降りてきた。

「勝義……」

元春だった。元春は浅川から目を向けられると、それ以上なにも言わず、黙って隣を歩き始めた。黒風の手綱を引きながら歩く元春は、いつも以上に険しい表情をしているように見えた。

吉川軍の本陣に着いた。

兵達が左右に分かれて道を開ける。

皆、浅川が目の前を通ると、刀を抜いて、己の前に立てた。

天に向かって、三度、突き上げる。道を開くのだ。天への道を開く。

浅川は歩きながら、目を拭った。腕で拭おうとしたため、小六の躰が顔に近づいた。

小六からは草と馬の匂いがした。小六がいつも纏っていた匂いだ。

浅川はさらに涙が溢れて来るのを感じた。

左右に並ぶ吉川兵。

全員が小六に対して敬意の目を向け、刀を掲げている。

（小六と寄り添えた……）

不意に浅川は思った。小六と寄り添えたこと。その時はかけがえのないものだった。それが全てではないか。小六と一緒に過ごした時こそ全てだ。

「ありがとう、小六……」

浅川の目からこぼれた涙が、小六の頰に当たって弾けた。小六の頰に少し赤みが差したように見えたが、それは誰かが掲げた刀の照り返しが映ったためかもしれなかった。

本陣の中央まで進むと、春継が出迎えた。

春継は冷静に、それでも厳か（おごそ）に、刀を天にかざした。

そんな春継に元春が声をかける。

「酒だ」

春継は退がると、やがて瓢簞(ひょうたん)を持って戻ってきた。

元春は栓を抜き、小六の躰にふりかけた。

「小六……」

元春は一声呟くと、浅川の腕の中の小六をジッと見下ろし、頬に触れた。そして、次の言葉を発した。

「真(まこと)の吉川兵であった」

風が強く吹いた。地面から湧き上がってくるような風だ。風は兵達の足下を抜け、空に向かって駆け上って行った。青い空がとても遠くまで広がっていた。雲一つない真っ青な空だった。

風の先

風が凪いだ。

少なくともそのように感じた。

元春は構えていた弓を静かに下ろしてジッと待った。己の気力なのか相手の気力なのかは分からない。ただ、どちらの気もひどく沈静していることは明らかだ。

木と木の間の藪が揺れた。緑の茂みから、ゆっくりと大きな躰が姿を現す。

依然として輝いていた。しかし、眩しくはない。他を圧倒するような煌めきは内に潜み、代わりに穏やかな気が辺りに放たれている。

顔がこちらを向き、黒く湿った瞳と正面からぶつかる。

(変わったな)

大角だった。かつて元春に挑みかかってきた牡鹿は、歳を重ねたことで、ゆったりとした風格を漂わせるようになっていた。

隙が無かった。

張り詰めるような気合は発せられていない。それでも、いくら立ち向かっても簡単にいなされそうな、捉えどころのない迫力があった。

大角は立ち止まって元春を見つめると、

「ピィッ！」

と一声鳴いた。その声は森中に響き渡り、次いで、すぐに静けさが訪れた。黄色い葉が元春の前をヒラヒラと舞い落ちていき、赤い紅葉の地面に混ざった。

元春はその場から動かなかった。ただ、口もとに笑みを浮かべるだけだ。それを見て安心したのか、大角はゆっくりと、まるで一歩一歩確かめるように茂みから全身をさらけ出した。

大角の後ろに何かいる。

元春が目を固定していると小柄な鹿が付き従ってきた。

雌鹿だった。

十年前、この安芸大朝で会った時に大角が連れていた雌鹿かもしれない。胴体のぶち模様に見覚えがある気がする。大角は元春が戦に明け暮れていた間、この雌鹿に寄り添い続けていたのかもしれなかった。

「十年か……」

元春は呟いた。今にして思えば、あっという間に過ぎていったような気がする。

上月城の戦いの後、毛利軍は播磨から兵を退いた。毛利と同盟を結んでいる宇喜多直家から看過できぬ書状がもたらされたためだ。

別所長治から毛利に反旗を翻すよう相談を持ち掛けられている。

播磨深くまで毛利が進んできたところを宇喜多が裏切って背後を襲う。別所も織田に再び寝返って毛利を挟み撃ちにする、そういう話だった。羽柴秀吉を始め、明智光秀など名だたる将が播磨に兵を置いているところである。前後を襲われれば、いくら毛利軍とはいえ無事では済まないだろう。

宇喜多は、己は裏切るつもりはない、と宣言してきた。わざわざ申し出たのがその証拠。疑うのであれば弟の忠家の首を刎ねてもらっても構わぬ、というのだ。宇喜多直家自身は、この度の遠征に病気を理由に加わってはおらず、弟の忠家を宇喜多軍の総大将として派遣していた。その忠家も、鬼気迫る勢いで別所の裏切りは明白だと説いてきた。

毛利本家と弟の小早川隆景は、この報せを重く受け止めたようだ。別所が織田側に寝返れば、別所と共に毛利に味方した播磨の諸勢力も織田に付くだろう。そうなると、織田軍と別所軍を相手にしながらも、至るところで播磨諸将の攻撃にさらされること になる。元々、宇喜多からの要請を受けて、軍を出した戦である。上月城を奪ったこ とでその目的は達せられた。大義なきまま播磨深くまで軍を進めるのは控えて、一度 退き、態勢を整えた上で進んでもよいのではないか、そういう意見が多かった。

だが、元春は播磨からの撤退に頑なに反対したのだ。別所が織田に寝返るなどあり えないことだった。決死の覚悟で毛利に付いたことは明らかである。戦ぶりを見ても そのことは分かる。別所が守る三木城は一部の隙も無いほどの鉄壁ぶりだと聞いてい る。春継も別所は本気で毛利の味方をしようとしていると言っていた。今こそ、播磨 を奪い、京まで軍を進める好機なのだ。

吉川軍は、かつてないほどの士気の昂ぶりを見せていた。騎馬遊撃隊の指揮官を失 ったことで、皆の心が一つになったのだ。残った遊撃隊の兵達はなによりも鋭く原野 を駆けるだろう。潜入隊もそうだ。どんな警護の陣でも果敢に飛び込んで制圧するに 違いない。政虎の小六を思う気持ちが必ずそうさせる。二人は友だったのだ。

他の吉川軍にしても同じだった。歩兵隊も鉄砲隊も騎馬隊も、今まで以上に命を燃 やして突き進んでいくだろう。小六は兵達に愛されていた。辛い過去を背負って吉川 軍に入った百姓の少年は、いつしか兵達の心の真中に座を占めるようになっていたのだ。

だが、元春の主張は毛利や小早川には通じなかったのである。彼等は、織田の懐深く攻め込んでいくことを危険だと思っているようであった。織田が中国へ攻めてきたのであれば迎え撃つ。だが、領土を広げるために新たな戦を仕掛けたくはない。自らの領地を守っていくことこそ大切だ、そう考えているようだった。

元春がいくら主張しても無駄だった。

毛利はあくまで中国の覇者としての立場を堅持すべきで、それこそが元就公の願いだったはずだ、との意見が大勢を占めた。

毛利家臣団を前にした元春は、深い徒労感に襲われた。元春は播磨撤退を承諾した。

こうして遠征は終わったのである。尼子勝久から奪った上月城は当初の予定通り宇喜多直家に与え、毛利領の最前線として織田軍を警戒するよう指示した。

（敗けたな）

安芸に戻る道中、元春は唇を噛みしめた。上月城の戦いは、形としては城を奪い、尼子を滅亡させたことで毛利の勝ちに見えた。だが、やはり敗けたのだ。なにも得ることが出来ないまま播磨を後にする吉川軍とは違って、尼子軍は己等が為さなければならなかったことを見事に為した。鬼吉川と恐れられた吉川軍に初めて敗けをもたらしたのは、出雲の雄尼子軍だった。

(武士の中の武士だった)

そう思っている。尼子軍の強さは尋常ではなかった。最後まで前へ前へと進む強い意志。あの意志だけでも、並みの軍を凌いでいた。

その尼子軍を率いたのが山中幸盛だ。山中幸盛は元春に腕を落とされた後、捕らえられ、毛利輝元の元へ連行する途中で殺されている。その際、幸盛の周辺をうろついていた男も一緒に斬られていた。川を渡河するために軍が停止し、少しだけ気の緩みが出たところで幸盛に近づいたのだ。そこを吉川軍の兵に発見された。顔の至るところに刀傷の走った異相の男だったと聞いている。幸盛と異相の男を斬ったのは山県政虎だ。

(終わった)

元春は幸盛の死を聞いた時、胸の内でそう思った。

確かに一つの時代が終わったのだ。

なにもないところから尼子再興軍を興し、毛利を脅かすほどの軍を作り上げた山中鹿之助幸盛。一途な思いを握りしめ、ひたむきに出雲奪還を目指した男の死は、魂と魂がぶつかり合う戦が求められていた時代の終わりを告げているような気がした。

播磨遠征が終わった後、織田軍は毛利領に攻め込んできた。別所を倒し、播磨を平定した織田は嵩にかかり、中国を少しずつ削り取り始めた。だが、その戦もやがて終わり、織田信長が本能寺に倒れた後は羽柴秀吉と和議を結び、毛利領は安堵されることになる。京を奪って天下に覇を唱えるはずだった毛利は、今や、一大名の位置で落ち着いている。

「おや？」

大角と雌鹿を眺めていた元春は、目を細めながら身を乗り出した。後ろの茂みから、さらに一頭現れている。

小鹿だった。

まだ育ち切っていない躰は弱々しく、すぐにでも自然の厳しさに飲み込まれてしまいそうなほど華奢に見えた。

それでも小鹿は前を向いて歩いている。離れた場所で待つ大角目指して歩いている。信頼しているのだ。なにかあれば大角が助けてくれる、そう信じて、弱々しい躰を隠すこともせず、ひたむきに歩いている。

大角はまず雌鹿を迎え、続いて小鹿が己の元にやってくると、その顔に口を当てた。なにかを語りかけているみたいだった。小鹿はくすぐったそうに目を細めながら森の奥を見つめている。

元春は手にしていた弓を放り投げた。腕を下げ、三頭がむつみ合う姿を眺める。

「それがお前の行きついた先か」

大角が顔を上げて元春を見た。元春も大角に目を据えている。二人はしばらく何も発せずに見つめ合った。

かつてのように緊張を感じながらの睨み合いではない。二人の間では他のものが投げ交わされていた。

言葉である。

元春は大角と無言で会話をしていた。

（いろいろなことがあった。お互いにいろいろなことが……）

それでも、今、俺達はここにいる。

そのことが元春には、なににも代えがたいものに思えた。

生きた。

だからこそ、生きている。

（お前に出会えてよかった）

元春は言う。

（いや、大角だけではなく、今まで出会ったすべての人に出会えてよかった）

そう思う。

共に戦った者達だけでなく、敵として戦った者もまた、己の中に確かなものを残している。今まで出会った人達の思いを抱いて、今の己はここにいる。

そして、己もまた、大角の中の一部になっていくのだ。

大角が雌鹿と小鹿と一緒にたわむれていることが、元春には喜ばしくも思え、同時に切なくもあった。

大角が選んだ先は誰かが選びたかった先だ。

願いながら叶わずに、散っていった。

元春は腕を解くと、おもむろに手を上げた。大角に向けたのか、それとも、他のなにかに向けたのかは己でも分からない。それでも手は空中に伸びてなにかを掴もうとしたのだ。

「ピィッ」

甲高い声が響いた。躰の芯まで響く、透き通った声だ。

元春はハッと我に返ると、腕を下げた。大角の目を真っ直ぐ見つめて、口許を緩める。

大角がその場で身震いした。全身に血を行き渡らせるみたいに、首から後肢まで順番に震わせる。

やがて大角は躰を反転させると、森の奥目指して歩き始めた。雌鹿と小鹿がその後に続く。

三頭の後ろ姿が輝いて見えた。光を浴びているのだ。枝の隙間から洩れた光。天から差し込む光が降り注いでいる。

大角はその光の中で一際美しく輝いていた。まばゆい金色を森のあちこちに放っている。偉大な宿敵が今、森の奥へと消えていく。己等が安住する地に戻るため、堂々と、頭を上げて去っていく。

元春は、なぜかひどく優しい気持ちになって、森の奥へと進む大角達の後ろ姿を見守った。


黒風と共に近づくと、男が振り返ってきた。

顔を向けた男の顔は精悍で、思わず身を固くしてしまうほどの迫力がある。

「どうした、元長」

声をかけると、馬上の元長が頭を下げてきた。その動きもひどく落ち着いていて、元春は胸の内が穏やかになるのを覚えた。

(まさしく吉川軍の大将だ)

羽柴秀吉と和議を結んだ後、元春は大将を退くことを決めた。備中高松城の戦が終わってすぐのことだ。後を継いだのが嫡男の元長である。元長は、元春が身を退く覚悟を伝えた時もうろたえることはなく、それから数か月しか経っていないのに吉川軍の大将として兵達を巧みに統率するようになっている。

その元長から、話したいことがあると呼び出されたのは、先刻のことだった。狩りから城に帰り、猟師着から着替えている時に、妻の芳乃から聞かされた。着替え終えた元春は、黒風を駆って、指示された草原まで出向いたのだ。

「わざわざご足労いただき」

元長が顔を上げる。何事にも動じないどっしりと据わった目をしている。元長は天性の明るさの中に、武将としての重さを備えるようになったようだ。

「なにか用か？」

元春は敢えてぶっきらぼうに聞いた。天下広しといえども、これほどの武将はそういまい。そう思える男を前に、少しだけ気恥ずかしさを覚えている。

「慌ただしい日々を過ごしておりましたので、つい聞きそびれてしまいました。これからの吉川軍のことです。いえ、毛利全体のことです」

「聞いてどうする」

「道しるべとします」

「任せる」

断言した。元長は口を結んで元春を見つめた後、軽く礼をした。

「ありがとうございます」

元春は頷(うなず)く。元長なら大丈夫だ、そう思っている。

「それを聞き出すために呼んだのか?」

「父上から、任せる、と言っていただきたかった」

「俺に遠慮(えんりょ)する必要はない。吉川軍の大将はお前だ」

「だからこそ必要でした。春継とも相談して決めたことです」

「春継か……」

春継なら聞けと言うかもしれない、と元春は思った。元長は形式を求めて元春の許可が必要だと考えるだろうし、春継は吉川元春という元大将への礼儀のために一度相談しておく必要があると考えるだろう。他者への配慮をまず考えてしまうあたり、春継らしさが表れている。

（よい組み合わせだ）

元春は口元を綻ばせた。明るく真っ直ぐな元長と、冷静で思慮深い春継。歳が近い大将と軍師はお互いを補い合いながら、己達の吉川軍を育てていくだろう。近松村で拾われて武士になった男の死は、そんな家族のような軍に、更なる結束を与えてくれたようだ。

元春は鼻の下を擦ると、黒風を進めて元長の隣に並んだ。黒風が鼻息を荒くし、闘志を漲らせる。

黒風が興奮する理由は分かっていた。元長が乗っている馬が気になるのだ。

「よい馬だな」

元春が声をかけると、

「だそうだ」

元長は己の馬の首を叩いた。

元長に叩かれた馬が、首を振って鼻を鳴らす。引き締まった躰がビクビクと波打つ。隣に並んだだけで、筋肉の分厚さが分かる。灰色の肌には汗が雫のように浮いていた。

元長が乗っている馬は葦毛だ。

「勝義から送られてきました」

元長が葦毛をなだめながら言う。

「勝義は達者だったか？」

「会っておりませぬ。若い兵が連れてきました。安芸まで馬を届けるのも立派な調練だ、そう申し付けられたそうです」

「勝義らしいな」

吉川軍の老将浅川勝義は播磨遠征終了後、第一線を退き、伯耆大山の守備兵に就くことになった。浅川から願い出てきたことだ。浅川は、大山で馬を育てると同時に、若い兵を集めて槍やら馬術やらを教えたいと相談してきた。すぐに了承した。今、浅川は大山から、良質な軍馬と、たくましく育った兵達を送り届けてくれている。浅川のやりたかったことが、二年がかりでようやく実になりつつあるといったところだ。

「似ているな」

元春は隣の馬に目を向けた。透き通った瞳で遠くを見つめる葦毛。他の馬にはない品位がある。落ち着き払った様子は、かつて騎馬遊撃隊の先頭を駆けた一頭の牝馬を思い出させた。

「少しだけです。勝義もあれほどの名馬にはなかなか巡り会えないと申しておりました」

「だが、素質はありそうだ。これからお前が育てていけば、きっと近づくことができる」

「俺もそう思っています。なかなか遠いですが」

「お前なら……」

そこで元春は言葉を切った。それ以上は言う必要がない。言えば軽くなってしまう。

元長には感じてもらえれば、それでいい。

元春は話をはぐらかすため、別の質問をした。

「名はなんという？」

「名ですか？」

「馬の名だ」

元長は得心したように葦毛のたてがみを撫でた。

「月風です」

「月風か。よい名だ」

その時だ。

急に目の前の草原を騎馬の群れが駆ける姿が見えた。

先頭を駆ける葦毛に引き連れられた数百頭の騎馬隊。

真っ直ぐ、緑を割るように、風の中を駆けている。

その騎馬隊を操っているのは少年だ。華奢な躰を葦毛の背に貼りつけて、前へ、前へと腕を動かしている。

それらはやがて元春達の下へと進路を変え、飛ぶような勢いで迫ってきた。先頭の少年が笑っている。駆けている葦毛も気持ちよさそうだ。後続の兵達が高らかに喚声を上げている。

次の瞬間、騎馬達は元春と元長の間を駆け抜けていった。

一塊の騎馬の群れ。

元春は確かに見た。

己達の間を騎馬遊撃隊が駆け抜けたのだ。

風が衣を靡かせる。辺りの草が一斉に倒れていく。思わず元春は目を閉じた。強く、温かい風だった。どこまでも清潔な透き通った風だ。

しばらくして目を開けた元春は、草原の静けさに思わず立ち尽くす。辺りには馬上の元春と元長しかいない。

「……騎馬遊撃隊とはいったいなんだったのでしょう」

元長が放心したような顔で、そう呟く。

「騎馬遊撃隊か……」

元春も呆然としている。俺と元長は親子で同じものを見たのかもしれない、そんなことを思う。

「まるで風のよう、でしたな」

元長が言う。

「まさしく風だ」

元春が返す。

（そうだ）

と元春は思った。

風だった。

突如として現れ、草原を駆け、瞬く間に去った。

騎馬遊撃隊とは風だったのだ。

（俺達は風と共に戦っていたのだ）

元春は胸に手を当てた。手のひらの向こうに脈打つものがある。

今も生き続けている。

確かにここで生きている。

風は過ぎ去っていくだけだ。雲を走らせ、木々をざわつかせ、草花を倒れさせる。それらはすぐに過ぎていき、後にはなにも残らない。

では、風とはいったいなんだったのだろう。

ただ吹いたというだけで、なにも残さない。そんなあってもなくてもよいものなのだろうか。

いや、それは違う。

感じることができる。風の中に己がいたことを感じることができる。匂い、温もり、音。肌を撫でていく感覚を感じることができる。それこそ風の正体だ。

（俺達も同じだ）

人もまた、風のように一瞬の命を生き、生ききった後に、なにも残さない。たとえなにか形あるものを残せたとしても、それもまた、やがて滅びゆく。風が吹きすぎた後のように、元の、太古から決められていた景色の中に戻るだけだ。いや、戻らなければならないのだ。それが決められた秩序だ。

では、人の生とはいったいなんなのであろうか。

なにも残すことができない、あまりに無意味なものなのだろうか。

（そんなことはない！）

そんなことは決してないのだ。

駆けることで、周りに己を感じてもらうことができる。それこそ風のように、雲も木々も草花も。虫も獣（けもの）も、そして人にも。

彼らの命の中に己を残してもらうことができる。

確かに感じた、と。

あの時、確かに強く駆ける風を感じたのだ、と。

そこにこそ、意味がある。

そこにこそ、力がある。

たとえなにも残すことができない存在だったとしても、駆けていく中で多くの者の中に刻（きざ）むことができる。

それこそ悠久（ゆうきゅう）だ。

感じた心は次々と伝播（でんぱ）していき、豊かな広がりとなって、将来へと吹き抜けていく。

多くの思いを巻き込みながら……ずっとずっと遠くまで……。

（だからこそ、駆けなければならない）

元春は思う。

どんなことがあっても、己の生を駆け抜けなければならないのだ。

それが多くの者の心に、己を刻むということだ。

小六と颪花が懸命に生き、颪を感じさせてくれた。それが今も己の胸には残っている。

いや、小六と颪花だけではない。

尼子の魂を背負って戦った男達。命の限りを尽くし、目指した出雲への思いは、確かに己の胸で生きている。彼らの描いた夢もまた、颪となって己を包んだのだ。

(引き継いでいかなければならない)

颪を受けた者として、彼等の生を引き継いでいかなければならない。

己も颪となって、この生を、あらゆるものの間を……。

(駆ける！)

黒颪が身構える。隣に並ぶ月颪のたてがみが揺れる。

己の肌にぶつかり、包み、流れていく颪。

草原を駆け抜ける颪を受けられたことが元春はうれしかった。

今、ここで己は颪を受けているのだ。

元春は口元に笑みを浮かべると、元長を振り返った。

「元長」

「はい」

「駆けるぞ」

「はい！」

黒風の腹に鐙を入れる。躰が一瞬沈んだかと思うと、そのまま前へ飛び始めた。すぐ後ろを月風がついてくる。黒と白の騎馬が、緑の草原を走り抜けていく。

元春は駆けながら、風を感じていた。

過去から吹き、これから先に向かって吹いていく風。

そこに己が巻き込まれていることを、元春は確かに感じる。

風になっているのだ。

風となり、どこまでも駆けていく。

元春は前方に目を据えている。

風の先だった。

多くの風と共に駆けていく先――。

未来だ。

解説

縄田一男

二〇二一年度のベスト・デビュー作『駆ける』の興奮醒めやらぬままに、稲田幸久は翌年早くも第二弾『駆ける2』を刊行した。

前作は、家族を皆殺しにされ、吉川元春に拾われた少年・小六が、馬術の腕を見出され騎馬遊撃隊の一員として逞しく育っていく様と、毛利憎しの一念で尼子再興を願う猛将・山中鹿之助幸盛の活躍を、二つながらに描いた力作だった。特に後者は、戦前修身の教科書で、三日月に向かって「願わくば我に七難八苦を与えたまえ」と吠えた事が取り上げられた人物。彼も若き作者の手によって見事令和の御世に甦った。

一作目では、両者の対決は勝負つかずであったが、このあたりが本書最大の読みどころとなる。物語は上月城の戦いに向けて、それこそ、疾風迅雷、風のように駆けてゆく事になる。

その中で、絶妙なのが、小六と幸盛どちらかを主役に据えるのではなく、両者を相対的に捉え、それぞれの正義を描いている点であろう。凡手が描けばそのどちらにも感情移入が出来なくなるが、本書の場合は違う。二人共にそれが出来るから、読者は引き裂かれそうになりつつも、ページを繰る手を止められなくなるのだ。

やがて幸盛らは、織田軍に属するようになる。信長が狙うのは天下。その点、幸盛らの夢は尼子の再興。小さいと言えば小さいかもしれない。だが、幸盛ら尼子の男達は感じるのだ。出雲こそが我が故郷。この戦場は出雲へと続いている。仲間と戦った地。仲間を看取った地。仲間の魂が残る地。男達は口々に叫ぶ。

「帰ろう」

「出雲に帰ろう！」

日本はおろか、海外まで視野に入れる信長にとって、出雲などはひと揉みだ。そうなる前にこの地を信長でさえ不可侵の理想郷たらしめねばならない。

一方小六は、殺された家族に想いを馳せながら、こう感じる——大切な人を大切だと思いながら生きる事も、また強さなのではないか。武士は強くなる事で守るものが増える。そこに生きる意味を見つける。これが百姓から騎馬隊のリーダーになった小六との相違点であろう。

そしてついに小六と宿敵、山中鹿之助幸盛との対決が刻一刻と迫ってくる。

その中で吉川元春の妻・芳乃は吉川軍の母として、一方、幸盛の妻・綾も彼女なりに女の戦いをしているのであった。

小六と幸盛、双方、騎馬隊同士の戦い。小六がいる限り吉川軍は最強である。が、最強を打ち破って尼子はその座を奪おうとする。この辺の駆け引きは、読んでいてゾクゾクする面白さと言える。

そして幸盛は決意する。いくら毛利が強かろうと、己は尼子を背負って戦ってきたのだ。決して逃げるような真似はしない、と。

物語がこのような展開を見せる中、読者は作者の術中にはまり、逃れる事は出来ない。あとは一気読みだ。

そして作者は随所に泣ける文章を挟んでくる。

いわく「男と男の戦いは、勝ち負け以外のところにある」

うーん。唸ってしまうではないか。

そして小六は戦いの前に元春に「牧場を開きたいと思っております」「草原を吹き抜ける風のような、そんな馬をたくさん育てたいです」と言った事がある。その時、元春は全身に震えを覚えたのである。小六の瞳の中に、どこまでも広がる草原を見たからだ。

こうした男達の思いが戦場で交錯する。

そしてラスト——。書きたいが、解説を先に読んでいる方もいるだろうから、これ以上は書けない。男達が駆け抜けた果てに見たものは何だったのか。その美しさに私達は号泣を止める事が出来ないだろう。

稲田幸久の第二作は、決して読者の期待を裏切る事はない。

（なわた・かずお／文芸評論家）

本書は、二〇二二年六月に小社より単行本として刊行されました。

い 30-2

駆(か)ける❷ 少年騎馬遊撃隊(しょうねんきばゆうげきたい)

著者 稲田幸久(いなだゆきひさ)

2024年7月18日第一刷発行

発行者 角川春樹

発行所 株式会社 角川春樹事務所

〒102-0074 東京都千代田区九段南2-1-30 イタリア文化会館

電話 03(3263)5247[編集] 03(3263)5881[営業]

印刷・製本 中央精版印刷株式会社

フォーマット・デザイン＆シンボルマーク 芦澤泰偉

ISBN978-4-7584-4651-8 C0193 ©2024 Inada Yukihisa Printed in Japan

http://www.kadokawaharuki.co.jp/[営業]

fanmail@kadokawaharuki.co.jp[編集] ご意見・ご感想をお寄せください。